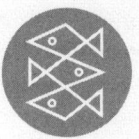

Louis de Bernières führt ins London der 70er Jahre und zu dem 40-jährigen Handelsvertreter Chris, der den eintönigen Alltag mit seiner Frau, einem »großen, weißen Teigklops«, satthat. Dann taucht Roza auf: Als er die junge Frau an der Straßenecke sieht, hält Chris sie für eine Prostituierte und öffnet seine Autotür. Sofort fühlt er sich von der serbischen Partisanentochter mit der dunklen Vergangenheit magisch angezogen. Jedes Mal, wenn Chris die Schwelle zu ihrer verwahrlosten Wohngemeinschaft übertritt, begibt er sich in einen Sog aus Abenteuer und Faszination: Roza ist eine meisterhafte Erzählerin – doch wie viel Wahrheit steckt in ihren Geschichten, und spielt das überhaupt eine Rolle?

Die Macht von Geschichten und die ewige Angst vor einem gewöhnlichen Leben – das ist der Stoff, aus dem de Bernières' neuer Roman ist. Er widmet ihn einer realen Partisanin, einer Jugoslawin, die den Autor in London mit ihren Geschichten in den Bann gezogen hat.

»Eine kluge und bewegende Geschichte, perfekt umgesetzt.« The Guardian

»Ein Triumph – ein feingeschliffenes kleines Meisterwerk.« Daily Mirror

Louis de Bernières, 1954 in London geboren, wuchs im Nahen Osten auf und lebt heute als Schriftsteller in London. Sein Bestseller »Corellis Mandoline« (Fischer Taschenbuch Bd. 16784) wurde erfolgreich mit Nicholas Cage und Penelope Cruz verfilmt. Im Fischer Taschenbuch Verlag liegen auch »Der zufällige Krieg des Don Emmanuel« (Bd. 16787), »Señor Vivo und die Kokabriefe« (Bd. 16786), »Das Kind des Kardinals« (Bd. 16785) sowie »Der rote Hund« (Bd. 15592) vor. Louis de Bernières erhielt u. a. den Commonwealth Writers Prize 1995 und den Lannan Award.

Weitere Informationen, auch zu E-Book-Ausgaben, finden Sie bei www.fischerverlage.de

Louis de Bernières

Die Partisanin

Roman

Aus dem Englischen von
Eva Kemper

Fischer Taschenbuch Verlag

MIX
Papier aus verantwor-
tungsvollen Quellen
FSC® C083411

Veröffentlicht im Fischer Taschenbuch Verlag,
einem Unternehmen der S. Fischer Verlag GmbH,
Frankfurt am Main, Juni 2012

Die Originalausgabe erschien 2008 unter dem Titel
›A Partisan's Daughter‹ bei Harvill Secker, London
© 2008 Louis de Bernières
Für die deutsche Ausgabe:
© 2012 S. Fischer Verlag GmbH, Frankfurt am Main
Satz: Pinkuin Satz und Datentechnik, Berlin
Druck und Bindung: CPI – Clausen & Bosse, Leck
Printed in Germany
ISBN 978-3-596-17923-7

Le mariage bourgeois a mis notre pays en pantoufles,
et bientôt aux portes de la mort.

Albert Camus, La Chute

Inhalt

1
Das Mädchen an der Straßenecke

Ich gehe sonst nie zu Prostituierten.

Aber das würde wahrscheinlich jeder Mann behaupten. Und die Leute würden es einem schon deshalb nicht glauben, weil man das Gefühl hatte, es sagen zu müssen. Mit dieser Aussage stellt man sich nur selbst ein Bein. Wenn ich schlau wäre, würde ich sie löschen und noch einmal von vorne anfangen, aber ich denke mir: »Meine Frau ist tot, meine Tochter lebt in Neuseeland, ich bin krank und gleichgültig geworden, und wen kümmert es überhaupt? Und außerdem ist es wahr.«

Einen Mann kannte ich allerdings, der es zugegeben hat. Einen Holländer, der es während seiner Wehrdienstzeit mit einer Prostituierten getrieben hat. Er war in Amsterdam und litt unter dicken Eiern, als er gerade auf Urlaub war und etwas Geld in der Tasche hatte. Er hat erzählt, sie hätte klasse ausgesehen, und der Sex wäre besser gewesen als erwartet. Jedenfalls hatte die Frau ein Eimerchen neben ihrem Bett, einen von diesen kleinen Mülleimern mit Deckel. In Geschenkartikelläden bekommt man diese Dinger immer noch. Nachdem er also fertig war, streifte er sich das Kondom ab, und sie streckte die Hand aus, um ihm höflich den Deckel aufzuhalten. Das Eimerchen war bis zum Rand mit gebrauchten Kondomen gefüllt, wie ein dicker Kuchen aus pinkfarbenem und braunem Gummi. Er fand diesen Eimer voll schlaffer, milchiger Kondome so entsetzlich, dass er nie wieder eine Prostituierte besuchte. Allerdings habe ich ihn seit zwanzig Jahren nicht mehr gesehen, vielleicht ist er längst schwach geworden. Er hat diese Geschichte gerne erzählt, weil er ein Künstler war und es wahrscheinlich als seine Pflicht als Freigeist betrachtete, ein klein wenig skandalös zu leben. Vermutlich hat er gehofft, ich als einfacher Vorstadtmensch wäre entsetzt.

Ich habe nur einmal versucht, mit einer Prostituierten mitzugehen, aber das hat nicht so funktioniert, wie ich es mir vorgestellt hatte. Bei mir lag es weniger an dicken Eiern als vielmehr an Einsamkeit. Ich glaube, es geschah ganz spontan. Meine Frau hat damals noch gelebt, aber das Problem ist, dass sich die eigene Frau früher oder später im besten Fall zur Schwester entwickelt. Im schlimmsten Fall wird sie zur Feindin und zur größten Hürde für ihren Mann, glücklich zu werden. Meine hatte alles erreicht, was sie wollte, und sah keinen Grund mehr, sich mit mir abzugeben. Alle Freuden, mit denen sie mich anfangs gelockt hatte, entzog sie mir nach und nach, bis mir nur noch Verpflichtungen und eine lebenslängliche Strafe blieben. Ich glaube, die meisten Frauen verstehen den Sexualtrieb von Männern nicht. Sie begreifen nicht, dass Sex für einen Mann mehr ist als bloß eine nette Betätigung, der man gelegentlich mal nachgehen oder die man auch lassen kann, wie das Blumenstecken. Ich habe ein paarmal versucht, mit meiner Frau darüber zu reden, aber sie hat immer mit Ungeduld oder purer Verständnislosigkeit reagiert, als wäre ich ein zudringlicher Außerirdischer, frisch eingetroffen aus einem Paralleluniversum. Ich war mir nie sicher, ob sie herzlos oder dumm war oder schlicht absolut zynisch. Es hätte auch nichts geändert. Man konnte ihr richtig ansehen, dass sie dachte: »Das ist nicht mein Problem.« Sie war eine dieser faden Engländerinnen, denen entrahmte Milch durch die Adern floss, und damit vollkommen zufrieden. Bei unserer Hochzeit hatte ich keine Ahnung, dass sie am Ende so viel Leidenschaft und Feuer wie ein Kabeljau versprühen würde. Sie verstellte sich wunderbar, bis es ihr sicher genug erschien, sich keine Mühe mehr zu geben. Dann richtete sie sich häuslich vor dem Fernseher ein und strickte dort zu enge, gestreifte Pullover. Sie wurde immer aschfahler und träger. Sie erinnerte mich an einen großen, weißen Teigklops, der in seiner Zellophanverpackung auf dem Sofa lag.

Engländer sprechen nicht gerne über ihre Probleme, aber ich habe genug Unterhaltungen mit Männern wie mir geführt – meist irgendwo in einer Bar, meist, weil sie die Fahrt nach Hause hinauszögern wollten, und immer mit reichlich Text zwischen den Zeilen –, um zu wissen, wie viele von uns in dieser klaustrophobischen, trostlosen Keuschheit gefangen sind, die jedes Feuer in einem erstickt. Diese Männer werden wütend und einsam und melancholisch, und dann überkommen sie instinktive Triebe. Manchmal frage ich mich, ob die puritanischen Frömmler so viel Wert auf die Ehe legen, weil sie genau wissen, dass sie ein ganz sicherer Weg zu möglichst wenig Sex ist.

Die Frau stand an einer Straßenecke in Archway und sah aus, als würde sie vorgeben, auf jemanden zu warten. Sie trug einen kurzen Rock und hohe Stiefel und hatte sich zu stark geschminkt. Ich erinnere mich auch an violetten

Lippenstift, aber den habe ich vielleicht nachträglich dazu erdichtet. Es war Winter, auch wenn man die Jahreszeit in Archway nie erkannt hätte, weil in Archway immer Ende November ist, selbst an guten Tagen, und Anfang Februar an schlechten.

Genau gesagt war es der Winter des Missvergnügens, Anfang 1979. Auf den Straßen türmte sich der Müll, man konnte weder Brot noch die *Sunday Times* kaufen, und in Liverpool beerdigte niemand die Toten. Man bekam kein Heizöl, und selbst Krebskranke mussten Glück haben, um in Krankenhäusern aufgenommen zu werden. Die Genossen aus den Gewerkschaften probten den Aufstand, und das Schiff unseres besonders unfähigen Premierministers war unter Wasser leckgeschlagen. Ich war immer gerne Brite, aber diese Zeit war die schlimmste, an die ich mich erinnern kann, und die einzige, in der man gar nicht anders konnte, als das Leben in England deprimierend zu finden. Damals brauchte jeder eine Aussicht auf Trost, selbst wenn er nicht mit einem großen, weißen Teigklops verheiratet war.

Das Mädchen trug eine flauschige Jacke aus weißem Pelz. Der kalte Wind wirbelte Müll an ihr vorbei, und sie wirkte wie ein schimmerndes Licht im Nebel. Sie war gut gebaut, und ich fühlte mich unwillkürlich zu ihr hingezogen. In meinen Lenden kribbelte es, und ich hatte ein leicht flaues Gefühl im Magen.

Ich hatte gerade zum ersten Mal bewusst eine Prostituierte gesehen, und mir war klar, dass ich einfach weiterfahren sollte. Was, wenn die Frau einen mit in ein Haus nahm und man ausgeraubt wurde? Wahrscheinlich würde man nicht zur Polizei gehen, weil es zu peinlich war. Trotzdem hatte ich am Ende der Straße das Gefühl, mein eigener Wille sei auf geheimnisvolle Weise außer Kraft gesetzt worden. Etwas übernahm die Kontrolle über meine Hände, ich wendete in drei Zügen und fuhr zurück. Und plötzlich hielt ich neben ihr an und kurbelte das Fenster herunter. Das alles tat ich wider besseres Wissen, und ich spürte, wie mein Herz hämmerte und mir Schweiß auf die Stirn trat. Ich dachte, ich wäre wahrscheinlich ohnehin zu nervös, um irgendetwas zustande zu bringen.

Ich sah sie an, sie sah mich an, und ich wollte etwas sagen, brachte aber nichts heraus. Sie fragte: »Ja?«

Ich kannte die richtige Formulierung nicht, also fragte ich: »Hast du Zeit?«, weil es mir ausreichend vage erschien. Sie verstand mich wohl nicht richtig, denn sie sah auf ihre Uhr, schüttelte den Arm und hielt sich die Uhr ans Ohr. Dann sagte sie: »Tut mir leid, die geht nicht. Mit Uhren habe ich kein Glück.«

Ihre Stimme klang nett. Sie war weich und melodisch, mit einem recht starken Akzent, den ich nicht einordnen konnte.

Ich versuchte es noch einmal: »Arbeitest du?«

Erst sah sie mich verdutzt an, dann ging ihr ein Licht auf. Eine ganze Reihe von Emotionen huschte über ihr Gesicht, von Empörung bis zu Entzücken. Schließlich lachte sie und schlug sich auf eine ganz reizende und charmante Art eine Hand vor den Mund. »Oh«, machte sie. »Oh, du hältst mich für ein schlimmes Mädchen.«

Entsetzt stotterte ich drauflos. »Tut mir leid, wirklich, tut mir sehr leid, ich wusste nicht, ich dachte, meine Güte, es tut mir leid, wie peinlich, entschuldige, entschuldige bitte, ein schreckliches Missverständnis, tut mir leid.«

Sie lachte immer noch, während ich mit knallroten Ohren nur dasaß. In diesem Moment hätte ich wegfahren sollen, aber aus irgendeinem Grund tat ich es nicht. Sie hörte auf zu kichern, dann öffnete sie zu meiner Überraschung die Beifahrertür und stieg ein, zusammen mit einer großen Woge eines schweren Parfüms, das ich sehr unangenehm und erdrückend fand. Es erinnerte mich an meine Großmutter, als sie im fortgeschrittenen Alter versucht hatte, die Gerüche ihrer Inkontinenz zu übertünchen.

Die Frau setzte sich neben mich und sah mich ungeniert an. Sie hatte dunkelbraune Augen und trug ihr glänzend schwarzes Haar in einer Frisur, die man wohl als Bob bezeichnet. Er stand ihr wunderbar. Wie gesagt war sie gut gebaut, mit ausladenden Hüften und großen Brüsten. Normalerweise fühlte ich mich zu diesem Typ Frau gar nicht hingezogen.

»Ich habe ein Taxi gerufen«, sagte sie, »aber es ist nicht gekommen, ich habe sehr lange gewartet. Du darfst mich jetzt nach Hause fahren, aber ich schlafe jetzt nicht mit dir, tut mir leid.«

»Oh«, machte ich.

»Es ist nicht weit, nur ein paar Straßen, aber ich laufe nicht gern. Hier gibt es überall schlimme Menschen, alle möglichen miesen Typen.«

Ich war schockiert und sagte: »Du solltest nicht zu fremden Männern ins Auto steigen. Dir könnte was passieren.«

Sie warf mir einen verächtlichen Blick zu: »Du wolltest

mich gerade in deinem Auto haben, als du gedacht hast, ich wäre ein schlimmes Mädchen. Du hast gerade nicht gesagt, ich soll nicht in Autos steigen.«

Ich sagte: »Ja, aber …«

Sie unterbrach mich mit einer Handbewegung. »Aber nichts. Kein Mist jetzt. Ich wohne in der Richtung. Du fährst mich nach Hause und sagst so Entschuldigung. Und du beschützt mich vor anderen fremden Männern. Na gut, dann fahr.«

Ich brachte sie zu einem Haus, das mittlerweile nicht mehr existiert. Es stand nahe bei dieser Brücke oben auf dem Hügel, von der immer wieder Alkoholiker aus der Entzugsklinik in den Tod gesprungen sind. Die ganze Straße bestand aus halb verfallenen Häuserreihen und war sicher einmal schön, aber damals sah man überall verlassene Autos und Müll. Nur wenige Häuser hatten intakte Fensterrahmen, und bestimmt war seit Jahren nichts mehr frisch gestrichen worden. Durch viele Wände zogen sich Risse, auf beinahe jedem Dach fehlten einige Ziegel oder waren zerbrochen. Trotzdem wirkte die Gegend recht freundlich und unbedrohlich, und genau das war sie auch. Hier kamen arme Menschen und Durchreisende unter, die nur ihren Frieden haben wollten und für die Renovierungsarbeiten teuer und sinnlos gewesen wären. In der Thatcher-Ära wurde alles abgerissen und neu gebaut. Das machte mich traurig, aber wahrscheinlich war es nötig. Ich fuhr dort vorbei, als die Häuser gerade demoliert wurden, und bat die Arbeiter um das Straßenschild. Es steht immer noch irgendwo in der Garage.

Als ich anhielt, streckte meine Beifahrerin die rechte

Hand aus und sagte sehr förmlich: »Roza. Nett, dich kennenzulernen. Danke fürs Fahren. Ich hoffe, du findest eine nette Frau, mit der du schlafen kannst.«

Ich schüttelte ihr die Hand. Eigentlich wollte ich ihr einen falschen Namen nennen, aber mir fiel keiner ein. Dabei war mir mein Name sowieso peinlich. Meine Familie ist nicht wohlhabend, und ich fand immer, er klinge etwas überheblich. »Ich heiße Christian«, sagte ich vor lauter Verwirrung die Wahrheit.

»Christian?«, wiederholte sie. Wahrscheinlich dachte sie, der Name würde nicht zu mir passen.

»Meine Eltern meinten, das würde vornehm klingen. Aber alle nennen mich Chris.«

Bevor sie ging, beugte sie sich zum Fenster hinunter und sagte mit einem ernsten Lächeln: »Und, Chris, wie viel wolltest du mir geben?«

»Dir geben?«

»Für den Sex.«

»Äh, ich weiß nicht«, sagte ich. »Ich weiß nicht, wie viel … Ich habe keine Ahnung …«

»Du warst noch nie bei einem schlimmen Mädchen?«

»Nein, noch nie.« Sie bedachte mich mit einem nachsichtigen, aber skeptischen Blick, und meine Ohren fingen wieder an zu brennen.

Roza meinte: »Das sagen sie alle. Jeder. Nicht ein Mann war schon bei einem schlimmen Mädchen. Nie, nie, nie.«

Ich dachte noch, das ließe doch überraschende Schlussfolgerungen zu, als sie sagte: »Als ich ein schlimmes Mädchen war, habe ich nie weniger als fünfhundert genommen. Billig habe ich's nicht gemacht.«

Damit drehte sie sich um und ging die schiefen Treppenstufen zu ihrer Tür hinauf. Sie winkte mir sacht zu, indem sie mit der Hand auf eine eigenartig altmodische Art einen Kreis beschrieb, und bevor sie das Haus betrat, sagte sie: »Komm irgendwann vorbei, ich gebe dir vielleicht einen Kaffee, mal sehen.«

Einen Moment lang blieb ich bei laufendem Motor sitzen, während der Regen stärker auf Archway niederprasselte. Mittlerweile hatte ich begriffen, dass Roza früher wirklich als Prostituierte gearbeitet hatte, das jetzt aber nicht mehr tat. Ich fragte mich, ob ich sie überhaupt beleidigt oder einfach nur belustigt hatte. Es war mir so vorgekommen, als hätte sie mich aufgezogen.

Ich weiß nicht, wie ich es einordnen soll, dass ich mich in Roza verliebte. Ich habe mich oft genug verliebt, um davon vollkommen erschöpft zu sein und um nicht mehr zu wissen, was das alles bedeutet. Wenn man später zurückblickt, kann man es immer anders betrachten. Man sagt: »Ich war besessen, eigentlich war es Wollust, ich habe mir etwas vorgemacht«, denn wenn man sich vom Verliebtsein erholt hat, befindet man jedes Mal, man sei eigentlich gar nicht verliebt gewesen.

Sich zu verlieben ist jedes Mal etwas anders, und ganz sicher wird das Wort »Liebe« zu schnell benutzt. Es sollte ein heiliges Wort sein, das kaum jemals gebraucht wird. Aber als ich in meinem Auto saß, mit laufendem Motor und eingeschalteten Scheibenwischern, fing ich zumindest an, fasziniert zu sein. Nennen Sie es Liebe, wenn Sie wollen. Ich glaube, so würde ich es nennen.

2

Der Mann im kackbraunen Allegro

Ich ging nur nach draußen, weil ich mal wieder
so einen seltsamen Drang verspürte.

Ich brauchte kein Geld, und ich hatte noch nie versucht, etwas auf der Straße zu verdienen. Vielleicht war mir langweilig. Das kam schon mal vor, wenn ich allein war. Ich hatte das Gefühl, ich müsste eigentlich Berghänge hinunterlaufen und singen, wie in *Meine Lieder, meine Träume*, dabei mit den Armen wedeln und fröhlich sein, und stattdessen saß ich in einem abbruchreifen Haus vor einer Quizsendung, rauchte und trank schwarzen Kaffee, der meinen Mund bitter machte. Das war nicht mein Idealbild vom Leben. Deshalb wollte ich manchmal etwas tun, das mich das Leben wieder schmecken ließ.

Die Straßenhure spielt man vielleicht, wenn man mit einer Freundin von der Uni unterwegs und ein bisschen betrunken und hysterisch ist, und wenn dann das erste Auto anhält, läuft man lachend weg und kreischt: »Mein Gott, mein Gott.«

Dieses Mal tat ich es, weil ich wahrscheinlich sowieso nicht ganz normal bin, und außerdem weiß ich gar nicht, ob überhaupt jemand seine eigenen Motive versteht. Wichtig war nicht, was sich in meinem Kopf abgespielt hat, sondern was ich getan habe. Ich habe mich nuttig angezogen – mit einem kurzen Rock mit glitzernden Goldfäden, hochhackigen, weißen Stiefeln und einer knappen Bluse.

Ich hatte ein widerliches Parfüm, das ein hoffnungsfroher Geizhals mir einmal geschenkt hatte. Seit Jahren stand es bei mir herum, und jedes Mal, wenn ich daran roch, dachte ich: »Das ist bestimmt Eau de Bordsteinschwalbe.« Ich besprühte mich damit, bis mir fast schwindelig wurde. Ich dachte: »Warum nicht?«, und malte mir das Gesicht an, als sei ich ein Vamp aus einem französischen Roman. Ich hatte sogar irgendeinen komischen Lippenstift.

Beim Rausgehen wurde mir klar, dass meine Nachbarn merken würden, was ich vorhatte, aber im Grunde hatte ich keine richtige Nachbarschaft. Alle Häuser waren abbruchreif, und wir alle waren Vagabunden. Die Gegend steckte voller hausgemachter Revolutionäre, Hippies, Typen, die in nichtexistierenden Bands Bass spielten, Vogelscheuchen, Mädchen in bunten Trachtenröcken, Amateur-Drogendealern, Schauspielern ohne Ziel, Waisen der siebziger Jahre mit gestörtem Geist und verschwommenen, großartigen Ideen, die sich alle auf der Suche nach einem authentischen Leben befanden und sich wünschten, sie wären in New York, würden mit Andy Warhol und Lou Reed abhängen oder würden in Paris die Bereitschaftspolizei mit Steinen bewerfen. In meinem Haus wohnten ein jüdischer Schauspieler, ein Junge, der sich für einen anderen ausgab, aber eigentlich Bob Dylan sein wollte, und eine Bildhauerin, die kleine Keramikstücke anfertigte. Im obersten Stock wohnte niemand, weil das Dach kaum noch vorhanden war. Der Bob Dylan baute dort oben manchmal Automotoren zusammen.

Vermutlich wohnten in der Gegend auch ein paar ganz normale Leute, aber die kannte ich nicht. Ich hätte bei niemandem Angst gehabt, ich könnte ihn verschrecken, trotzdem ging ich ein paar Ecken weiter, weil in London jede Straße ein Dorf ist und man nur die Menschen in der eigenen Straße kennt.

Ich glaube, während ich da stand und die Straßenhure spielte, mich an eine Häuserecke lehnte, rauchte und meine Beine präsentierte, rechnete ich gar nicht damit, dass jemand halten würde. Das war kein Rotlichtbezirk, also warum sollte jemand die Straßen abfahren? Ich fühlte mich ziemlich sicher, hatte Spaß an der Illusion und machte ein Rollenspiel, wie im Schauspielunterricht. Dann fing es an zu nieseln, und ich überlegte, Schluss zu machen, aber ich konnte die Vorstellung nicht ertragen, nach Hause zu gehen und mir noch mehr Quizsendungen anzusehen, während ich darauf wartete, dass aus meinem Leben etwas wurde, also blieb ich und stellte mir vor, wie es wohl wäre, draußen im Regen stehen zu müssen und diese Arbeit zu machen, um Leib und Seele zusammenzuhalten. Ich sah dem Müll zu, der über die Straße wehte, und dachte, er würde hübsch aussehen, wenn er bloß kein Müll wäre. Ich entdeckte zwei Ratten und beobachtete sie eine Weile. Damals herrschten goldene Zeiten für Ratten, weil niemand den Müll einsammelte.

Als ein schäbiges, braunes Auto an mir vorbeifuhr und wendete, war ich völlig unvorbereitet. Der arme Mann war schrecklich verlegen, und zuerst merkte ich nicht einmal, dass er mich aufgabeln wollte. Sobald er mich ansprach, vergaß ich, welche Rolle ich spielte, und sagte, meine Uhr würde nicht richtig gehen. Als mir langsam klarwurde, was er dachte, fand ich es genauso peinlich wie unterhaltsam.

Ich freute mich, dass ich mit meiner Täuschung Erfolg hatte, aber dann war ich entsetzt darüber, in welche Lage ich mich vielleicht gebracht hatte.

Zum Glück war er sehr nett, die Art Mann, die man sofort mag, und mir sogar ein bisschen ähnlich, er hätte besser in aufregendere Zeiten gepasst und vertrödelte jetzt resigniert ein gewöhnliches Leben. Er sagte, er würde Christian heißen, was ich bei einem Mann, der eine Straßenhure aufgabeln wollte, lustig fand, andererseits habe ich noch nie gesehen, dass Religion auf jemanden eine positive Wirkung hatte. Sehen Sie sich nur an, was sie meinem Land angetan hat. Er wurde von allen Chris genannt, sagte er, was für mich vernünftig klang. Ich nannte ihn auch Chris, bis mir ein Kosename einfiel.

Chris war in den Vierzigern, ziemlich schlank und nicht besonders groß. Er hatte eine breite Stirn, oben etwas dünnes Haar und hübsche, große Zähne, die ihm ein breites, freundliches Lächeln verliehen. Er war gleichzeitig witzig und ernsthaft. Sein Anzug war vom vielen Herumfahren für seinen Beruf zerknittert, und er wirkte sowieso nicht wie jemand, zu dem ein Anzug passte. Ich glaube, er wäre gerne zwanzig Jahre jünger gewesen, hätte Jeans getragen und bei einem Konzert von The Who headbangend direkt neben den Boxen gestanden. Ich nenne solche Leute die verlorenen Vierziger. Sie sind jung und traurig genug, um auf jüngere Frauen attraktiv zu wirken.

Ich forderte ihn auf, mich nach Hause zu bringen, und er schien entsetzt über den Gedanken, dass ich zu einem fremden Mann ins Auto steigen wollte. Er war wirklich unschuldig. Als ich mich von ihm verabschiedete, lud ich ihn ein, mich irgendwann zu besuchen. Ich merkte, dass er harmlos war, und in London zu leben kann einen unheimlich einsam machen und in einen Geist verwandeln. Der einzige Mensch, mit dem ich sprach, war der Kerl von oben, der den ganzen Tag Songs von Bob Dylan spielte und sang. Ich hatte ihm meine Geschichten so oft und aus so vielen verschiedenen Blickwinkeln erzählt, dass ich nicht mehr wusste, was ich alles gesagt hatte.

Jedenfalls hatte ich das Gefühl, dass wir uns verstehen würden. Mir gefiel der Gedanke nicht, ihn nie wiederzusehen, und es tat mir leid, dass ich ihm gesagt hatte, ich sei fünfhundert Pfund wert. Damals wusste ich es noch nicht, aber etwas Destruktiveres hätte ich nicht sagen können.

3
Die Prinzessin auf dem Misthaufen

Ich ging wieder hin in der leisen Hoffnung,
Roza würde eines Tages mit mir schlafen.

Tja, so war es, aber eigentlich glaubte ich gar nicht, dass
die Chance bestand. Ich war ein zurückhaltender Handels-
reisender mit einer Tochter an der Universität und einer
Hypothek auf ein mittelgroßes Haus in Sutton. Ich fuhr
in einem kackbraunen Austin Allegro durch die Gegend,
um Ärzten Pharmazeutika und Medizinbedarf zu verkaufen. Dabei reichte mein Umsatz längst nicht für eine Be-
teiligung, die »schlimme Mädchen« in greifbare Nähe rücken ließ. Trotzdem fing ich an zu sparen und legte fünf
oder manchmal zehn Pfund zur Seite.

Heute blicke ich zurück und finde es unheimlich schäbig, und der Gedanke daran lässt mich immer noch zu-
sammenzucken. Aber ich habe drei Entschuldigungen.
Erstens war ich mit dem großen, weißen Teigklops verheiratet, und zweitens glaube ich, ich hatte nie ernsthaft
vor, Roza fünfhundert Pfund für Sex anzubieten. Es war
eine Art Absicherung, falls mein Leben einmal so einsam
werden sollte, dass mir kein anderer Trost blieb. Etwa
so, als würde ein Neunzigjähriger Stiefel mit Gewichten
kaufen, falls er eines Tages die Gelegenheit bekommen
sollte, auf den Mond zu fliegen. Und drittens erschien es
nach so vielen Jahren, in denen mich niemand begehrt
hatte, unmöglich, dass mich jemand ohne einen zusätz-

lichen Anreiz wollen könnte. Ich besaß keinerlei Selbstvertrauen mehr.

Roza verlor für mich nie ihre sexuelle Anziehungskraft, auch nicht, als wir längst Freunde geworden waren. Sie wurde eher noch stärker, weil Roza mit der Zeit mein Herz berührte. Es war wie bei der Hefe im Brot oder der Pfeffersauce auf dem Steak. Jede Frau, mit der ich je befreundet war, übte auf mich zumindest ein wenig sexuelle Anziehungskraft aus. Ich träumte davon, mit Roza zu schlafen, und manchmal habe ich diese Träume immer noch. Alte Männer werden nicht tugendhaft, nur weil das Alter sie an der Wand festnagelt und ihnen verächtlich ins Ohr knurrt. Die Zeit treibt einem auf allen möglichen Wegen den Tod in den Körper, aber die Sehnsucht bremst sie nie.

Ich weiß nicht, was ich erwartete, als ich nach meinem Besuch bei Dr. Patel in der Davenant Road an ihre Tür klopfte. Ich wollte klingeln, aber offenbar war die Klingel abgestellt, und ich dachte, wie dumm ich doch war, während ich gleichzeitig klopfte. Ich weiß noch, dass die Vietnamesen gerade in Kambodscha einmarschiert waren, weil ich es beim Einbiegen in ihre Straße im Autoradio gehört hatte.

Ich war überrascht, als ein junger Mann mit Jeans und nackten Füßen die Tür öffnete. Er hatte lockiges, zerzaustes Haar und wirkte, als würde er sich normalerweise auf höhere Sphären konzentrieren. Er schien überhaupt nicht überrascht, mich zu sehen. »Ist Roza da?«, fragte ich.

»Keine Ahnung«, antwortete er. Er war ein echtes Redetalent. »Ich sehe mal nach.«

Er ging den Flur ein Stück hinunter und klopfte an eine Tür. »He, Roza, du hast Besuch.«

»Sie ist da«, sagte er mit geschäftsmäßigem Lächeln, dann verschwand er in ein anderes Zimmer. Ich hörte deutlich, wie er seine Tür abschloss, bevor Musik erklang, die man früher als »psychedelisch« bezeichnet hätte. Ich war damals etwa vierzig und hatte keine Ahnung, was die jungen Leute hörten oder worüber sie redeten. Dabei fühlte ich mich außen vor, als hätte ich schon alles hinter mir. Jetzt bin ich richtig alt, und es kümmert mich nicht einmal mehr. Die ganzen Sachen, die junge Leute so ernst nehmen, sind nicht mehr als Strohfeuer. Wenn ich sie mir heute so ansehe, tun mir die meisten leid, und die anderen sollen bleiben, wo der Pfeffer wächst. Aber mit vierzig war ich jung genug, um mich jung zu fühlen, und alt genug, um das Gefühl zu haben, nicht dazuzugehören. Eine Revolution hatte stattgefunden, und ich hatte es weder mitbekommen, noch wusste ich, worum es eigentlich ging. Ich wusste nur, dass meine Tochter ganz anders war als meine Schwestern in ihrem Alter und dass sie zum Glück auch nichts mit dem großen, weißen Teigklops gemein hatte.

Als Roza aus ihrem Zimmer kam, erkannte sie mich im ersten Moment nicht. Ich sagte: »Ich bin's, Chris, weißt du noch? Du hast mir einen Kaffee angeboten.«

»Ach ja, Chris. Na ja, gut, warum nicht. Komm mit runter.«

Auf dem Weg nach unten staunte ich über dieses außergewöhnliche Haus. Große Brocken Putz waren von den Wänden gefallen, darunter kamen graue Latten zum Vorschein. Die Lampen besaßen keine Schirme, und die

Stromkabel bestanden aus diesem rötlichbraunen, geflochtenen Zeug, das sicher aus der Vorkriegszeit stammte. Sie hingen einfach wie Girlanden an den Wänden. Man musste aufpassen, wohin man trat, weil einige Dielen fehlten, und auf der Treppe, die ins Souterrain führte, war eine komplette Stufe nicht vorhanden. Es gab kaum Teppiche, nur einen grauen im Souterrain, der vor Schmiere starrte, weil er vor dem Herd lag. Der Herd war mit dunkelgelben und braunen verkrusteten Fettspritzern übersät. Dort unten standen auch ein Gasofen und ein paar Sessel ohne Polsterfüllung, und in genau diesen Sesseln saßen wir, während Roza meinen Geist verführte und die Geschichten ihres Lebens auf mich einstürmen ließ.

Sie war wie der alte Seemann in diesem Gedicht von Coleridge, der jemanden in ein Gespräch verwickelte und nicht eher gehen ließ, bis die ganze Geschichte erzählt war, allerdings wollte ich auch gar nicht gehen. Ich war, wie gesagt, fasziniert. Ich sah sie gerne an, wenn sie sprach, selbst wenn ich nicht zuhörte, weil sie mir das Gleiche schon oft erzählt hatte. Wenn ich mich nicht auf ihre Worte konzentrierte, betrachtete ich ihren Körper und ihren Mund und ihr Gesicht, ich stellte mir vor, wir wären im Bett, und malte mir aus, was sie mit mir tun könnte.

Bei diesem ersten Besuch gab sie nicht viel preis. Wir tranken in unseren Sesseln Kaffee, sie stellte mir ein paar Fragen, und dann bot sie an, mir das Haus zu zeigen, wie eine ehrbare Frau es tut, deren Gäste zum ersten Mal zu Besuch kommen.

Das restliche Haus war genauso marode wie der Teil, den ich schon gesehen hatte. Das oberste Stockwerk blieb unbewohnt, weil das Dach leckte, und in einem der Zimmer baute jemand auf einer Werkbank einen Motor zusammen. Roza erzählte, der junge Mann aus dem ersten Stock, der in einer Werkstatt arbeitete, würde daran basteln. Ich bin ihm oft begegnet, er kam mir vor wie einer dieser fehlgeleiteten Jungs aus der Mittelschicht, die ein ärmliches Dasein als authentischen Lebensstil betrachteten. Er sang in seinem Zimmer ständig Songs von Bob Dylan, und sein recht annehmbares Gejaule und Geklimper hallten durch das Haus wie der Soundtrack zu der Geschichte, in der ich mit Roza steckte. Meine Tochter spielte oft Platten von Bob Dylan, und nach einer Weile mochte ich ihn, obwohl ich mich beschwerte, und deshalb erkannte ich die Songs, die der Junge spielte. Wahrscheinlich war er einsam und hoffte, eines Tages berühmt zu werden. Der Bob Dylan oben war angeblich jemand namens John Horrocks, aber der echte John Horrocks war nach Katmandu gegangen, um ein Hippie zu werden, und der Bob Dylan hatte seinen Namen übernommen, damit er die Angaben beim Vermieter nicht zu ändern brauchte. Über den echten John Horrocks fand ich nur heraus, dass er meist mehrere Freundinnen gleichzeitig hatte und dass seine Füße riesig waren, er hatte nämlich ein paar Mokassins mitten in der Küche stehen lassen, und dort standen sie, solange ich zu Besuch kam, wenn der Bob Dylan sie nicht gerade trug. Den echten Namen vom Bob Dylan oben habe ich nie erfahren. Ich fing an, ihn BDO zu nennen, und wenig später tat Roza das auch.

Es wohnte noch ein anderer Mann im Haus, offenbar ein Schauspieler, und Roza lachte immer über ihn und sagte, von allen Juden, die sie kannte, sei er als Einziger so geizig, wie man es Juden nachsagte. Er besaß als Einziger im Haus ein Telefon, und damit es außer ihm niemand benutzen konnte, versperrte er es mit einem Schloss in der Wählscheibe. Seine Freundin war eine hübsche, blonde Schauspielerin, die immer in einem kleinen, roten Renault ankam, und jedes Mal, wenn sie miteinander schliefen, hallten die Geräusche durch das Haus, vermischt mit den Songs von Bob Dylan und Rozas melodischer Stimme. Die Ehrlichkeit dieses lauten Liebesspiels gefiel mir. Mit einer solchen Ehrlichkeit bin ich nicht aufgewachsen. Aber sie ist mir peinlich. Der große, weiße Teigklops hätte niemals einen Pieps gemacht, auch wenn im Umkreis von hundert Kilometern niemand gewesen wäre.

Die letzte Mitbewohnerin war eine junge Frau, die ich kaum zu Gesicht bekam. Sie war eine hübsche Bildhauerin, die Latzhosen trug und Tonscheiben in der Form von Segeln anfertigte, um sie bei Ebbe in die Themse zu stellen und zu fotografieren. Auf einem Button an ihrer Kleidung stand der Spruch: »Eine Frau ohne Mann ist wie ein Fisch ohne Fahrrad«, dabei sah ich sie deshalb so selten, weil sie die meiste Zeit bei ihrem Freund verbrachte. So war das in den Siebzigern und frühen Achtzigern.

Mit meinen vierzig Jahren fühlte ich mich, als wäre ich insgeheim in das Herz der alternativen Gesellschaft geschleudert worden, wie wir sie nannten, allerdings verlief die Revolution im Sande und erreichte am Ende nichts. Aber damals war es ziemlich nett. Ich fühlte mich nicht so sehr außen vor, obwohl mir das ganze Durcheinander Angst machte. Als der Punk aufkam und alle Hippies verschwanden, wurde mir endgültig klar, dass ich keine Chance mehr hatte mitzumischen. Die mittleren Jahre machen einen würdevoller, und wenn nicht, ist man ein trauriger Fall. Manchmal sah man einen Punk in mittleren Jahren und dachte nur: »Wie jämmerlich.« Jämmerlicher als ein Punk in mittleren Jahren ist nur ein weißer Rastafari. Ich habe mal einen getroffen, und er war noch einsamer als ich.

Komisch, wie es damals alle Randgruppen schafften, uns anderen das Gefühl zu geben, wir seien die eigentliche Randgruppe. Das war ein ziemlich guter Trick. Es war nicht schön zu wissen, dass die jungen Leute mich für langweilig hielten, vor allem, weil es wahrscheinlich stimmte. Langweilig zu sein, niemand Besonderes zu sein ist traurig, weil es bedeutet, dass man wie alle anderen ist. Man nimmt auf der Erde einfach nur Platz weg. Theoretisch würde man eine gewisse Menge an Würstchen ergeben, mehr ist man nicht. Nur Fleisch, das eine Zeitlang existiert und dann aufhört zu existieren. Heute frage ich mich, ob nicht die jungen Menschen die eigentlichen Langweiler waren. Aber damals fühlte es sich so an, als wäre ich es.

Roza fand mich nicht langweilig. Ich war genau das, was sie brauchte. Ich trank ihren Kaffee, sah sie voller Zuneigung an, lauschte ihren Geschichten, und wenn ich ging, gab ich ihr einen Kuss auf die Wange. Sie war extrem ichbezogen, was normalerweise ein Makel ist, aber wenigstens bekam sie mich dadurch nicht schnell satt, denn ich hatte wirklich nicht viel zu erzählen.

Nachdem sie mich an jenem Tag durch das Haus geführt hatte, kochte sie auf dem verschmutzten Herd mit einem dieser zweistöckigen italienischen Geräte einen Kaffee für uns, und dann setzten wir uns einander gegenüber in die Sessel. Sie entzündete den Gasofen mit einem Streichholz, mit dem sie sich anschließend eine Black Russian ansteckte. Das waren ihre Lieblingszigaretten, aber manchmal rauchte sie auch Abdullahs. Sie nippte an ihrem Kaffee und blies Rauch zur vergilbten Decke hinauf.

Ich wusste nicht recht, was ich sagen sollte, und sie schien nicht zu erwarten, dass ich überhaupt etwas sagte. Sie verblüffte mich. Sie trug teure Kleidung und rauchte vornehme Zigaretten, alles an ihr war makellos, trotzdem lebte sie in dieser dreckigen Bruchbude. Sie glich einer Prinzessin auf einem Misthaufen.

»Woher kommst du?«, fragte ich schließlich.

»Aus Jugoslawien«, antwortete sie. »Genau gesagt bin ich Serbin.«

»Über Jugoslawien weiß ich nicht viel. Ist es da schön?«

Sie zuckte mit den Schultern. »Kommt drauf an. Ist England schön?«

Wir lächelten uns an, dann sagte ich: »Im Moment nicht.«

»Eigentlich willst du wissen, warum ich so lebe, hier, in so einem dreckigen Haus.«

»Neugierig bin ich schon«, gestand ich.

»Ich zahle fünf Pfund pro Woche.«

»Mein Gott, das ist aber billig!«

»Nicht, wenn das Dach leckt. Aber es gehört der Wohnungsgenossenschaft, und irgendwann wollen sie es abreißen, bis dahin nehmen sie fünf Pfund die Woche, und sie nennen diese Wohnungen ›Schwer zu vermieten‹, und die Warteliste ist für Jahre voll.« Sie lachte über die Ironie.

»Das erklärt aber noch nicht ganz, warum du hier wohnst.«

Sie sah mich an, als wäre ich dumm, und sagte: »Ich spare mein Geld. Ich will große Sachen damit machen.«

»Hast du viel Geld?«

»Ich habe dir schon gesagt, ich war ein schlimmes Mädchen. Jetzt habe ich genug, und außerdem hatte ich keine Lust mehr und habe aufgehört. Jetzt bin ich wieder ein gutes Mädchen. Ich ruhe mich aus.« Sie wirkte sichtlich selbstzufrieden. »Außerdem gibt es mich nicht in echt, deshalb muss ich mich verstecken, und hier geht das gut. Kennst du den Jungen oben? Er tut, als wäre er John Horrocks, und ich tue, als wäre ich Sharon Didsbury. Die echten waren früher hier, und wir haben die Zimmer und die Namen übernommen, damit wir es nicht offiziell machen müssen. Zu viele Probleme, zu viel Papierkram.«

»Dich gibt es nicht?«, fragte ich. Ich dachte, das sollte eine metaphysische Bemerkung über ihren seelischen Zustand sein.

»Kein Visum, keine Arbeitserlaubnis«, antwortete sie. »Ich bin ein winzig kleiner Parasit.« Sie zeigte mir, wie klein, indem sie Daumen und Zeigefinger einen Zentimeter auseinanderhielt.

»Hast du keine Ausbildung?«, fragte ich.

Sie wirkte beleidigt. »Ich habe in Zagreb studiert. Zumindest angefangen.«

»Oh«, machte ich, mehr fiel mir nicht ein.

Dann sagte sie: »Ich bin hier, weil ich es versaut habe. Alles wird Scheiße. Weißt du, ich nehme eine Kartoffel, und bis sie an meinem Mund ist, ist sie Scheiße mit Pferdehaaren drin. Ich kenne Scheiße und Pferdehaare zwischen den Zähnen gut, glaub mir.«

Roza blies noch mehr Rauch Richtung Decke und sagte abgeklärt: »Jetzt ist es gut. Keine Scheiße mehr für Roza. Willst du es hören?«

»Was hören?«

»Über Roza, die zu viel Scheiße gegessen und es versaut hat? Ist was zum Lachen.«

Ich zuckte mit den Schultern. Damals wollte ich eigentlich nur mit ihr schlafen, aber wenn man von einer Frau fasziniert ist, gibt man sich auch mit ihren Geschichten zufrieden, weil man so auf dem richtigen Weg bleibt.

»Mein ganzes Leben war eine beschissene Sache nach der anderen«, sagte sie, atmete Rauch aus und lachte. »Weißt du, trotzdem mag ich es, wenn ich darüber nachdenke. Es war mein Leben, und ich mag es. Ich hatte Abenteuer.«

4
Mein Vater

Mein Vater war bei Tito Partisan.

Das erzählte ich ihm. Ich redete gerne über meinen Vater. Ich sprach nie böse über ihn, und Chris überraschte das angesichts der Sachen, die ich über ihn erzählte. Aber wenn man interessant wirken will, sollte man nicht berechenbar sein.

Ich erzählte, mein Vater hätte eine Augenklappe getragen, mit der er wie ein Pirat aussah, und in seinem Körper hätten fünf Kugeln aus dem Krieg gesteckt. Jedes Jahr ließ er sich im Krankenhaus röntgen, und dann kam er nach Hause und klemmte das Bild vor das Küchenfenster. Er sah nach, wie weit die Kugeln von einem Teil seines Körpers in einen anderen gewandert waren. Seine Hoffnung war, sie würden sich eines Tages durch seine Haut drücken, damit er sie herausziehen und alle nebeneinander auf den Kaminsims stellen könnte. Das war sein Ziel. Er sagte gerne: »Irgendwann wandert vielleicht eine Kugel in meine Lunge, und dann bin ich tot, einfach so«, und dann zog er eine Augenbraue hoch und schnippte mit den Fingern.

Er brachte mir eine kleine Showeinlage darüber bei, wie er vielleicht sterben würde. Ich spielte sie Chris einmal vor, als wir etwas Wein getrunken hatten und ein wenig übermütig wurden und ich wieder einmal von meinem Vater erzählte.

»Also«, ahmte ich meinen Vater nach, »die Kugel geht in meine Lunge, und ich bekomme Schmerzen. Große Schmerzen. Ich greife mir an die Brust und mache: ›Aaahhh‹, und dann wedle ich mit den Händen, so etwa, und dann huste ich, Ah!, Ah!, Ah!, und plötzlich kommt Blut aus meinem Mund, klar? Es strömt mir über das Kinn, und mein Mund läuft voll, und ich huste und huste, und Mama kommt raus, klar? Und sie sagt: ›Mein lieber Mann, du machst das saubere Hemd dreckig, das ich frisch gewaschen habe‹, und dann liege ich sterbend auf dem Boden, und Mama streut Salz auf das blutverschmierte Hemd, um es einzuweichen.«

An dieser Stelle lag ich auf dem schmierigen Boden und tat so, als würde ich sterben, in einer Hand eine Zigarette, in der anderen ein Weinglas. Ich sagte: »Und dann hat mein Vater immer das Gleiche gesagt, er hat gesagt: ›Dann wickeln sie mich in die Landesflagge und bringen mich weg, und in der Fabrik machen sie Fleischpasteten aus mir, und Marschall Tito serviert mich dem Präsidenten der Vereinigten Staaten, der zu Besuch gekommen ist, und meine Knochen werden gemahlen und auf die Felder gestreut, und aus ein paar Knochen wird Leim, um Bücher zu binden, und so bin ich noch nützlich, wenn ich tot bin.‹«

Chris sah auf mich hinunter, und in seinem Blick lagen echte Zuneigung und Vergnügen, als er sagte: »Hast du das jedes Jahr gemacht, wenn er ein Röntgenbild nach Hause gebracht hat?«, und ich sagte: »Auch bei den Partys für seine Freunde.«

»Du warst bestimmt ein süßes, kleines Mädchen«, sagte

Chris, und ich antwortete: »In jeder Frau steckt ein süßes, kleines Mädchen, auch wenn sie total kaputt ist.«

Chris meinte, ich hätte Schauspielerin werden sollen, und es wäre ein Wunder, dass ich die Sterbeszene hinbekommen hätte, ohne Wein zu verschütten.

Ich erzählte ihm, dass mein Vater mich gerne damit erschreckte, seine Augenklappe hochzuziehen, damit ich das eingefallene Lid in der Augenhöhle sehen konnte, und dass er mich danach durch das Haus jagte, so tat, als wären seine Hände Klauen, und dazu Geräusche wie ein Tier machte. Als er das oft genug getan hatte, machte mir das keine Angst mehr, und es war nur ein weiteres Spiel, das mit Auskitzeln endete. Aber meine Freundinnen und die Freunde meines Bruders fanden die Augenhöhle jedes Mal beeindruckend.

Chris gefiel es, wenn ich diese Geschichten über meinen Vater erzählte. Er war ein geduldiger Mensch und dachte, ich müsste unbedingt über diesen anderen Mann reden, der in meinem Leben so wichtig war. Ich erzählte ihm die Geschichten, als gäbe es nichts Wichtigeres auf der Welt, und er saß in dem dreckigen Sessel und nippte an meinem Kaffee und sah mich einfach mit Freude im Blick an. Wahrscheinlich wäre es völlig egal gewesen, was ich sagte. Er hatte fast im ersten Moment angebissen, und jetzt brockte ich mir selbst ein Problem ein, weil ich nicht genau wusste, was ich mit ihm anstellen wollte, nachdem ich ihn am Haken hatte. Ich musste mir überlegen, was ich von Chris wollte.

»Mein Vater war wie ein Berg«, sagte ich. »Er war ein Fels. Er war beinahe ehrfurchtgebietend … Er konnte riesige Mengen essen und wurde nie dick, und bei den Mahlzeiten saß er mit Gabel und Messer in den Fäusten da und erzählte einfach vom Krieg. Er war wie viele Leute seiner Generation. Der Krieg kam, und danach redeten die Überlebenden ständig darüber, weil sie selbst kaum glauben konnten, dass sie nicht tot waren. Er hat immer gesagt: ›Mein Leben ist ein verdammter Epilog, und der Epilog ist viel länger als die ganze verdammte Geschichte.‹ Dann hat er sein Glas gehoben und gesagt: ›Auf einen langen und glücklichen Epilog, und auf die vielen armen Kerle, die es nicht geschafft haben …‹«

Ich erzählte Chris, dass ich als Kommunistin erzogen wurde. Als Jugoslawin musste das damals so sein, genauso, wie manche Menschen Moslems oder Katholiken sein müssen, nur weil ihre Geburt es zufällig so bestimmte. Viel wissen musste ich darüber nicht. Damals bezeichneten sich in London viele als Kommunisten. Ein bestimmter Schlag Menschen fand, damit würde man heldenhaft wirken. Archway steckte voll kommunistischer Splittergruppen, die einander verabscheuten. In Jugoslawien gab es ein Sprichwort: Wenn Kommunisten ein Erschießungskommando zusammenstellen sollen, bilden sie einen Kreis. Na ja, heute glaubt kein Mensch mehr diese ganzen Sachen, aber damals hatten wir in Archway die Revolutionäre Kommunistische Partei, die Kommunistische Partei Großbritanniens, die Internationale Gruppe der Marxisten, die Sozialistische Arbeiterpartei, alle möglichen Revolutionäre und Sozialisten und dazu noch verschiedene Arten von Anarchisten. Alle wussten, dass bei Treffen die Hälfte der Anwesenden zum britischen Geheimdienst gehörte und sich alle nur gegenseitig ausspionierten. Niemand, der alle beisammen hat, glaubt heute noch irgendwas davon. Jetzt würde ich mir die Mühe nicht mehr machen, aber damals habe ich Tito verteidigt. Es war eine Frage der Loyalität. Chris hat darüber nie groß mit mir diskutiert, und ich wette, er gehörte im Grunde zu den Konservativen. Er sagte mal, er wäre ein Liberaler, er hängte sogar Plakate in sein Fenster und ging auf Stimmenfang, aber ich wette, als er im Wahlbüro das Kästchen vor sich hatte, machte er sein Kreuzchen neben dem Namen des konservativen Kandidaten. Er stöhnte genauso wie alle anderen, als die Konservativen an die Regierung kamen, aber es war doch auffällig, dass Mrs. Thatcher dreimal die Wahl gewann und trotzdem beinahe niemand zugab, sie gewählt zu haben.

Mein Vater allerdings war ein richtiger Kommunist, durch und durch Stalinist, aber das half ihm nach dem Krieg nicht weiter, als sich zeigte, dass Tito alles auf seine Weise regeln wollte. Mein Vater war wie ein Segelschiff, das in einem Rennen einen großartigen Start hingelegt hat, weil ein frischer Wind wehte, und bei einer Flaute von den ganzen Ruderbooten überholt wird.

Als der Krieg ausbrach, war mein Vater fünfzehn, und zuerst ging er zu den Tschetniks auf das Ravna-Gora-Plateau. Ich weiß nicht, wie viel davon Chris etwas sagte. Er wollte einfach bei mir sein, und ich merkte, dass er zufrieden damit war, meinen Körper zu bewundern und meine Stimme zu hören. Mir gefiel das, weil ich mich dadurch sexy fühlte.

Jedenfalls waren die Tschetniks Royalisten, und die königliche Familie hielt sich damals, glaube ich, in London auf. Am Anfang hatte mein Vater bei ihnen Spaß. Es war ein großes Abenteuer, durch Matsch zu waten, sich an Seilen durch die Luft zu schwingen, durch Rohre zu kriechen und mit Bajonetten in Sandsäcke zu stechen.

Das Problem war, dass der König ihm völlig egal war und es ihm deshalb schwerfiel, Royalist zu sein. Die Offiziere der Tschetniks stammten alle aus dem Habsburger Adel und standen auf Drill und polierte Stiefel. Die Männer brachen untereinander Fehden vom Zaun, wie echte Balkanbanditen, und die Offiziere wussten nicht, wie sie für Disziplin sorgen sollten, und deshalb lief mein Vater eines Tages zu den kommunistischen Partisanen über, weil er genug davon hatte, sich mit einer Bande streitsüchtiger Royalisten im Wald zu verstecken.

Es gab genug Feinde, die man bekämpfen konnte. Überall wimmelte es von Rumänen, Bulgaren, Italienern, Deutschen und Ungarn, und es gab auch einige Kroaten, die Nazis geworden waren. Wenn Sie etwas Beleidigendes über Kroaten sagen wollen, bezeichnen Sie sie einfach als Ustascha. Wenn Sie Serben beleidigen wollen, nennen Sie sie Tschetniks.

Es gab viel Gerede und Gerüchte. Es hieß, die Tschetniks würden mit den Nazis konspirieren, um die Kommunisten auszulöschen, und sogar mit den Ustascha zusammenarbeiten. Die Ustascha wollten Serben, Juden und Zigeuner loswerden, indem sie sie ertränkten. Sie hatten in Jasenovac ein Vernichtungslager, das sogar die Gestapo für seine Grausamkeit verurteilte. Ich habe gehört, dass im Krieg 1,7 Millionen Jugoslawen gestorben sind, eine Million davon durch Brudermord. Die Deutschen und Italiener mussten gar nicht herkommen und uns ermorden, das haben wir auch allein geschafft. Chris sagte: »He, Roza, ich muss aufpassen, dass ich dich nur von deiner Schokoladenseite kennenlerne«, und ich sagte: »Mädchen vom Balkan bestehen nur aus Schokoladenseiten.«

Mein Vater lief zu den Kommunisten über, als er an einem Angriff auf sie teilnehmen sollte. Er achtete darauf, ganz am Rand der Flanke zu sein, und als die Kolonne näher kam, stahl er sich davon, lief zu den Kommunisten und erzählte ihnen von dem bevorstehenden Angriff. Und so stellten sie den Fallenstellern eine Falle, und mein Vater half dabei, seine ehemaligen Kameraden aufzureiben. Bei dem Kampf bekam er eine Bajonettspitze ins Auge, deshalb musste er lernen, mit links zu schießen. Alles sehr abenteuerlich.

Die Kommunisten waren als Widerstandskämpfer recht erfolgreich. Sie bauten sogar Schulen und Fabriken für Gewehre und Zigaretten. Dabei kämpften sie nicht nur gegen die Italiener und Deutschen, sondern auch gegen andere Widerstandsgruppen, allerdings wechselten gegen Kriegsende so viele Italiener die Seiten, dass sie ein komplettes Bataillon zusammenbekamen, das für uns kämpfte.

Ich wusste viel über den Zweiten Weltkrieg in Jugoslawien. Das war eines meiner Fachgebiete, wegen der Uni, und ich wusste genau, von wem und worüber ich sprach und wann was passiert war, aber Chris hatte zweifellos Probleme, mir zu folgen. Er sagte, es sei alles sehr interessant, und seine Frau hätte sich schon über seine Bettlektüre gewundert. Früher hatte er meist Westernromane von Louis L'Amour und Heimwerkerzeitschriften gelesen, aber jetzt hatte er mit den Büchern über Tito und Fitzroy Maclean angefangen, die ich ihm geliehen hatte.

Es machte Spaß, Chris blutrünstige Details zu erzählen, etwa, dass mein Vater einmal sein eigenes Pferd gegessen hatte, dass Tito durch seinen Hund gerettet wurde, als der die ganze Wucht einer Bombe abfing, die neben ihm zu Boden gefallen war, und dass Kollaborateure von Lastern geworfen wurden, nachdem man ihnen vom ersten Finger ein Glied, vom zweiten Finger zwei Glieder und die letzten beiden Finger ganz abgeschnitten hatte. Man schnitt ihnen die Daumensehnen durch und nähte ihre Lippen zusammen, und wenn sie Frauen waren, auch die anderen Lippen.

Er schauderte dann und meinte, wie schrecklich das war, aber ich sah das anders. Ich fand, sie hätten es verdient, und ich sagte: »Ich hasse solche Menschen.« Ich habe die Einstellung einer Amazone, und vielleicht fand Chris mich deswegen noch wunderbarer.

Chris sagte: »Ich hasse niemanden. Dazu könnte ich mich gar nicht aufraffen. Aber ich glaube, meine Frau hasst mich.«

»Ich hasse viele Leute«, sagte ich, und als er fragend die Augenbrauen hob, zählte ich sie an den Fingern ab. »Ich hasse Kroaten, Albaner, Moslems, Russen und Bosnier, wenn sie keine Serben sind. Und einen Engländer habe ich mal gehasst, aber der ist tot, also ist das in Ordnung. Erzähle ich dir irgendwann.«

Er sah erstaunt aus und sagte in etwa: »Du wirkst gar

nicht so voller Hass. So viele Menschen kannst du nicht hassen. Das schafft man gar nicht. Es kostet zu viele Gefühle. Schlimm genug, wenn man gehasst wird. Es ist unglaublich zermürbend, mit jemandem zusammenzuleben, der einen hasst.«

Und ich antwortete: »Ach, ist schon gut, Slowenen und Montenegriner mag ich. Und vielleicht Griechen. Zumindest sind Griechen orthodox.«

»Wer war denn dieser Engländer?«, fragte Chris.

»Ich erzähle dir das irgendwann, aber vielleicht noch nicht jetzt. Weißt du, ich bin gerne die Tochter eines Partisanen. Ich sage mir: ›He, Roza, du bist die Tochter eines Partisanen.‹ Das ist meine Rechtfertigung, wenn ich über mich nachdenke und mich frage, warum ich manche Sachen mache. Ich bin nicht wie alle anderen, weil ich die Tochter eines Partisanen bin.«

»Dein Vater scheint dir ja sehr wichtig zu sein«, sagte Chris auf seine direkte Art, und ich zuckte mit den Schultern und antwortete: »Klar. Für jedes kleine Mädchen ist der Vater der erste Mann, in den es sich verliebt.«

»Ich glaube nicht, dass meine Tochter je in mich verliebt war«, sagte Chris. »Was hat mit mir wohl nicht gestimmt?«

»Du hattest nie die Gelegenheit, ein Partisan zu werden«, antwortete ich.

Chris tat mir leid. Er war sehr verletzlich, und trotzdem spielte ich Spielchen mit ihm, quälte ihn sogar ein wenig, und es war lustig, und ich lachte ihn aus, aber ohne jede Grausamkeit. Ich beugte mich in dem Sessel vor und stieß eine Rauchwolke aus. »Ich erzähle dir noch etwas«, sagte ich. »Mein Papa war der erste Mann, mit dem ich geschlafen habe.«

Chris wusste nicht, wie er darauf reagieren sollte. Er war schockiert. Seine Augen wurden ganz groß. Aber ich lächelte, und das machte ihn ratlos. Schließlich sagte er: »Das tut mir leid, das tut mir so leid.«

»Warum?«

»Es muss doch schrecklich gewesen sein, dass dein Vater dir das angetan hat. Ich kann mir nicht mal vorstellen, wie schlimm es sein muss.«

»Du bist lustig«, sagte ich. »Mir machte das Spaß. Es ist, wie ich gesagt habe. Papa ist der erste Mann, in den man sich verliebt.«

»Trotzdem … so etwas der eigenen Tochter anzutun.«

Es war lustig. Ich atmete noch mehr Rauch aus und drückte meine Zigarette aus. Dann ging ich zu ihm und kniete mich vor ihn. Er sprang beinahe auf, gleichzeitig ängstlich und begeistert, und mir ging auf, dass er vielleicht dachte, ich würde gleich etwas tun.

Aber ich winkte ihm, damit er sich vorbeugte, und brachte meine Lippen neben sein Ohr. Ich konnte sein Aftershave riechen. Er nahm dieses Old-Spice-Zeug. Ich wollte ihn umgarnen und schockieren. Also kicherte ich und sagte: »Er hat mir nichts angetan. Nicht arme Roza. Armer Papa. Ich war es. Ich bin mit meinem Vater ins Bett gegangen, und ich habe ihn dazu gebracht.«

Dann lehnte ich mich zurück und beobachtete seine Reaktion.

5
Das Mädchen aus Belgrad

Roza erzählte mir, sie sei in einem kleinen Dorf in der Nähe von Belgrad zur Welt gekommen, nicht weit von der Donau entfernt und recht nah beim Avala. Dort steht ein riesiges Denkmal für den Unbekannten Soldaten. Das Klima ist extrem und oft lebensfeindlich, und die Menschen träumen von der Küste Dalmatiens, so wie frierende Amerikaner angeblich von Kalifornien träumen. Direkt hinter dem Dinarischen Gebirge gleicht das Land eher Italien; es ist voller Wein, Oliven, Feigen, duftender Büsche und Aleppo-Kiefern. Ich war später einige Male dort, noch bevor Jugoslawien auseinanderbrach. Das waren so etwas wie Pilgerreisen.

In der Gegend von Belgrad ersticken die Menschen in der Sommerhitze. Der Teer auf den Straßen wird matschig und klebrig, an den Bäumen verdorrt das Laub, auf den Feldern entzünden sich von allein Feuer, und über jeder flachen Ebene schimmern Luftspiegelungen. Auf dem Plateau Kalemegdan steht eine alte Festung, und es ist eine Wohltat, hineinzugehen und sich in den steinernen Sälen abzukühlen. Manche Gewitter sind so heftig, dass das Wasser nur so über die Erde strömt, weil es nicht in den ausgedörrten Boden eindringen kann, und es kommt zu Fluten, wenn das Eis in den Alpen schmilzt. Es steigt als Grundwasser an und füllt sogar Seen, wo es nicht geregnet hat. Man muss ständig an den Bewässerungskanälen arbeiten, nicht nur, um die Äcker zu versorgen, sondern auch, damit die Dörfer nicht unter Wasser gesetzt werden.

Roza erzählte, dass ihr Vater Donner hasste, weil er für ihn wie ein Artillerieangriff klang. Er bekam dann Wutanfälle, während sie und ihre Mutter schwitzend oben im Haus lagen und die elektrische Spannung über ihre Haut kribbelte. Er lief hinaus in die sintflutartigen Regenfälle, taumelte umher, schüttelte die Faust, schrie und feuerte beide Läufe seines Schrotgewehrs in den Himmel. Ich sagte: »Ihr hattet doch bestimmt Angst«, und Roza antwortete: »Nein, das war doch nur mein Papa.« Einmal ging ihre Mutter hinaus, um ihn zurück ins Haus zu holen, und er schlug ihr aus Versehen den Gewehrkolben gegen die Wange, dass sie einen scheußlichen blauroten Bluterguss bekam, und danach ließ sie ihn im Gewitterregen vor sich hin wüten. Am Tag nach dem Unfall kam er mit einem Ring für seine Frau und einer Puppe für Roza nach Hause und sagte: »Ich versuche, mich zu beherrschen, aber manchmal ist es schwierig.« Roza dachte, ihr Vater würde gleich weinen, weil seine Unterlippe zitterte und seine Augen feucht wurden. Ich kann mir nicht vorstellen, dass mein eigener Vater weinen würde. Britische Väter weinen nicht vor ihren Kindern. Ihre Mutter erklärte ihr: »Was dein Vater auch tut, Printzeza, vergiss nie, dass er ein tapferer Mann ist, der schon in der Hölle war, eine ganze Zeitlang, und dann ist er zurückgekommen.«

Im Sommer sehnten sie sich nach den eisigen Winden, die aus Ungarn herüberwehten, aber wenn der ungarische Wind im Winter tatsächlich schneidend durch das Land fuhr und sie durch den Schnee stapften, wünschten sie sich den brütenden Sommer herbei. Nur im Frühling und Herbst konnten sie ein Leben führen, das nicht dem Klima unterworfen war.

Viel entscheidender ist aber, dass in dieser Region das Leben immer der Geschichte unterworfen ist. Jeder ist von ihr beherrscht und gequält. Sie nimmt der Seele alle Logik und Menschlichkeit und erfüllt sie mit heldenhafter Dummheit.

6
Der Geheimpolizist

Nachdem mein Vater Partisan gewesen war,
wurde er Geheimpolizist.

Das erzählte ich Chris. Ich lockte ihn mit immer neuen
Geschichten über meinen Vater, weil Chris von dem Gedanken fasziniert war, dass ich mit meinem Vater geschlafen hatte und es mir nichts ausmachte. Ich ließ ihn zappeln,
indem ich ihm zuerst viele andere Dinge über meinen Vater erzählte.

In Wahrheit gewann ich Chris gerade sehr lieb, er
wurde zu einem verlässlichen und glücklichen Teil meines Lebens, ich freute mich auf seine Besuche, und ich
machte mich jeden Tag hübsch und überlegte, was ich erzählen würde, nur für den Fall, dass er nach einem Besuch
bei Dr. Patel oder einem der anderen Ärzte vorbeikam. Ich
dachte, wenn ich ihm noch eine Zeitlang nicht in allen
Einzelheiten von dem Inzest erzählte, würde er mich weiter besuchen. Hatte ich das einmal ausgeplaudert, würde
ich ihm auch die anderen Geschichten erzählen müssen.

Also erzählte ich ihm, dass mein Vater nach seiner Zeit
als Partisan zur Geheimpolizei ging. Damals hieß sie
UDBA. 1966 kam heraus, dass sie sogar in Titos Büro eine
Abhörvorrichtung versteckt hatte, und Tito wurde klar,
warum seine Pläne ständig durchkreuzt worden waren. Er
unterwarf die UDBA einer Reform, von der sie sich nie
erholte, aber direkt nach dem Krieg half sie Tito, an der

Macht zu bleiben, und sorgte dafür, dass Jugoslawien nicht wieder auseinanderbrach.

Mein Vater hatte viel zu tun, weil Hunderte Kriegsverbrecher auf freiem Fuß waren, genau wie viele Menschen, die man der Einfachheit halber als solche betrachtete: Faschistische Ustascha aus Kroatien, royalistische Tschetniks aus Serbien, Albaner aus dem Kosovo, die jedem lästig waren und mit niemandem zusammenarbeiten wollten. Ich erzählte, dass eine der ersten Aufgaben meines Vaters darin bestand, bei der Beweissicherung gegen Dragoljub Mihailovic, den Befehlshaber der Tschetniks, mitzuarbeiten. Außerdem wirkte er an der Strafverfolgung von Erzbischof Stepinac mit, einem Kroaten, der orthodoxe Serben unterdrückt hatte. Jeder hielt ihn für einen Handlanger des Vatikans.

In den ersten zehn Jahren nach dem Krieg sorgte Tito für eine strenge Parteidisziplin und beschnitt alle Freiheiten. Wer einer anderen Ideologie anhing, wurde damals verfolgt. Jetzt, nach dem Ende des Kommunismus, wirkt es seltsam, sich an die vielen Klassenfeinde zu erinnern, an die Revanchisten, die Unverbesserlichen, die Liberalen und Reaktionäre, eine lange Liste von Verrätern. Die größte Verachtung empfand mein Vater für die Bourgeoise, und sobald ihn etwas ärgerte, wenn sich etwa von einer Schubkarre das Rad löste oder sein geliebtes Auto stehen geblieben war, beschimpfte er es als kleinen, bourgeoisen Reaktionär. Im Grunde war das reiner Snobismus.

»Mein Vater hatte über alles ganz feste Ansichten«, erzählte ich Chris und lachte darüber.

»Dann hast du das wahrscheinlich von ihm«, sagte Chris.

Es stimmt, ich habe feste Ansichten. Ich glaube an Gut und Böse, und ich weiß, was was ist, und ich weiß, dass man manchmal Böses tut, um Gutes zu erreichen. Chris differenzierte da eher. Man konnte ihm ansehen, dass er mir nur zu gerne gesagt hätte, das Leben wäre komplizierter, aber er hielt sich zurück, weil Engländer gönnerhaftes Benehmen unhöflich finden und es außerdem damals besonders gefährlich wurde, Frauen gönnerhaft zu behandeln. Für so etwas bekamen Männer die Eier abgebissen.

Ich wusste längst, dass Chris mit mir schlafen wollte, aber ich war nicht sicher, was ich tun sollte. Er hatte den Anfang vermasselt, indem er versuchte mich aufzugabeln, weil er mich für eine Hure hielt, und ich hatte den Anfang vermasselt, indem ich ihm erzählte hatte, ich sei fünfhundert Pfund wert. Außerdem war er verheiratet und hatte eine Tochter. Große Gedanken machte ich mir deswegen nicht. Er sagte, eine Ehefrau würde irgendwann zur Schwester oder zur Feindin, und ich wusste genau, dass er damit recht hatte. Jeder verheiratete Mann erzählte mir das. Es ist einer der Scherze der Natur, dass die meisten Männer aus Feuer gemacht sind und die meisten Frauen aus Erde. Chris sagte, seine Frau hätte statt Blut fettarme Milch in den Adern.

Ich versuchte mir darüber klarzuwerden, ob Chris sich gerade in mich verliebte und wie es als seine Frau oder als seine Geliebte wohl wäre. Ich hatte Angst, er würde vielleicht nicht wiederkommen, wenn ich mit ihm schlief. Es war ein großes Risiko.

7

Ein Biwak am Bombenkrater

Ich schätze, klare Überzeugungen helfen Menschen dabei, in einem Krieg zu kämpfen und ihn zu überleben und danach die Erinnerungen zu ertragen. Wahrscheinlich hat Rozas Vater ihretwegen alles durchgestanden. Mein Vater stand es als altmodischer Patriot durch. Wenn ich über Roza als Kommunistin nachdenke, mache ich mir klar, dass diese Haltung lange sehr leichtfiel, weil die Kommunisten über so viele Jahre verschleiern konnten, dass ihr System ökonomisch und menschlich gesehen eine Katastrophe war. Das gehört zu den größten und längsten Selbsttäuschungen der Geschichte, und man kann den Leuten nicht vorwerfen, dass sie auf sie hereingefallen sind, weil keiner von uns die Gegenwart wirklich erkennen kann, von der Zukunft ganz zu schweigen. Vielleicht ist es sogar falsch zu glauben, der jugoslawische Kommunismus habe tatsächlich versagt. Lange Zeit funktionierte er mehr oder minder, indem er alle gleich am Boden hielt, und dann verschwand er einfach. Mir erschien Roza genauso als Kommunistin, wie jemand Katholik war, der sich bekreuzigt, wenn er an einer Kirche vorbeigeht, aber nie eine betritt und keine Ahnung von Theologie hat. Als ich Roza davon erzählte, gab sie zu, dass ich wahrscheinlich recht hatte.

Rozas Vater hatte damals das Problem, dass Tito tatsächlich glaubte, der Staat würde irgendwann verkümmern. Er verlieh Arbeitern die Kontrolle über ihre Fabriken und gestattete den Teilrepubliken größere Autonomie, und Rozas Vater hielt das für einen schrecklichen Fehler. Er wurde immer mehr ausgegrenzt und bekam immer unwichtigere Aufgaben. Offenbar wurde er melancholisch und war zeitweise extrem wütend. Roza glaubte, dass er außerdem mit der Zeit Schuldgefühle wegen Dingen entwickelte, die er im Krieg getan hatte.

Ich weiß nicht, ob er wegen irgendetwas anderem Schuldgefühle hatte. Nach dem, was Roza erzählte, benahm er sich in meinen Augen als Vater ziemlich scheußlich, aber sie selbst fand es überhaupt nicht schlimm. Es schien ihr sogar zu gefallen. Nachdem jetzt so viele Jahre vergangen sind, kann ich in meinem Kopf immer noch ihre Stimme hören, die sich wie eine gesprungene Schallplatte immer und immer wiederholt und von ihrem Vater schwärmt. Ihren Akzent fand ich wunderbar.

»Mein Vater war sehr groß und dünn, und er hatte dunkle Haut und hat ausgesehen wie ein richtiger Slawe. Er hatte nur noch ein Auge, aber das hat von innen heraus gebrannt, und mit diesem Auge hat er die Zukunft der Welt gesehen, die schön werden würde, und er hat damit zornig jeden angestarrt, der sich ihm in den Weg stellen wollte. Im Krieg hat ihm jemand mit einem Stahlhelm zwei Zähne ausgeschlagen, deshalb hatte er Goldzähne, die funkelten, und damit hat er unheimlich und romantisch ausgesehen. Als ich klein war, spielten wir immer ein Spiel, so ähnlich wie ein Pirat beim Entern, dabei musste er sich in den Garten stellen, ich bin an ihm hochgeklettert, und wenn

ich oben war, zog ich seine Oberlippe hoch, drehte sein Gesicht zur Sonne und freute mich darüber, wie seine Zähne funkelten, und er hat gefragt: >Was machen wir, wenn ich sterbe?<, und ich habe geantwortet: >Wir ziehen dir die Zähne und verkaufen sie und sind für immer reich<, und er meinte: >Du bist mir aber eine grausame Printzeza<, und dann hat er mich herumgewirbelt, immer weiter, bis ich dachte, gleich wird mir schlecht, und irgendwann wurde ihm immer schwindlig, und er fiel hin, und ich habe mich auf ihn gestürzt und ihm das Gesicht abgeküsst.

Meine Mutter hat er bei der großen Siegesparade am 27. Mai 1945 kennengelernt, als die Partisanen mit der Roten Armee in Belgrad einmarschiert sind.«

Sie legte ihm einen Blumenkranz um den Hals, er nahm ihre Hand und küsste sie auf die Lippen. Es war alles sehr romantisch und passte perfekt zur euphorischen Stimmung der Zeit. Sie verbrachte die Nacht mit ihm in einem Biwak in einer zerbombten Gegend, und Roza meinte, das hätte sie vielleicht getan, weil damals nur die Partisanen zuverlässige Nahrungsquellen besaßen und die anderem zum Teil sogar Gras aßen. Diese eine Nacht dehnte sich zu Jahrzehnten aus, nicht zuletzt, weil sich Rozas Bruder bald ankündigte. Er hieß Friedrich, aber Roza sprach kaum über ihn.

Sie sagte, sie wünschte, ihre Eltern hätten nie geheiratet. Die beiden passten nicht zueinander. Sie war eine altmodische, orthodoxe Christin, und das gefiel dem atheistischen Ex-Partisanen nicht besonders. Roza glaubte, er hätte sie vielleicht aus Ehrgefühl geheiratet oder weil er eine Hausfrau für das heruntergekommene Bauernhaus wollte, das er von der Partei bekam. Und sie dachte vielleicht, das Leben wäre als Frau eines aufsteigenden Sterns am Parteihimmel einfacher. Und sowieso überschlagen sich nach einem Krieg alle mit dem Kinderkriegen.

Sie muss eine beeindruckend hübsche, junge Frau mit schwarzen Augen, dunklem Haar und sinnlichen Lippen gewesen sein, auch wenn Roza sie so nicht in Erinnerung hatte, weil sie schon früh grau und ausgelaugt war. Ständig kaute sie auf ihren Lippen und saugte an ihnen, bis sie bluteten, und sie war immer darauf bedacht, sich so lautlos wie möglich im Haus zu bewegen. Ich dachte, sie wäre wahrscheinlich geisteskrank gewesen, aber Roza meinte, dafür müsste man noch viel verrückter sein.

Anfangs waren sie glücklich. Er war von seinem Sohn begeistert, und ihr gefiel das Leben als Hausfrau, bis der Junge alt genug war, um in die Schule zu gehen. Dann beschloss sie, dass sie Lehrerin werden und arbeiten wollte, aber er willigte nicht ein. Er dachte, es würde ein schlechtes Licht auf ihn werfen, wenn seine Frau arbeiten ging, und außerdem wäre zu Hause genug zu tun. Sie wollte keine weiteren Kinder bekommen, und sie wollte ihr eigenes Geld haben. Er andererseits stammte aus einer riesigen Familie mit einer wahren Sintflut von Brüdern, Schwestern, Cousins und Cousinen, Onkel, Tanten und so weit entfernten Verwandten, dass niemand mehr die genauen Familienverhältnisse überblicken konnte. Von diesem glücklichen Clan hatte allein er überlebt, alle anderen waren durch die Hände der bulgarischen Armee gestorben, und er wollte ohne Frage die Umstände seiner Kindheit neu erschaffen. Er wollte nicht, dass sie verhütete, und Roza nahm an, dass die sexuelle Beziehung ihrer Eltern zu so etwas wie Vergewaltigung verkam. Sie lag nachts wach und hörte aus dem Zimmer ihrer Eltern Gepolter und laute Stimmen, ohne zu verstehen, was dort vor sich ging. Roza glaubte, ihre Mutter hätte wahrscheinlich mehrmals abgetrieben, weil sie manchmal tagelang im Bett lag und Rozas Großmutter kam, um sich um die Kinder zu kümmern. Vielleicht wusste Rozas Vater, was seine Frau getan hatte, konnte es aber nicht beweisen.

Ein Abend brachte alles zum Überkochen, und ihr Vater schlug zu. Roza sah von ihrer Zimmertür aus, wie ihr Vater ihre Mutter auf den Mund schlug, dass sie mit einer halben Drehung in den Flur geschleudert wurde und am oberen Treppenabsatz zu Boden krachte. Mit dem Kopf schlug sie gegen das Geländer.

Roza war damals sehr klein, aber sie erinnerte sich immer noch lebhaft daran, wie schrecklich der Gedanke gewesen war, ihre Mutter sei tot. Aber ihre Mutter stand bald wieder auf, allerdings waren ihre beiden Vorderzähne abgebrochen und hatten ihr von innen die Lippen zerschnitten, dass ihr Blut aus den Mundwinkeln lief. Sie schlug die Hände vor das Gesicht und lief die Treppe hinunter und in den Garten.

In diesem Moment stürzte Roza sich auf ihren Vater. Er stand vollkommen reglos da, entsetzt darüber, was er gerade getan hatte, und Roza warf sich auf ihn und schlug mit ihren Fäusten auf ihn ein. Sie wollte schreien, aber sie brachte keinen Ton heraus. Sie prügelte mit ihrer ganzen Kraft auf seine Oberschenkel ein, und als er eine Hand nach unten streckte, um sie aufzuhalten, biss sie ihn. Als sie Jugoslawien verließ, trug seine Hand immer noch die

Narben von ihren Zähnen. Er zeigte ihr die Male manchmal und sagte: »Sieh nur, wie du deinen Papa bestraft hast, kleine Printzeza.«

Roza erzählte, dieser Vorfall habe jeden Funken Liebe in der Ehe erstickt. Er zeigte sich reumütig, aber ihre Mutter war verbittert und hart, und er fand schließlich Gründe, nicht zu Hause zu sein. Er kam an den Wochenenden und in den Ferien zurück und schlief im Gästezimmer, erschöpft vor lauter Traurigkeit, Wut und Schuld.

Anfangs dachte Roza, ihr Vater sei ihretwegen weggegangen, und sie biss sich selbst in die Hand, um sich zu bestrafen. Einmal wollte sie mir die Narbe zeigen, aber ich konnte nichts erkennen. Ihr Vater jedenfalls lenkte bald seine ganze Zuneigung auf sie, und etwas an seiner schicksalsergebenen Traurigkeit weckte ihr Mitleid für ihn und ließ ihn zugänglich werden. Sie sagte, ihr Vater und sie hätten sich ineinander verliebt, als sie noch sehr jung war, und es sei einfach geschehen, so wie es Erdbeben gab oder wie Bäume umstürzten.

Und ich hörte mir all das an, hörte auf den Rhythmus ihrer Stimme mit dem fremdartigen Akzent, kehlig vom Rauchen, und spürte beinahe die ganze Zeit über eine Spannung in mir. Unwillkürlich malte ich mir aus, was mit ihrem Vater passiert war, und diese Bilder wühlten mich auf. Wenn ich nachts einschlafen wollte, liefen sie in einer Endlosschleife vor meinem inneren Auge ab. Außerdem dachte ich, sie würde sich deswegen vielleicht zu älteren Männern hingezogen fühlen, und das könnte mein Vorteil sein. In einem Augenblick hoffnungsvoller Dummheit überlegte ich, mein Auto zu verkaufen, einen billigeren

Gebrauchtwagen zu nehmen und mit dem Geld auf die fünfhundert Pfund zu sparen, von denen ich mittlerweile wusste, dass ich sie ihr nie anbieten würde. Natürlich tat ich das nicht. Ganz so dumm war ich nicht. Ich legte nur weiter jeweils fünf oder zehn Pfund zur Seite, weil ich es mir so angewöhnt hatte.

Manchmal glaube ich, ich kenne Rozas Geschichten besser als meine eigenen. Meine Familie war bescheiden und normal, und unter der ganzen höflichen englischen Zurückhaltung köchelte eine Menge Liebe gelassen vor sich hin. Ende der Fünfziger hatte ich einen Freund, der oft lustige Lieder auf dem Klavier spielte, und ab und zu unterbrach er sich mitten in einem Stück und sang: »Thank God I'm normal.« Irgendwann warf er auch immer ein »Have a banana!« ein. Jedenfalls war meine Familie ziemlich normal, und ich war auch immer normal, traurig, aber wahr. Deshalb hatte ich nicht viele Geschichten zu erzählen. Alles war so normal, dass ich nicht wusste, ob ich Gott danken oder ihn verfluchen sollte.

8
Apfel

Träume sind immer gleich.

Ich besuchte Roza an dem Tag, an dem Airey Neave von der IRA ermordet wurde, und traf sie in reuevoller Stimmung an, weil sie sich gegenüber dem Bob Dylan oben schrecklich benommen hatte. Sie tröstete sich mit einer Flasche Weißwein aus dem Kühlschrank, und als sie mir etwas davon anbot, sagte ich: »Sehr gerne, aber lass mich nie mehr als anderthalb Gläser trinken!«

»Warum nicht? Er tut dir gut. Ohne Wein gibt es keine Zivilisation«, sagte Roza, und ich antwortete: »Er tut mir eben nicht gut. Ich werde davon ganz komisch. Ich musste fast völlig aufhören, jetzt sind anderthalb Gläser mein Limit.«

»Hm-hm, was macht er denn mit dir?«, fragte sie. Ihre Augen glänzten vor freudiger Neugier.

»Kennst du die Geschichte von Jekyll und Hyde?«

»Von wem?«

»Jekyll und Hyde. Musst du auch nicht kennen. Es geht um einen Arzt, der ein Mittel trinkt und sich in einen Mörder verwandelt, bis das Mittel nachlässt. Na ja, und bei Alkohol und mir ist es dasselbe, nur dass ich am Ende meistens selber fast draufgehe. Ich werde auf einen Schlag schrecklich wütend, und meistens gerate ich mit irgendwem in Streit. Nachher weiß ich oft nicht mal ge-

56

nau, warum. Beim letzten Mal habe ich in einem Pub in Watford eine Schlägerei mit einem verdammt großen, irischen Maurergehilfen angefangen, und das war eine ganz schlechte Idee, das kann ich dir sagen. Das Trinken fehlt mir, aber ich habe keine andere Wahl. Ich muss aufpassen, was ich mache. Jetzt habe ich mich Gott sei Dank schon seit zehn Jahren nicht mehr zum Idioten gemacht.«

»Du schlägst dich? Das kann ich mir nicht vorstellen, Chris. Du wirkst immer so lieb und nett.«

»Na ja, ich bin lieb und nett, bis ich zu viel hatte. Gib mir einfach nur ein halbes Glas, das reicht mir, und es besteht keine Gefahr. Worum ging es denn bei dem Streit mit dem Bob Dylan?«

Offenbar hatte er ein Kätzchen mitgebracht, weil er für jemanden darauf aufpassen wollte, und Roza hatte einen Wutanfall bekommen und ihn angeschrien, er solle es wegschaffen. Er war wohl aus härterem Holz geschnitzt als ich, denn er hatte ihr gesagt, sie solle sich verziehen, und war mit der Katze nach oben in sein Zimmer gegangen. Wahrscheinlich hatte er noch nichts von dem Filetiermesser in ihrer Handtasche gehört.

Sie erzählte, dass sie eine Katzenphobie hatte, aber den Bob Dylan nicht anschreien wollte, weil er sehr nett war und sich ihre Gedichte anhörte. »Gedichte?«, fragte ich. »Welche Gedichte? Ich wusste gar nicht, dass du welche schreibst.«

Sie sagte: »Ich habe es dir nicht erzählt. Du bist kein Gedichttyp.«

Ich war beleidigt, dass sie mir unterstellte, ein Banause zu sein, dabei hatte sie recht. Bevor ich Roza kennenlernte, habe ich mich wirklich nie um Gedichte geschert. Ich verstand nicht, wofür sie gut sein sollten. Das überstieg immer meinen Horizont. Einmal habe ich den Bob Dylan nach Rozas Gedichten gefragt, und er sagte: »Sie sind auf Serbokroatisch, deshalb kann ich nicht viel über sie sagen, aber wenn Roza sie mir übersetzt, sind sie wie chinesische Gedichte.«

Das sagte mir noch nichts, deshalb erklärte der Bob Dylan: »Sie bestehen aus einer Folge scheinbar zusammenhangloser Betrachtungen, nur die letzte Zeile, die eine Art Kommentar ist, verbindet sie.«

Wenn ich mit dem Bob Dylan sprach, wurde mir klar, dass ich unheimlich viel nicht wusste, und es war peinlich, dass er mir Dinge erklärte, obwohl er nur halb so alt war wie ich, aber das Problem mit Unwissenheit ist ja immer, dass der Unwissende keine Ahnung hat, wie es um ihn steht. Man kann unwissend und dumm durch sein ganzes Leben gehen, ohne jemals einen Beweis gegen die eigene These zu finden, man sei ein Genie. Wenn man dumm ist, kann man Fehleinschätzungen immer auf Pech schieben. Jedenfalls stieg Roza durch ihre Gedichte bei mir weiter im Ansehen, auch wenn ich mich für Lyrik nicht interessierte. Ich wusste nur, dass man es eigentlich sollte. Ich las gerne Westernromane, Leute wie Louis L'Amour, so was war für mich ein gutes Buch. Roza veränderte vieles, durch sie wurde meine Qualitätskontrolle besser, und heute lese ich gerne ein paar Gedichte, aber jetzt, als alter Mann, ist es wahrscheinlich für mich zu spät, einen anständigen Literaturgeschmack zu entwickeln, auch wenn meine Tochter ihr Möglichstes tut, um mir etwas beizubringen. Sie will, dass ich *Middlemarch* lese, aber das ist so verdammt dick, dass ich es einfach nicht über mich bringe. Sie hat es mir zu Weihnachten geschickt, den langen Weg aus Neuseeland her.

Ich hätte nicht erwartet, dass eine Prostituierte Gedichte schreibt. Man sieht sie nicht als echte Menschen. Man stellt sie sich nicht als jemanden vor, der im Supermarkt einkauft oder schwimmen geht. Roza überraschte mich immer damit, dass sie ein menschliches Wesen war, genauso wie ich mich selbst damit überraschte, ihr so verfallen zu sein. Es war dumm von mir, nicht zu wissen, dass Prostituierte ins Kino gehen und durch den Park schlendern, wie jeder andere auch. Wir täuschen uns, indem wir alles vereinfachen, und deshalb können wir uns nicht vorstellen, dass eine Prostituierte einkaufen geht, genauso wenig, wie wir uns einen Soldaten vorstellen können, der sich für Schmetterlinge interessiert, oder einen Monarchen, der auf dem Klo sitzt.

Roza sagte immer, sie sei als Kind glücklich gewesen, und nicht viele ihrer Erinnerungen belasteten sie, nur die an die Leiche, die sie in einem Heuschober gefunden hatte, und an den Vorfall, als ihr Vater ihre Mutter geschlagen hatte.

»Es war schön, in diesem Schachbrett aus Weizenfeldern und Gräben ein Einzelkind zu sein. Ich war allein, weil mein Bruder Friedrich 1946 geboren wurde. Sie haben ihn nach Engels benannt. Ich habe bis 1960 gewartet. Meine Mutter hat gesagt, ich wäre ein netter Unfall gewesen, aber nach allem, was ich weiß, hat mein Vater sie vielleicht eines Nachts zum Sex gezwungen, und sie konnte mich nicht rechtzeitig loswerden.«

59

Ihr Bruder Friedrich brachte oft seine Freunde mit nach Hause und zog sie mit Sprüchen auf wie: »Was ist ein Tittchen, Roza? Wie viele Titten hat ein Mädchen?«, und sie riet dann: »Drei oder vier«, was bei den Jungs allgemeine Heiterkeit auslöste. Wenn sie lachten, knufften und boxten sie sich gegenseitig. Friedrich entschuldigte sich nachher immer bei ihr dafür, dass er sie aufgezogen hatte, aber er hörte nicht damit auf. Später wurde er Offizier in der Bundesarmee, danach sah sie ihn kaum noch.

Roza war nach Rosa Luxemburg benannt, obwohl die sehr hässlich war und ein schreckliches Ende fand. Sie war eine Heldin der Kommunisten, zumindest erzählte Roza mir das, aber mittlerweile weiß ich nicht mehr, was sie gemacht haben soll. Ich habe ein Foto von meiner Roza als Kind gesehen, und sie war alles andere als hässlich. Sie war stämmig, aber hübsch und niedlich. Als ich das Bild sah, spürte ich im Magen einen Stich des Bedauerns darüber, was aus Roza geworden war, aber das hielt mich nicht von meinen Phantasien über sie ab.

Roza hatte Zigeuneraugen, ihr Haar war ganz schwarz und glänzend und in der Mitte gescheitelt. Sie hatte volle, weiche Lippen, und ich hatte den Eindruck, sie hätte einen recht hübschen Teint besessen, bis sie anfing, es mit dem Alkohol und den Zigaretten zu übertreiben. Sie erzählte mir, dass sie früher vor dem Spiegel Pirouetten gedreht und sich gefragt hatte, ob sie jemals hübsch genug sein würde, damit ein Prinz sie entführte. Ich sagte: »Das klingt aber nicht sehr kommunistisch«, und sie antwortete schulterzuckend: »Träume sind immer gleich.«

Noch als ich sie kannte, war Roza leicht besessen davon, Dinge zu zählen, aber als Kind muss sie noch viel schlimmer gewesen sein. Sie zählte ihre Finger, obwohl sie wusste, dass sie keinen verloren hatte, und beim Zählen knickte sie die Finger ein, um sicherzugehen, dass sie keinen zweimal zählte. Wenn wir spazieren gingen, zählte sie Geländerstangen oder Menschen mit Hut. Für sie war es eine Qual, wenn es schneite, weil die Schneeflocken so zahllos fielen. Sie hatte eine Zahlenphilosophie. Eins war die Zahl der Augen ihres Vaters, zwei die Zahl ihrer eigenen und die Zahl seiner Goldzähne. Drei war die Zahl der Kurbelumdrehungen, um den Wagen ihres Vaters zu starten, und vier war die Zahl seiner Reifen. Fünf Finger hatte sie an jeder Hand, und sechs war das Alter, in dem sie ihr erstes Taschengeld bekam. Und so ging es weiter. Die sieben konnte sie nicht leiden, weil sie für nichts stand. Einmal versuchte ich plump, sie aufzuziehen: »Und was ist an der fünfhundert besonders?«, und sie sah mich abfällig an, klopfte etwas Asche im Aschenbecher ab, wandte den Blick ab und sagte: »Für so viel, habe ich gesagt, habe ich früher gevögelt.«

Ich fragte: »Und für wie viel machst du es jetzt?« Ich sagte es in einem lockeren Ton, als wäre es ein Scherz, aber als sie antwortete: »Warum sagst du das?«, schwieg ich. Vor Verlegenheit wurde mir ganz heiß, und ich dachte, ich hätte einen schrecklichen Fehler begangen, aber dann kam der Bob Dylan oben vorbei und erzählte uns seinen neuesten dummen Witz, und damit war die Situation gerettet.

Roza hatte nie imaginäre Freunde besessen. Ich übrigens auch nicht. Sie sprach manchmal von den Figuren in den Sagen, die ihre Großmutter ihr erzählt hatte. Diese Großmutter war kahl und versteckte das, indem sie sich einen Schal umschlang. Sie trug Trauerkleidung und Schuhe, die der Einfachheit halber an beiden Füßen passten. Ich habe in meinem ganzen Leben nie solche Schuhe gesehen, und heute frage ich mich, ob Roza das erfunden hat. Laut Roza prangte auf der rechten Wange ihrer Großmutter eine dicke, haarige Warze, und wenn man sie auf die Wange küsste, war es, als würde man einen Mann küssen. Sie erzählte Geschichten über einen Großonkel, der einen Kampf mit einem Bären gewonnen hatte, und über die Schwester ihrer eigenen Großmutter, die vor ihrem tyrannischen Ehemann mit einer Räuberbande über die Dinarischen Alpen geflohen war. Danach segelte sie mit einem Fischerboot nach Kefalonia und ließ sich mit einem Mann namens Gerasimos nieder. Jahre später kam sie mit zwei erwachsenen Söhnen, beides wahre Kleiderschränke, zurück, um die Scheidung zu verlangen. Offenbar wollte sie die Jungen legitimieren und aus Gerasimos einen ehrbaren Mann machen, bevor er ins Grab stieg.

Ich mochte Rozas Geschichten, aber heute weiß ich nicht mehr, welche tatsächlich wahr sein sollten. Ich weiß noch, dass sie von einem »Schwarzen Georg« erzählte, und von einem Matija Gubec. Sie kannte sehr blutrünstige Geschichten, alle über Türken, und sie erzählte sie mit großem Vergnügen und ein wenig rechtschaffenem Entsetzen. In einer Geschichte ließ ein Kaiser alle seine Gefangenen blenden, bis auf jeden Hundertsten, der die anderen nach Hause führen sollte, und als der gegnerischen König sah, was mit seinen Truppen geschehen war, brachte der Schock ihn um. Dann gab es noch die Geschichte von Prinz Michaels tragischer Liebesbeziehung und die von Gubec, der vor die Sankt-Markus-Kirche in Zagreb gebracht und zum »Bauernkönig« gekrönt wurde, indem man ihm einen glühenden Eisenring auf den Kopf drückte, während die Menge jubelnd die Hüte schwenkte. Roza wurde oft wütend, wenn sie diese Geschichten erzählte, und sie erklärten, warum sie so viele Menschen hasste, Türken, Kroaten, Albaner, beinahe jeden anderen in der ganzen Region. Ich habe mal einen Witz über die Irische Alzheimererkrankung gehört, bei der man alles vergisst, bis auf seinen Groll, und wenn man nach Roza gehen konnte, dürfte das auch eine ziemlich gute Beschreibung des Balkanalzheimers sein. Ich wollte ihr die beliebtesten britischen Mythen erzählen, etwa von König Alfred und den Kuchen oder von Robert the Bruce und der Spinne, aber sie konnten mit Geschichten über Menschen, die mit glühenden Eisenringen gekrönt wurden, nie recht mithalten. Viele Jahre später erzählte mir meine Tochter, dass König Edward II. ermordet wurde, indem man ihm eine glühende Eisenstange in den Hintern schob, und ich dachte, genau so eine Geschichte hätte Roza gefallen. Es tat mir leid, dass sie nicht da war und ich sie ihr nicht erzählen konnte.

Roza konnte mit wilden Tieren Freundschaft schließen. Sie sagte, sie wäre in die Sonnenblumenfelder gegangen, hätte sich eine kleine Fläche platt getreten, die nur die Vögel sehen konnten, und hätte dann so still dagesessen, dass sich die Tiere langsam an sie gewöhnten. Sie musste über sich selbst lachen, als sie mir das erzählte, aber sie sagte, sie hätte sich Mäuse als ihre Boten vorgestellt und Kaninchen als edle Herrschaften. Käfer waren russische Spione oder türkische Meuchelmörder, wenn ich mich recht entsinne, und Füchse waren Prinzen und Prinzessinnen. Roza stellte sich manchmal vor, sie wäre selbst eine Prinzessin, und war für jemanden, der sich als Kommunistin bezeichnete, unheimlich versessen auf die Monarchie. Wir kannten uns vor der Zeit von Prinzessin Diana, aber sie wird sich später über dieses Phänomen mit Sicherheit gefreut haben. Ich weiß noch, dass ich mich mit ihr über Prinzessin Margaret und Oberst Peter Townsend und über den Herzog von Windsor und Mrs. Simpson unterhalten musste und dass sie viel mehr über diese Paare wusste als ich.

Roza sagte, sie würde im Sommer richtig braun werden, und ihr Haar würde zu einem dunklen Rotbraun aufhellen. Ich konnte es sehen, als wir im Sommer spazieren gingen. Das machte sie gerne. Sie sagte, falls sie London jemals verließe, würde sie vor allem die Parks mit ihren Enten und den alten Damen, die sie fütterten, vermissen. »Wenn Kaninchen edle Herrschaften sind, wer sind dann die Enten?«, fragte ich sie einmal, und sie antwortete: »Die dummen Leute, die dem König sagen, wie großartig er ist«, und ich sagte: »Ach, du meinst die Höflinge.«

Als Roza Kind war, wurde sie im Winter dick eingepackt und nach draußen geschickt, damit ihre Wangen etwas Farbe bekamen. In strengen Wintern lag der Schnee zwei Meter hoch oder noch höher, wo der Wind ihn zusammengetrieben hatte, und man konnte darauf herumspringen und darin versinken, wenn er nachgab. Zum

Auftauen setzte Roza sich gern mit den Füßen in einer Schüssel voll warmem Wasser vor den Ofen, wo ihr gleichzeitig heiß und kalt war. Ihre Beschreibung davon gefiel mir, weil sie genau meinen Erinnerungen an die Besuche bei meinen Großeltern in Shropshire entsprach. Dort war es um Weihnachten herum so kalt, dass die Fensterscheiben morgens von innen mit Reif überzogen waren und wir mit Pullover, Wollmütze und Socken ins Bett gingen. Wenn es schneite und sich Wehen bildeten, konnte man Tunnel graben und kleine Höhlen. Eine ist mal über mir eingebrochen, und wahrscheinlich hatte ich Glück, überhaupt herauszukommen, aber damals war man längst nicht so genau, wenn Kinder Risiken eingingen. Meine Mutter sagte immer: »Geh raus spielen, und komm erst wieder, wenn es dunkel wird.« Wir verbrachten den ganzen Tag im Wald, bauten Hütten, kletterten auf Bäume und versuchten, Bäche aufzustauen. Einmal bauten mein Bruder, meine Schwestern und ich mit der Hilfe unserer Mutter ein Iglu. Es heißt immer, die Eskimos hätte es darin ganz warm, aber wir haben übel gefroren. Der Schnee war dafür auch nicht geeignet. Wenn wir ihn in Quader schneiden wollten, fiel er auseinander, deshalb schlugen wir mit der Schaufel auf den Schnee, um ihn zusammenzupressen. Während wir das Iglu bauten, dachte ich, ich hätte meine Mutter noch nie so jung und glücklich gesehen. Ihre Wangen glichen roten Apfelbäckchen, ihr Atem wurde in der Luft zu Dampfwolken, und als das Iglu fertig war, gingen wir hinein, und sie kochte uns eine Kanne Tee. Wir saßen zitternd da und tranken, bis wir es nicht länger aushielten. Ich habe nie einen heißeren und süßeren Tee getrunken.

Hoffentlich hat meine Tochter so schöne Erinnerungen an mich wie ich an meine Mutter. Roza sagte, die Partisanen bauten im Krieg manchmal im Wald Eishäuser, aus dem Schnee konnte man kleine Regale formen, und man konnte Sackleinen vor den Eingang hängen und Kerosinlampen benutzen. Ich kann nur sagen, ich bin froh, dass ich so etwas nicht machen musste. Wahrscheinlich bin ich genau wie alle Vertreter: Ich bedaure zwar, dass mir natürliches Heldentum und Abenteuerlust fehlen, aber unterm Strich werde ich dagegen auf keinen Fall etwas unternehmen. Ich würde höchstens Partisan werden wollen, wenn ich an den Wochenenden frei hätte und alle Einsätze freiwillig wären.

Ich weiß, dass ich ziemlich weit von der Geschichte über Bob Dylan oben und Rozas Katzenphobie abgeschweift bin, aber ich komme schon noch dahin. Sie versicherte mir, sie würde Tiere wirklich mögen, würde Pferde mit Äpfeln füttern und für fremde Hunde Stöckchen werfen. Das hat sie sogar oft getan, wenn wir in Parks unterwegs waren, daher weiß ich, dass es stimmt.

Nur war es so, dass ihr Vater eines Tages mit einem schmutzigen, groben Sack in der Hand nach Hause kam und sagte: »Schaut mal, was ich gefunden habe.« Er stellte den Sack auf den Tisch, und alle sahen hinein, und darin saß ein zerzaustes Kätzchen, das die Augen gerade eben aufbekam. Rozas Vater hatte die Katze beim Fluss maunzen hören. Jemand hatte den Sack zugebunden und ihn ins Wasser geworfen, und er war den Fluss hinuntergetrieben und an der Böschung hängen geblieben. Ihr Vater hatte ihn mit einem Stock herausgeangelt.

»Die überlebt nicht. Du hättest sie gleich töten sollen«, sagte Rozas Mutter.

»Was meinst du, Printzeza?«, fragte er, und Roza berührte die Katze mit einer Fingerspitze und antwortete: »Ich will sie haben.«

Er fragte: »Wärst du traurig, wenn sie stirbt?«, und als sie sagte: »Ja«, antwortete er: »Dann kümmere dich lieber gut um sie.«

Das Kätzchen wuchs anfangs mit einem Wurf Kaninchen auf, weil Kaninchen angeblich nicht zählen können und es der Kaninchenmutter nichts ausmacht, wenn eines ihrer Jungen nicht genauso aussieht wie die anderen. Dazu habe ich einmal die seltsame Geschichte gehört, dass eine Katze Kaninchenjunge aufgezogen hat, weil man ihren eigenen Wurf ertränkt hatte.

Das Kätzchen saugte jedenfalls neben den kleinen Hasen, pumpte mit seinen Pfötchen und schnurrte zweifellos auch, bis es alt genug war, sein Kaninchenleben aufzugeben und zur Katze zu werden. Roza trug es in ihrer Bluse mit sich herum und nannte es Apfel. Sie erzählte, dass das Kätzchen an ihrer Brustwarze saugen wollte und sich das herrlich, aber erschreckend anfühlte. Ich fand das ein wenig ungerecht, weil ich noch nie in die Nähe ihrer Brustwarzen durfte.

Wenn mir andere Menschen erzählen, wie toll ihre Haustiere sind, werde ich es schnell leid. Ich glaube zwar, dass meine eigenen Tiere, ob Hund oder Katze, außergewöhnlich sind, aber ich werde ungeduldig und skeptisch, wenn ich das von anderen höre. Ich musste mir von Roza erzählen lassen, wie süß das Kätzchen war, wie sie das Ohr an seine Seite gepresst hat, um sein Herz schlagen zu hören, wie sie es nachts unter ihre Bettdecke gelassen hat, wo es an ihrem Nachthemd saugte, und dass es nie ganz aufhörte, ein Kaninchen zu sein und sich oft auf den Stall setzte, und dass es sogar apportierte; wenn Roza etwas Papier zu einer Kugel zusammenknüllte und es durch das Zimmer warf, lief die Katze hinterher, brachte es zurück und steckte es in einen Schuh, so dass Roza das Papier erst hervorholen musste, bevor sie es noch einmal werfen konnte. In Rozas Lieblingsgeschichte hatte sie einmal etwas Knorpel in Apfels Schüssel gelegt, das Kätzchen hatte ihn von der Schüssel in ihren Schuh getragen, und beim Anziehen am nächsten Morgen hatte Roza ihn zertreten.

Die Katze fand ein grausiges Ende, weil Roza von ihrer Großmutter einen zahmen Flachsfink bekam. Ich glaube, in dieser Ecke der Welt werden heute noch oft wilde Vögel als Haustiere gehalten. Als Kind hatte ich eine einfache Elster, aber heutzutage würde sich wahrscheinlich niemand mehr ordinäre einheimische Singvögel halten.

Roza schwärmte genauso von ihrem Flachsfink, wie ich es mir hätte denken können. Ich hörte mir an, dass der Vogel eine hübsche rote Brust und rote Tupfer auf der Stirn hatte. Wenn er unzufrieden war, rief er: »Suu-iit, suu-iit.« Wenn er im Haus herumflog, ließ er wahllos auf alle Sachen Kot fallen, was, soweit ich weiß, einfach alle Vögel machen. Es ist bestimmt nett, schamlos inkontinent zu sein, ohne sich mit den Folgen herumschlagen zu müssen.

Im Frühjahr versuchte der Vogel, sich mit Roza zu paaren. Er ließ die Flügel hängen, fächerte den Schwanz auf und schüttelte das Gefieder. Er drehte sich im kleinen Kreis und stieß leise, liebliche Töne aus, dann sprang er auf ihren Finger, schlug mit den Flügeln und – man höre und staune – hinterließ einen Samentropfen auf ihrer Hand. Jedes Mal, wenn sie in Erinnerungen daran schwelgte, bekam ich wieder dieses Gefühl von Ungerechtigkeit.

Jedenfalls ahnte ich schon, was Roza als Nächstes sagen würde. Wenn ein Fink in einem Haus herumflattert, in dem auf einer Fensterbank eine Katze schläft, und der Fink gegen die Scheibe fliegt und auf die Fensterbank fällt, kann man der Katze nicht vorhalten, was passiert. Roza sagte, sie wäre damals noch ein kleines Mädchen gewesen und hätte die kalte Gleichgültigkeit der Natur noch nicht richtig begriffen.

Apfel lief unter einen Stuhl, während der Vogel in ihrem Maul mit den Flügeln schlug, und Roza versuchte schreiend, ihr das Tier wegzunehmen. Die Katze kroch noch weiter unter den Stuhl, Roza wollte ihr den Vogel entreißen und hielt plötzlich nur noch seinen kopflosen Körper in der Hand. Apfel schlug nach Roza und zog ihr ein paar schmerzhafte, parallele Kratzer über den Arm, dann ging sie in einen richtigen Angriff über, biss sie in den Arm und zerkratzte ihn mit ihren Hinterläufen.

Roza fing an zu schreien und versuchte, die wütende Katze abzuschütteln. Die Einzelheiten habe ich nicht ganz verstanden, aber ich glaube, Roza hat den Arm zu heftig geschüttelt, die Katze wurde durch das Zimmer geschleudert, und Roza stand am Ende mit zwei toten Haustieren da.

Ihr Vater kam herein und versuchte, sie zu trösten. Sie erzählte, dass er nach Tabak und Eau de Cologne roch und dass sie das sehr beruhigend fand. Zuerst sammelten sie die beiden Teile des Vogels ein. Seine Augen glänzten immer noch, was Roza sehr mitnahm, aber schlimmer war es, als sie merkte, dass die Katze sich das Genick gebrochen hatte.

Den meisten Menschen sind geliebte Haustiere plötzlich gestorben, deshalb kann sich jeder vorstellen, wie es Roza ging, vor allem wenn man bedenkt, dass sie damals noch ein kleines Mädchen war. Sie hielt sich für eine Mörderin und hatte Angst, man würde sie ins Gefängnis stecken.

Sie beerdigte Katze und Vogel nebeneinander am Ende des Gartens, und danach wurde sie für ein paar Tage zu ihrer kahlen Großmutter geschickt. Als sie zurückkam, ging sie leider sofort zum Grab und sah, dass sie nicht tief genug gebuddelt hatte. Der Fink war ganz verschwunden, und bei der Katze war der Magen weggefressen. Das zerfetzte Loch war dunkelrot, dazu stank es schrecklich, weil es Sommer war. Die Maden hatten sich auch schon an der Katze zu schaffen gemacht, vor allem am Hinterteil und am Maul, so dass es aussah, als würden sich ihre Zähne bewegen. Roza beerdigte die Katze noch einmal, so tief, wie sie nur graben konnte, und konnte sich danach nie wieder vorstellen, eine andere Katze zu haben.

Am Ende dieser Geschichte erklärte Roza, ihre Panik vor Katzen sei eigentlich Angst, ihnen weh zu tun, und das sei auch der Grund, warum der Bob Dylan oben die Katze in seinem Zimmer behalten sollte.

Ich gab mir redlich Mühe, aufmerksam zuzuhören und mein Mitgefühl zu bekunden, aber ehrlich gesagt war ich viel mehr mit meiner schrecklichen Neugier auf ihr Leben als Prostituierte beschäftigt. Ich war wohl wirklich ein lüsterner Voyeur.

Als sie mich mehr mochte, umarmte sie mich bei der Verabschiedung an der Tür kurz und küsste mich auf beide Wangen, wie die Franzosen. Einmal legte sie mir eine Hand auf den Arm und sagte: »Ich mag dich, weil du mir zuhörst. Du gibst mir das Gefühl, ich wäre interessant.«

»Ich habe nie jemanden getroffen, der interessanter war«, antwortete ich, und sie küsste mich noch einmal.

9

Jasenovac-Überlebender

Ich konnte mich von Roza nicht fernhalten,
allerdings habe ich es auch nie ernsthaft versucht.

Ich konnte mich von Roza nicht fernhalten, allerdings habe ich es auch nie ernsthaft versucht. Ich gehöre zu diesen Menschen, die sich wie Katzen nur dann schuldig fühlen, wenn sie erwischt werden, und so oder so war es zu einfach, auf dem Rückweg von meinen Touren bei ihr anzuhalten oder sogar einen Umweg zu machen, um sie zu besuchen. In ihrer Nähe lagen drei Arztpraxen, und weil ich einen großen Teil Südenglands abdeckte, hatte ich ohnehin nie feste Arbeitszeiten. Manchmal rief ich an, um zu hören, ob sie da war und Lust auf Besuch hatte, und so unterhielt ich mich oft mit dem jüdischen Schauspieler, der als Einziger ein Telefon besaß. Es schien ihm nichts auszumachen, meinen Boten zu spielen, und Roza sagte mir nur selten, ich sollte nicht kommen. Zur Begrüßung küsste sie mich auf beide Wangen, was mir gefiel, auch wenn das damals nicht gerade sehr britisch war. Heute machen es natürlich alle wie auf dem Kontinent, und man küsst sogar seinen Todfeind.

Roza kochte auf dem scheußlich schmutzigen Herd starken, schwarzen Kaffee, dann gingen wir ins Wohnzimmer und setzten uns links und rechts vor den Gasofen, wo sie rauchte und mir weitere Geschichten aus ihrem Leben erzählte. Heute staune ich darüber, wie geduldig ich dagesessen und mir alles angehört habe, aber ich interessierte mich tatsächlich genauso sehr für die Geschichten wie für Roza selbst. Ich hatte das Gefühl, viel zu lernen. Es wundert mich, dass meiner Frau nie der Zigarettengeruch an mir auffiel, wenn ich nach Hause kam, aber ehrlich gesagt nahm sie mich schon seit vielen Jahren nicht mehr zur Kenntnis. Abgesehen davon, dass sie mein Geld ausgab, interessierte es sie nicht, was ich sagte oder tat, und egal, wie großzügig ich war, ich blieb in meinem eigenen Haus immer ein Geist.

Zum Glück habe ich nie geraucht; mit zwölf habe ich es versucht und mich prompt übergeben. Ich kenne so viele Menschen, die daran gestorben sind, auf so viele schreckliche Arten, dass ich, wenn ich ein Diktator wäre, alle aus dem ganzen Gewerbe zusammentreiben, des Massenmordes anklagen und erschießen lassen würde.

Es wäre besser ausgegangen, wenn ich nicht so verrückt nach Roza geworden wäre. Wenn es keine Verliebtheit war, dann frage ich mich, wie man es sonst hätte beschreiben können. Ich begreife das Verliebtsein nicht, obwohl ich glaube, dass ich einige Male verliebt war, besonders in Roza. Man kann es in keinem medizinischen Wörterbuch nachschlagen, und im Fernsehen laufen keine Dokumentationen darüber. Seit einiger Zeit glaube ich, dass man es aus Filmen und Büchern und Liedern lernt und nichts Natürliches daran ist. Wie entwirrt man Liebe und Lust? Lust kann man wenigstens verstehen. Vielleicht ist Liebe die Qual, die durch aufgestaute Lust entfesselt wird.

Ich traue mir nicht zu, die richtige Bezeichnung zu finden, aber auf jeden Fall war ich verzaubert. Vielleicht hatte es damit zu tun, dass sie eine Prostituierte war. In meiner kleinen Welt war das unglaublich exotisch. Als wäre man mit einer Kobra oder einem Puma befreundet. Ich bewunderte mich selbst für meinen Wagemut und fand, ich hätte mich ganz weit vorgewagt.

Es ist komisch, aber ich habe jetzt ihre Stelle eingenommen und erzähle ihre Geschichten weiter. Ich bin ein virtuoser Roza-Ersatz geworden. Ich erzähle den Menschen zwanghaft alles, was ich über sie weiß, als wäre es irgendjemandem außer mir wichtig. Ich kenne sogar ihr Haus in der Nähe von Belgrad so gut, als hätte ich selbst dort gewohnt. Ich war nie dort, aber ich behalte Rozas Erinnerungen, als wären es meine eigenen.

Es stand zwei Kilometer vom nächsten Dorf entfernt und war ursprünglich sehr schäbig, die Fensterrahmen waren nur mit Grundierung lackiert, die Wände bestanden aus ungestrichenem Kalkmörtel. Sie waren von langen Rissen durchzogen, einer war so breit, dass Eulen darin nisteten, bis er ausgebessert wurde. Das Dach war mit schweren, roten Ziegeln gedeckt und vom Alter so verzogen, dass sie lange an mehreren Stellen Eimer strategisch verteilen mussten. In solchen Häusern hielten sich früher die Leute im Erdgeschoss Tiere, damit es die Menschen im Stockwerk darüber warm hatten. Zu Rozas Zeiten befanden sich unten die Küche und zwei Zimmer, die ein Makler als »Empfangsbereich« bezeichnen würde, die aber nicht oft genutzt wurden, weil sich die Familie größtenteils in der Küche aufhielt. Auf dem Steinboden lagen grobe Läufer, und Roza ärgerte sich noch im Nachhinein darüber, wie oft sie über die hochgeschlagenen Ecken gestolpert war.

Oben gingen drei kleine Schlafzimmer von einem knarrenden Flur ab, dessen Wände mit Porträts von alten Partisanenkameraden geschmückt waren. Blutjung und dünn und scheinbar sorgenfrei posierten sie neben italienischen Panzern oder saßen nebeneinander auf dem Lauf eines Feldgeschützes. Auf einem Foto schüttelte Marschall Tito Rozas Vater die Hand, auf einem anderen winkte Winston Churchill mit einer Zigarre. Es gab ein Bild von Stalin und eines von Fidel Castro mit einer dicken Havanna und seinem Prophetenbart. Diese vier Männer waren die Helden ihres Vaters.

Roza erzählte, dass sie Sachen nicht gerne wegwarf und entsprechend in ihrem Zimmer ein totales Chaos herrschte. Sie sammelte Spielzeug zum Aufziehen, Puppen und Dinge wie Rechenschieber. In ihrem Bücherregal stand *Das Kapital* neben den Werken von Shakespeare, Büchern über Folklore und vorkommunistischen Kinderbüchern über die Erlebnisse und Abenteuer von Hasen und Katzen in Menschenkleidung, die in Körben Brotlaibe mit sich herumtrugen. Eine Reihe von Löchern, die von Maschinengewehrkugeln aus dem Kampf um Belgrad stammten, zog sich schräg über die Wand, und im Holz der Fensterbank steckte eine osmanische Musketenkugel.

Roza erinnerte sich gerne an ihr Bett und wünschte sich oft, sie hätte es in London bei sich. Es hatte sich der Form ihres Körpers angepasst, sagte sie, und eignete sich hervorragend für einen langen Winterschlaf, heimliche Nickerchen und Fluchten ganz allgemein. Abends beim Einschlafen drang von unten gedämpftes Licht durch die Fugen zwischen den Dielen, während draußen Eulen und Füchse furchterregend kreischten und schrien. Der Kopfteil des Bettes bestand aus Messingstangen, auf denen man mit einer Gabel oder einem Stift ein paar unmelodiöse Takte spielen konnte.

Rozas Schlafzimmer in diesem verlotterten Haus in Archway war das genaue Gegenteil. Sie hatte das Beste daraus gemacht, wenn man bedachte, dass der Putz von den Wänden bröckelte und die Leitungen wie Girlanden im Zimmer hingen. Am deutlichsten erinnere ich mich daran, dass beinahe alles dunkelrosa war. Vielleicht trifft »braunrot« es am besten. Sie hatte einen braunroten Teppich gefunden, eine braunrote Tagesdecke für ihr Bett, braunrote Vorhänge und Kissen. Je nach Neigung wirkte es sehr kühn oder sehr geschmacklos. Ich könnte mir vorstellen, dass jemand wie Barbara Cartland ganz ähnlich eingerichtet war. Mir vermittelte es den Eindruck einer übertriebenen und bedrückenden Weiblichkeit, zumal es stark nach Parfüms, Seifen und Lotions roch. Vielleicht richteten Huren sich nun mal so ein.

Das Beeindruckendste an ihrem Schlafzimmer war, dass sie Ziegelsteine unter die Beine des Bettes gelegt hatte, damit sie eine große Truhe darunter schieben konnte. Sie erzählte mir, in dieser Truhe würde das ganze Bargeld aus ihren Jahren im Gewerbe liegen, sie sei bis zum Rand gefüllt, und jetzt, nachdem sie sich zurückgezogen hatte, wollte Roza so lange wie möglich davon leben, am liebsten für immer.

Ich war schockiert und wütend darüber, dass sie mir das

gesagt hatte, weil sie niemandem davon hätte erzählen sollen. Damit setzte sie sich einem zu großen Risiko aus. Sie war ganz überrascht, als ich ihr sagte, wie dumm es sei, dass sie Leuten davon erzählte, und sagte: »Aber ich erzähle es doch nur meinen Freunden.«

»Mir hättest du es nicht erzählen sollen«, sagte ich. »Ich will so eine Versuchung nicht. Soweit vertraue ich nicht einmal mir selbst«, und sie antwortete: »Ich weiß doch, dass du es nicht stehlen würdest.«

»Natürlich nicht. Aber du solltest mir nicht vertrauen, und auch keinem anderen. Das ist dumm!«

»Tut mir leid«, sagte sie, aber es klang nicht ernst gemeint. Sie wollte nur das Gespräch beenden.

»Stell dir nur mal vor, was dir passieren könnte, wenn dich jemand ausrauben will, während du zu Hause bist!«

»Na gut, ich bin dumm«, sagte sie im gleichen Ton gelassener Unaufrichtigkeit. »Ich mache dumme Sachen. Ich habe viele dumme Sachen gemacht. Vielleicht wird das immer so bleiben.«

Zwischen Rozas Schlafzimmer in Archway und ihrem Zimmer zu Hause in Jugoslawien bestand schon ein deutlicher Unterschied, aber beim Hinterhof muss er noch größer gewesen sein. In Archway bestand er aus einer Betonfläche auf Höhe der Souterraintüren, die sich erst öffnen ließen, seit der Bob Dylan oben sie gängig gemacht hatte. In den Hinterhof fiel kein Licht, und seine Mauern waren sehr hoch, weil er so tief abgesackt war. Im Laufe der Jahre hatten die Leute Matratzen und Kühlschränke und allen möglichen Müll über die Mauern geworfen. Durch die Überreste der Fenstertüren sah ich oft Ratten. Auf halber Höhe ragte ein dürrer Schmetterlingsstrauch aus dem Mauerwerk hervor. Jedes Jahr im Sommer brachte er drei violette Blüten hervor. Früher war dieser Hinterhof bestimmt einmal sehr hübsch gewesen.

In Jugoslawien lag hinter dem Haus ein kleines Stück Wildnis mit notdürftig gepflegten Obstbäumen und langem Gras, das sie im Zaum hielten, indem sie den Hasen- und den Hühnerstall immer wieder umstellten. Roza zählte mir die Kräuter und Blumen auf, die dort wuchsen, aber sie kannte ihre englischen Namen nicht, und ich bin sowieso kein großer Blumenfreund. Wenn sie davon erzählte, nickte ich nur und dachte an etwas anderes. Der Garten gehörte zu dem wenigen, um das sich meine Frau überhaupt kümmerte, wobei ich natürlich die schweren Arbeiten übernehmen musste. Ich erkenne Rosen und Osterglocken, das war es auch schon. Roza erzählte, ihr Garten sei wunderschön gewesen. Wehmütig erinnerte sie sich an das dicke Gemüse, das sie anbauten, und an die Sonnenblumenkerne, die man wie Süßigkeiten knabbern konnte. Englisches Gemüse sei im Vergleich zu jugoslawischem wie die Eier eines kleinen Jungen im Vergleich zu den Eiern eines Bullen, lautete ihr ausgesprochen anschaulicher Vergleich.

In ihrem Garten stand ein Brunnen, in den man hineinrufen und in den man Steine werfen konnte. Als Roza klein war, glaubte sie, dort unten würden Schlangen leben, und sie hatte Albträume davon, für immer den Brunnen hinabzustürzen, ohne jemals im Wasser zu landen. Ich träumte früher, jemand würde mich mit Benzin überschütten und anzünden, heute habe ich in meinen Albträumen Zähne aus Holz, die ständig ausfallen, als besäße ich unendlich viele. Offenbar hat jeder seine eigenen unerklärlichen Ängste, die ihm Albträume bescheren. Wir brauchen Albträume zur Unterhaltung und um die Zufriedenheit abzuwehren, die wir alle so fürchten und verabscheuen.

Sie mochte die Kaninchen, obwohl die Weibchen manchmal ihre Jungen fraßen, und die Hühner konnte sie wegen ihrer stupiden Gewalt nicht ausstehen, ständig pickten sie einander auf den Steiß und rissen sich gegenseitig die Federn aus. Einmal warf Roza einen toten Spatz in ihren Käfig, und die Hühner zerfetzten ihn. Sie fand, Hühner seien genau wie die Menschen auf dem Balkan, weil sie pausenlos und unerbittlich aufeinander einhackten.

Die Hennen hielten sie vor allem ihrer Eier wegen, und wenn nicht gerade Besuch da war, aßen sie in der Regel die alten Hähne. Roza kannte eine Bauernsage über einen alten Hahn, der durch einen neuen ersetzt wurde. Als er merkte, dass er vielleicht bald gegessen werden sollte, forderte er den jungen Hahn zu einem Rennen heraus, bat sich als fairen Ausgleich für sein Alter aber einen Vorsprung aus. Der junge Hahn willigte ein, und so rannte der alte los, während der jüngere ihm kurz darauf folgte. Der Bauer beobachtete das durch sein Fenster, und das Ende vom Lied war, dass der Bauer den jüngeren aß, weil niemand etwas mit einem schwulen Hahn anfangen konnte. Ich konnte noch nie gut Witze erzählen.

»Auf dem Land aufzuwachsen hatte den Vorteil, dass ich gelernt habe zu töten, und es war in Ordnung«, erzählte Roza eines Tages. »Ich habe Kaninchen das Genick gebrochen.«

Sie sah mich mit unheilvoller und wissender Miene an, und mir wurde ausgesprochen unbehaglich zumute. Ich verstand die Bemerkung als vage Drohung, vor allem, nachdem sie mir von dem Messer in ihrer Handtasche erzählt hatte.

Jahrelang benutzte Rozas Familie draußen ein Plumpsklo, das im Hochsommer stank, aber sonst eine gute Rückzugsmöglichkeit zum Nachdenken bot. Der Ziegelsteinanbau hatte sich abgesenkt und war stark verzogen, und sein Sitz bestand aus einer Holzplanke mit einem ovalen Loch. Wenn man mit einer Taschenlampe hineinleuchtete, sah man unten Tausende dicker, weißer Maden, und wenn einem etwas hineinfiel, musste man es einfach vergessen. Es war unheimlich, im Dunkeln hinauszumüssen, weil die nachtaktiven Tiere herumliefen und grunzten. Die Vorstellungskraft eines kleinen Mädchens verwandelte sie mühelos in Tiger und Bären. Roza sagte, das absolut Schlimmste sei gewesen, im Winter dort zu sitzen, wenn es sich anfühlte, als würde man sich nachher die Haut von den Beinen reißen. Ihr Bruder erzählte ihr, wenn man auf dem Brett festfror, müsste man sich den Hintern abschneiden lassen, um befreit werden zu können, deshalb lag sie im Winter die ganze Nacht wach und versuchte einzuhalten. Lustigerweise kann ich mich von dem Haus in Shropshire her an die gleichen Sachen erinnern. Dort gab es ein Außenklo mit drei Löchern nebeneinander für größere Geselligkeit. Heutzutage ist so etwas wahrscheinlich illegal. Ich wette, die Europäische Union hat es verboten.

Rozas Vater wärmte den Sitz immer mit einer Lötlampe

voll Brennspiritus an, und erst, als sie den Geist aufgab, installierte er ein richtiges System mit einem Rohr bis zum Grund des Brunnens, das einen Tank auf dem Dachboden speiste, damit sie nicht mehr Eis hacken oder Schnee schmelzen mussten. Sie bauten einen Warmwasserbereiter ein, verlegten die Toilette nach innen und verwendeten die alte zugedeckt als Sickergrube. Roza sagte, danach hätte das Leben einen Teil seiner Beschwerlichkeit verloren, die auch Spaß machte. Man verspürte nicht mehr diese wunderbare Vorfreude, wenn das Wasser in einem großen Kessel langsam heiß wurde. Ihr Vater fand es seltsam, nicht mehr wie ein Partisan leben zu müssen, und beschwerte sich, alle würden verweichlichen.

Sie besaßen ein Auto, das nach dem Kriegsende von den Deutschen beschlagnahmt worden war, einen alten Mercedes-Dienstwagen mit roten Sitzen, der wunderbar roch und in dem man sich sehr erhaben und hochnäsig vorkam. Der Wagen hatte einen starken Motor, war aber zu vornehm, um schnell damit zu fahren, und so blickte Rozas Vater an seinem Steuer starr geradeaus, während er von Skodas und Woschod-Mopeds überholt wurde. Er fuhr jeden Tag mit dem Auto zu seinem Büro in Belgrad, und nach der Arbeit ärgerte er sich ziemlich häufig über Touristen, die das Auto umlagerten und sich damit fotografieren ließen. Wenn etwas kaputtging, musste ein unheimlicher Aufwand betrieben werden, um Ersatzteile zu beschaffen oder anzufertigen, und bis es so weit war, mussten sie öffentliche Verkehrsmittel benutzen, in denen es laut Roza immer nach Ziegen, Babyspucke und rohen Zwiebeln roch. Sie glich vielen unserer britischen Labour-

Politiker zu dieser Zeit, so wie Anthony Wedgwood Benn; sie war ein Snob, der das gemeine Volk billigte, solange er sich nicht daruntermischen musste.

Sie erzählte mir, dass es in der Nähe einen Obstgarten gab, in dem sie gern auf die Bäume kletterte, und dass sie dort ihre ersten Gedichte schrieb. Einmal hat sie mir stundenlang ganz ernst ihre Gedichte auf Serbokroatisch vorgetragen und danach erklärt, was sie bedeuteten. Es war schön, ihr Gesicht zu beobachten, während sie las, weil sie die Gefühle durchlebte und ihr Geist hervorstrahlte, und ich genoss es, sie so lange anstarren zu können, ohne dass sie meine Bewunderung bemerkte. Mir fiel auf, wie seltsam Sprache ist, wenn man nicht weiß, was sie bedeutet. Roza erzählte mir, dass der Bob Dylan oben auch Gedichte schrieb, und ich dachte: »Oh je.« Seit ich Roza kannte, habe ich mich hin und wieder mit modernen Gedichten herumgeschlagen, aber ich muss gestehen, dass sie mir oft nur wie Häppchen normaler Sprache vorkommen, oder wie die kryptischen Fragenlisten von Kreuzworträtseln. Ich brauche jemanden, der sich damit auskennt und sie mir erklärt. In der Schule haben wir viele Gedichte gelernt, aber da ging es immer dummdidumm, es gab jede Menge Reime, und alle Zeilen waren gleich lang. Ich war auf dieses moderne Zeug überhaupt nicht vorbereitet. Die Gedichte vom BDO habe ich jedenfalls nie gelesen oder gehört. Wer weiß, vielleicht ist er mittlerweile berühmt geworden.

Dafür konnte ich nachvollziehen, dass Roza gern stundenlang auf Bäumen saß. Das habe ich als Junge auch oft gemacht. Vor kurzem habe ich den kleinen Baum besucht, auf den ich früher oft geklettert bin, und habe gesehen, dass er zu einer ziemlich großen Eiche geworden ist. Als so schmerzlich habe ich verlorene Zeit und Nostalgie lange nicht mehr empfunden.

Roza jedenfalls brockte sich einmal Ärger ein, indem sie in diesem Obstgarten ein paar hundert Äpfel aufschnitt, nachdem ihre kahle Großmutter ihr eine Sage über einen Apfel mit einem Diamanten darin erzählt hatte. Sie musste alle Obststücke einsammeln, in eine Schubkarre packen und die Straße hinunter zu einer Schweinefarm bringen. Roza mochte an ihrem Obstgarten die gleichen Dinge wie ich an meinem in Shropshire. Sonnenlicht, das durch das Laub drang. Feldmäuse. Sich paarende Spatzen. Stare und Drosseln, die ganz in der Nähe landeten, weil sie einen nicht bemerkt hatten. Ich sagte zu Roza: »Irgendwann fahre ich mit dir zu dem Haus in Shropshire, bei dem ich als Kind oft war.« Das gefiel ihr, aber wir sind nie dazu gekommen. Man kann sich nur schwer für eine junge ehemalige Prostituierte aus Jugoslawien freinehmen, wenn man zu Hause einen großen, weißen Teigklops sitzen hat, der von einem erwartet, dass man Gehwegplatten verlegt und mit der Tochter ins Kino geht, während er bloß strickt. Fast alles, was sich zwischen Roza und mir abspielte, geschah in diesem heruntergekommenen und dreckigen Haus in Archway, meist im Souterrain und immer, bevor ich nach Hause in die Vorhölle im schicken Sutton fuhr.

Eines Tages erlebte Roza etwas, das ihr einen großen Schock versetzte, und ausgelöst wurde dieses Erlebnis durch ein Pferd.

Sie sammelte gerade Fallobst auf, als sie etwas an der Schulter anstupste und anschließend an ihrem Pullover zerrte. Als sie erschrocken aufschrie, scheute ein nicht weniger erschrockenes Pferd, sprang zur Seite und warf wiehernd die Hinterhufe. Es war ein sehr großes Zugpferd, und in seinem Maul hing die rote Wolle, die es aus Rozas Pullover gerissen hatte.

Als sie gerade weglaufen wollte, kam eine Bäuerin keuchend und schnaubend zum Tor und fragte, ob sie ein Pferd gesehen hätte, obwohl das Tier deutlich sichtbar in der Nähe stand und Äpfel fraß.

Am Ende bot die alte Dame mit dem behaarten Gesicht Roza an, auf dem Pferd zu reiten, und Roza hatte zu viel Angst, um abzulehnen. Auf ein so großes Pferd zu steigen war schwierig, sie musste dafür erst auf das Tor klettern, aber sie war fest entschlossen, nicht in Panik zu geraten, und sie hielt sich oben, indem sie sich in der Mähne festkrallte. Sie dachte, das Pferd wollte ihr in die Füße beißen, aber die alte Dame sagte, es wollte nur an ihr schnuppern, um zu sehen, wer sie war.

Auf dem Weg die Straße entlang musste das Pferd der Äpfel wegen furzen, was Roza zum Kichern brachte, die alte Dame aber wenig amüsant fand, und als sie ein gutes Stück zurückgelegt hatten, sagte die alte Dame, das sei wahrscheinlich weit genug, sonst würde Roza zu lange für den Heimweg brauchen, und außerdem würde es gleich regnen.

Roza wollte nicht gehen, und die Frau musste ihr versprechen, dass sie noch einmal auf dem Pferd reiten durfte. Es hieß »Russland«, weil es sehr groß war, nur Probleme machte und ständig irgendwo hinging, wo es keiner wollte. Beim Absteigen verstauchte Roza sich den Fuß, und nachdem ihre Tränen ordentlich weggewischt waren, machte sie sich humpelnd auf den Heimweg.

Sie hatte gerade einmal die Hälfte geschafft, als mit einem Donnerschlag die Schleusen brachen und es anfing zu regnen. Ihr Knöchel schmerzte so heftig, dass sie nicht rennen konnte, und weil der Regen sehr stark wurde, ging sie zu einer kleinen Scheune neben der Straße. Darin waren Heuballen aufgestapelt, und obwohl Roza Angst vor Ratten hatte, kletterte sie hinauf.

Sie erzählte, sie sei vor allem sehr enttäuscht darüber gewesen, dass sie vom Pferd hatte absteigen müssen, und sie habe sich darüber geärgert, dass der Regen sie erwischt hatte, und im ersten Moment sei sie eher erstaunt als erschrocken gewesen, als ihr auffiel, dass eine Hand aus dem Stroh ragte. Sie sah aus wie eine gelbe Klaue mit papierartiger Haut.

Roza schob das Heu beiseite, und kurz gesagt fand sie einen toten Landstreicher. Zum Glück dachte sie, er würde schlafen, und hatte sofort den Impuls, ihn nicht zu wecken, weil das unhöflich gewesen wäre. Er trug ein Schild um den Hals, auf dem gekritzelt stand: *Jasenovac-Überlebender. Held des Widerstands.* An seiner Brust steckte ein Orden mit einem roten Band, sein Mund stand offen, und seine Lippen waren blau. In seinem weißen Bart klebte Erbrochenes. Neben ihm lag eine braune Flasche, die, wie sich später herausstellte, einen Industriereiniger mit Tetrachlormethan enthalten hatte. Als Roza an der leeren Flasche schnupperte, fand sie den Geruch sehr angenehm.

Zum Glück war nichts übrig, so dass sie keinen Schluck probieren konnte.

Sie wollte sich mit ihm unterhalten, merkte aber schließlich, dass er tot war. Dann ging sie nach draußen in den Regen und humpelte trotz allem nach Hause.

Ihre Eltern waren wütend, zum größten Teil ihrer eigenen Angst wegen. Sie hatten schon Mantel und Hut angezogen und wollten sich gerade auf die Suche nach Roza machen. Für ihren Vater war es besonders schlimm, weil er bei Donner das Gefühl hatte, er wäre zurück im Bombenhagel. Es dauerte eine Weile, bis sie die beiden überzeugen konnte, dass in der Scheune unten an der Straße tatsächlich ein Toter lag, und sie warfen Roza vor, sie würde Geschichten erzählen, und sagten ihr, sie sollte mit ihren Lügen aufhören. Überzeugen konnte sie schließlich Rozas seltsame Behauptung, der tote Mann würde »Jasenovac-Überlebender« heißen, denn das hätte sie sich auf keinen Fall ausdenken können.

Nachdem die Polizei den Toten abgeholt hatte, wurde er tatsächlich als Bettler und ehemaliger Widerstandskämpfer identifiziert, der gefangen genommen und in das Vernichtungslager Jasenovac gesteckt worden war. Ich habe das nachgeschlagen, dort haben die Kroaten etwa fünfunddreißigtausend Serben umgebracht. Die Gestapo hat das Lager einmal inspiziert und war schockiert. Einige der Aufseher dort waren Franziskanermönche. Als Jugoslawien schließlich auseinanderbrach, war ich nicht sonderlich überrascht. Roza hatte immer gesagt, dass es nach Titos Tod so kommen würde. Anfangs habe ich ihr allerdings nicht geglaubt; man hatte uns erzählt, das Land sei ein multikulturelles Paradies, das vor Harmonie und zuckersüßem Einvernehmen nur so schwärte.

Roza sagte, dass der Gedanke an den Landstreicher sie immer noch mitnahm, weil man ruhig ein Held sein und die Hölle überleben konnte, man konnte sogar den Partisanenstern verliehen bekommen und trotzdem wie eine Ratte sterben, und es war ein Tag wie jeder andere, und nichts hatte sich geändert. Roza sagte, nach dieser Geschichte fühlte sie sich schrecklich, weil sie gesehen hatte, wie vergeblich alle Mühen waren. Ich weiß noch, dass sie bei einer anderen Gelegenheit sagte, das Gefühl von der Vergänglichkeit des Lebens hätte eine befreiende Wirkung, weil man zu beinahe allem bereit war. Einmal habe ich mich in einer Bar mit einem Philosophen unterhalten. Auch er schob es vor sich her, nach Hause zu seiner Frau zu fahren. Er riet mir, ich sollte nie Angst haben zu versagen, weil ich irgendwann sowieso sterben würde.

»Ich habe auch mal einen Toten gefunden. Er lag unter einem Torbogen im King's Cross.« Ich weiß nicht, warum ich das Roza erzählte. Es stimmte nicht einmal. Und ich lüge nicht oft spontan. Zu der Zeit gab es ein Lied, das alle jungen Leute mit einer Gitarre sangen, und an einer Stelle ging es um »noch einen vergessenen Helden und eine Welt, die sich nicht um ihn schert«. Es hieß »The Streets of London« oder so ähnlich und handelte von obdachlosen alten Menschen. Wahrscheinlich hatte ich die Idee daher.

Sie atmete Rauch aus und sagte: »Ich habe noch einen Toten gesehen. Der war gerade erst gestorben.«

Ich bat sie nicht, mir mehr zu erzählen, weil ich zurück

nach Sutton musste. Es war der Geburtstag meiner Frau, ich hatte meine Runden noch nicht beendet, und langsam gingen mir die glaubwürdigen Entschuldigungen aus. Ihre Bemerkung fiel mir erst später wieder ein. Als Roza mich an der Tür verabschiedete, legte sie mir die Hände auf die Schultern und lehnte kurz den Kopf gegen meine Brust. Ich dachte: »Ich mache Fortschritte«, und war zufrieden mit mir, als ich ging. Mittlerweile hatte ich etwa hundert Pfund gespart und überlegte noch, was ich damit anstellen wollte. Ich fühlte mich von mir selbst abgestoßen und ärgerte mich darüber, dass ich auch nur daran gedacht hatte, Roza das Geld anzubieten.

10
Fräulein Radic

Sieh dich vor, dass sich dein Herz nicht loslöst.

In der Stadtbücherei hatte ich eine peinliche Begegnung.
Die Bücherei war klein und schmuddelig, wie ich es am
liebsten mag. Ich wollte dort etwas über Jugoslawien lesen
und fand ein Buch mit dem Titel *Eine kurze Geschichte der
jugoslawischen Völker*. Weil ich noch kein Mitglied war und
das Buch nicht mitnehmen konnte, wollte ich es in der Bücherei lesen. Ich hatte ein Notizbuch dabei, damit ich mir
interessante Einzelheiten aufschreiben und auswendig lernen konnte.

Die Zeitungen waren voller Geschichten über den
Yorkshire Ripper, aber ich saß an einem Tisch und las etwas über die Kosovo-Schlacht.

Jemand tippte mir auf die Schulter. Als ich aufblickte,
sah ich Chris neben mir stehen und wurde sofort rot. Ich
war sehr verwirrt und verlegen. Er gab mir einen Kuss auf
die Wange und sagte: »Hallo. Ich war bei dir zu Hause,
aber du warst nicht da, deshalb wollte ich mir hier die Zeit
vertreiben. Ich dachte, ich schaue mal rein und sehe nach,
ob sie irgendwas über Jugoslawien haben.« Er beugte sich
vor, betrachtete mein Buch und sagte: »Da hast du ja genau das Richtige.«

Ich rechnete damit, dass er mir peinliche Fragen darüber stellen würde, warum ich etwas über mein eigenes

Land las, aber das tat er nicht. Wahrscheinlich fand er es gar nicht seltsam. Ich schätze, viele Leute lesen etwas über die Geschichte ihres Landes. Mir kam es nur so vor, als hätte er mich auf der Suche nach neuen Geschichten erwischt. Und es war komisch, ihn in einem anderen Umfeld zu sehen, so als würde man am Wochenende auf der Straße zufällig seinen Lehrer treffen.

»Ich lasse es dich lieber zu Ende lesen«, sagte er. »Ich kann es mir ja in der Bücherei in Sutton bestellen.«

»Na ja, jetzt haben wir uns schon getroffen, dann gehen wir doch zu mir.« Zuerst machten wir einen Spaziergang und sahen alten Damen dabei zu, wie sie Vögel fütterten. Er fragte: »Ist dir schon mal aufgefallen, wie viele Stadttauben nur einen Fuß oder zumindest einen verkrüppelten Fuß haben?«

Ich sagte nein, aber seit diesem Tag ist es mir oft aufgefallen.

Ich habe Chris gerne damit gereizt, sehr freimütig zu sein. Wahrscheinlich war er oft entsetzt. Ich stellte ihn auf die Probe, um zu sehen, wie weit ich gehen konnte. Dabei wüsste ich gern, ob er sich manchmal gewundert hat, warum ich ihm persönliche Dinge in allen Einzelheiten erzählte, Dinge, die normale Menschen für sich behalten oder die Mädchen höchstens ihrer besten Freundin oder ihrer Schwester erzählen. Meist vermischte ich solche Offenbarungen mit Geschichten, mit denen andere Leute einen auf Partys langweilen.

Einmal erzählte ich ihm von meiner Lieblingslehrerin, Fräulein Radic.

Ich gehörte zu diesen Schülerinnen, die schon alles wussten, deshalb langweilte ich mich im Unterricht schnell. Schon bevor ich in die Schule kam, konnte ich lesen, und ich hob ständig die Hand und sagte bei jeder Frage an die Klasse: »Ich, Genossin Lehrerin!«, und wenn ich wegen meiner Übereifrigkeit ausgeschimpft wurde, streikte ich und schmollte mit verschränkten Armen, und dann zogen mich die Lehrerinnen auf: »Was denn? Weißt du die Antwort nicht, Roza?«

Meistens machte mir die Schule Spaß. Es war nett, in einem dicken Mercedes hingefahren zu werden, während die meisten Leute gar kein Auto hatten. Jeden Morgen, bevor wir losfuhren, musste ich mein Federmäppchen ausleeren, damit mein Vater nachsehen konnte, ob ich auch alle Stifte und Sonstiges dabeihatte. Er sagte dann: »Je mehr du jetzt arbeitest, desto weniger musst du später arbeiten.«

In der Schule wurde ich in die Dornenhecke geschubst, im Unterricht verschossen Schüler mit Gummibändern zusammengefaltete Papierstückchen, und es war in Mode, andere gegen den Oberarm zu boxen, um zu sehen, ob man einen dicken Bluterguss erzeugen konnte. Es gab einen Spastiker, der so grausam geärgert und verfolgt wurde, dass er sich regelmäßig selbst verletzte, damit er nicht in die Schule gehen musste. Chris meinte, meine kommunistische Schulzeit in Jugoslawien klänge ganz genauso wie seine kapitalistische in England.

»Wie heißen diese Dinger, mit denen man an Bleistiften eine Spitze macht?«, fragte ich ihn einmal, weil ich sprachlich noch Lücken hatte. Ich habe Englisch auch nicht auf die übliche Art gelernt.

»Meinst du Bleistiftspitzer?«

»Ja, gut, Bleistiftspitzer. So einen habe ich meiner Freundin in der Schule gestohlen.«

»Wirklich?«

»Er war sehr hübsch. Aus Holz, mit einem kleinen Bild darauf, deshalb habe ich ihn gestohlen.«

»Und?«

»Und ich habe ihn nie benutzt, weil ich mich zu sehr geschämt habe.«

»Du hast ihn wahrscheinlich zurückgegeben, oder?«

Ich wollte ihn ein wenig aufziehen, deshalb sah ich ihn an, als wäre er verrückt, und sagte: »Nein, natürlich nicht. Ich habe ihn immer noch. Irgendwann zeige ich ihn dir.«

»Und du hast ihn immer noch nicht benutzt?«

Ich schüttelte den Kopf und atmete Rauch aus. Ich dachte: »Mal sehen, wie er reagiert«, aber er sagte nichts. Chris antwortete oft nicht auf das, was ich ihm erzählte, weil er Angst hatte, er könnte einen schlechten Eindruck machen.

»Ich mag dich«, sagte ich, »weil du zuhörst. Ich erzähle dir alles, aber du bist nicht schockiert, du hörst einfach zu.«

»Ein bisschen bin ich schon schockiert«, gestand er.

»Ach, dann bist du höflich? Du zeigst mir nicht, dass du schockiert bist? In meinem Land sagen alle, die Engländer sind Heuchler, weil sie einem immer was vorspielen, aber ich glaube, das ist gutes Benehmen.«

»Na ja, es ist einfach zu interessant, dir zuzuhören. Ich will nicht, dass du aufhörst, deshalb lasse ich mir nichts anmerken, selbst wenn ich schockiert bin. Zur Zeit komme ich mir vor wie ein alter Mann. Niemand interessiert sich für jemanden wie mich. Wenn mich junge Leute ansehen, weiß ich genau, dass sie mich für einen zurückgebliebenen Dinosaurier mit einem Fuß im Grab halten. Ich bin nun mal ich, und ich bin vierzig, und deshalb habe ich das Gefühl, ich müsste einfach mehr bieten, weil sich sonst gar keiner für mich interessiert. Vielleicht ist das dumm. Die Welt hat sich über meine Ansichten hinaus entwickelt, weißt du, was ich meine? Ich komme mir altmodisch vor, wenn ich schockiert bin, und das mag ich nicht.«

»Na gut«, sagte ich, »ich erzähle dir etwas. Als ich … da unten … mein erstes Haar bekommen habe, wusste ich nicht, dass es mir gehört, und ich habe das erst gemerkt, als ich daran gezogen habe und es weh tat.«

Jetzt war er zweifellos schockiert. »Warum hast du mir das erzählt?«

»Bist du schockiert?«

Er überlegte kurz, dann stritt er es ab. »Nein, eigentlich nicht, ich habe mich daran gewöhnt, dass du mich schocken willst. Am meisten hat es mich überrascht, als du etwas davon gesagt hast, du hättest mit deinem Vater geschlafen.«

»Irgendwann erzähle ich dir mehr davon, wenn du willst. Möchtest du das?« Ich beugte mich mit einem zweideutigen Lächeln vor. Er wirkte ein wenig wütend. »Ich glaube wirklich, du treibst Spielchen mit mir. Du machst dich über mich lustig. Weißt du, Roza, manchmal frage ich mich, was das alles soll. Manchmal komme ich mir vor wie der Trottel in einer Agentengeschichte.«

Ich erschrak. Er sollte nicht böse werden und mich aufgeben. Ich wusste nicht, was ich sagen sollte. Schließlich stand ich einfach auf und schenkte mir Kaffee nach. Als ich zurückkam, legte ich ihm eine Hand auf den Arm und sagte:»Entschuldige.« Ich spürte, dass er sich über die Berührung freute, er sah mit einem schwachen Lächeln zu mir auf und sagte:»Ach, schon gut. Mit tut es leid.«

»Bitte gib mich nicht auf, das könnte ich nicht ertragen«, sagte ich.

»Warum sollte ich das tun?«

»So was kommt vor.«

Als er mich ansah, war ich mir sicher, dass er sich in mich verliebt hatte. Er sagte:»Ich glaube, ich könnte dich niemals aufgeben.« Ich gab ihm einen Kuss auf die Stirn, wie eine Tochter ihrem Vater. Es ist schön, wenn man mit jemandem liebevoll umgehen kann und weiß, dass er nicht gefährlich ist. Bei mir entwickelten sich auch Gefühle. Ich spürte, wie sie in mir aufstiegen. Oft fragte ich mich, wie es wäre, wenn wir eine Affäre anfangen würden, und ob ich auf seine Frau eifersüchtig sein würde. Wahrscheinlich nicht, dachte ich. Man ist ja auch nicht auf den Zoowärter eifersüchtig, der die Affen im Käfig hält. Wäre ich auf sie eifersüchtig gewesen, hätte ich das schon spüren müssen.

»Ich wollte dir von Fräulein Radic erzählen«, sagte ich.

»Und?«

»Sie war eine tolle Lehrerin. Sie hat mir alles über Frauensachen erzählt, über die Periode, darüber, Brüste zu bekommen, solche Sachen. Ohne sie hätte ich wahrscheinlich gar nichts gewusst.«

»Meine Lehrer waren alle Pädophile, Sadisten und Größenwahnsinnige«, sagte Chris. »Aber meine Erzie-

hung war wunderbar. Ich kann auf Latein bis einhundert
zählen. Einer meiner Lehrer hatte Afrika besucht, und
seitdem weiß ich alles über Zulus. Am Anfang jeder Erd-
kunde- und Geschichtsstunde hat er gesagt: ›Als ich in
Afrika war …‹«

»Hat dir jemand beigebracht, ein Mann zu sein, du
weißt schon … Männersachen?«

»Eigentlich nicht. Nach der Schulzeit hat uns der Di-
rektor geraten, jedem in die Eier zu treten, der was von
uns will. Hätte er uns das schon früher gesagt, wären einige Lehrer mit ziemlichen Schmerzen im Schritt her-
umgelaufen. Und was die Aufklärung anging, habe ich das
Wesentliche von den anderen Jungs gelernt, sobald ich in
die Schule kam.«

»Ach«, sagte ich, »ich hatte keine perversen Lehrer.
Fräulein Radic war nett. Aber meine Mutter war keine
große Hilfe. Als ich meine Tage bekommen habe, hat sie
sich nur Sorgen um die Bettlaken gemacht. Fräulein Radic
hat mir den Kopf getätschelt und mir gratuliert. Und sie
hat mir gesagt, mein Herz soll sich nicht loslösen.«

»Loslösen? Was soll das heißen?«

»Es geht um Sex und Liebe«, sagte ich. »Sie wollte sagen, dass ich beides zusammenhalten soll.«

»Und, hast du?«

Das versetzte mir einen Stich, und ich sagte ehrlich:
»Nein, ich habe sie nicht zusammengehalten. Ich habe nie
irgendwas richtig gemacht.« Lachend schüttelte ich den
Kopf. »Ich war mies.« Ich zögerte und steckte mir noch
eine Zigarette an, dann sagte ich: »Als Fräulein Radic mir
die Einzelheiten erzählt hat, habe ich geweint und gesagt:

›Ich will nicht, dass jemand so ein Ding in mich steckt und ich schwanger werde.‹« Fräulein Radic hat gelacht und mich an sich gedrückt. Sie trug ihre Brille an einer Kette um den Hals, und sie hat sich gegen mich gepresst, ganz hart und komisch.«

Chris sagte: »Schon seltsam, welche Erinnerungen wir behalten.«

11
Der Verrat

Es war wie mit fünfzehn.

Zu dieser Zeit bekam ich langsam Probleme. Ich konnte nicht schlafen, weil ich nur unter meinen Laken lag, schwitzend und unruhig, und an Roza dachte, sie im Geiste auszog und mir alles vorstellte, was ich mit ihr tun wollte.

Es war wie mit fünfzehn, ich bekam eine Erektion nach der anderen. Selbst, wenn ich nach unten ins Wohnzimmer schlich und im Dunkeln Hand anlegte, war ich gerade ein halbe Stunde lang im Bett, bevor es wieder passierte und ich noch einmal hinuntermusste. Es wurde schmerzhaft, und ich fand es beschämend, aber gleichzeitig war ich verwundert und stolz darauf, in meinem Alter noch so potent zu sein, nach so vielen Jahren einer verdorrten Ehe und trostloser Abstinenz. Manchmal war es so schlimm, dass ich drei Gläser Whisky brauchte, um einschlafen zu können.

Bei meinem nächsten Besuch öffnete der Bob Dylan oben die Tür. Er sah aus, als hätte er geweint, und an seinem linken Arm prangte eine schwarze Binde. Er trug die riesigen Mokassins, die ihm viel zu groß waren, und ich glaube, ich hatte noch nie einen so niedergeschlagenen Menschen gesehen. Ich sagte: »Es tut mir sehr leid.«

»Was denn?«, fragte er, und ich antwortete: »Dass du

jemanden verloren hast.« Ich deutete auf die schwarze Armbinde.

»Ach«, sagte er mit einem Blick darauf, »es ist niemand gestorben. Es geht um Dylan.«

»Dylan?«

»Hm-hm, Dylan. Er hat eine christliche Platte rausgebracht.« Ihm traten Tränen in die Augen.

»Viele Leute nehmen christliche Platten auf. Cliff Richard hat doch eine gemacht, und meine Frau hat ein paar Weihnachtsalben von Leuten wie Bing Crosby.«

Er sah mich verächtlich an und sagte: »Scheiße, wenn Dylan so was macht, ist es das Ende. Und Knopfler spielt darauf Gitarre. Dabei hätte Knopfler doch wohl versuchen können, ihn aufzuhalten.«

Ich hatte keine Ahnung, wer dieser Knopfler war, und musste es mir zu Hause von meiner Tochter erklären lassen. Ich fragte den BDO: »Ist die Musik denn nicht gut?«

»Doch, aber ich ertrage dieses paranoide christliche Zeug nicht. Lauter Höllenfeuer und ewige Strafe und das Ende der Welt. Mein Gott, Dylan war doch mal intelligent. Er hat früher über Idioten geschrieben, die dachten, sie hätten Gott auf ihrer Seite. Es wäre ja nicht so schlimm, wenn es noch jemanden wie ihn gäbe. Ich meine, wenn sogar Dylan sein Hirn abschaltet, welche Hoffnung gibt es dann noch für uns?«

Ich musste schmunzeln. Wahrscheinlich fühlte er sich gerade wie mein Vater, als der endlich gemerkt hatte, dass Oswald Mosley ein lächerlicher Pfau war. Ich sagte: »Dann hast du wohl deinen Helden verloren.«

»Ich habe meine Stimme verloren. Niemand sagt mehr

etwas. Jetzt könnte ich genauso gut in einer Bank arbeiten.«

Ich wusste nicht, was so schlimm daran sein sollte, in einer Bank zu arbeiten; wenigstens müsste er dann nicht mehr in einem Slum wohnen. Aber mir war klar, dass ich in seiner Achtung sinken würde, wenn ich das aussprach. »Das wäre ja schrecklich«, sagte ich stattdessen, konnte mir aber nicht verkneifen hinzuzufügen: »Bei dir klingt es ja, als wäre er dein Bauchredner.«

Er antwortete mit einem Lächeln: »Jetzt muss ich meine eigenen Worte finden. Hätte nie gedacht, dass es so weit kommt.«

»Vielleicht hältst du ihn für wichtiger, als er ist«, sagte ich, und als er mit den Schultern zuckte, fügte ich hinzu: »Meine Tochter zitiert ständig Bob Dylan. Eine ihrer Lieblingszeilen lautet: ›Don't follow leaders, watch your parking meters.‹« Der BDO sah mich vollkommen verblüfft an, und ich ging zu Roza mit dem Gefühl, gerade einen unerwarteten Triumph gelandet zu haben.

An diesem Vormittag beschloss Roza, mir von ihrem lesbischen Zwischenspiel zu Beginn ihrer Teenagerzeit zu berichten. Ihr Hang, mir Geschichten zu erzählen, ließ nie nach. Ich für meinen Teil hörte weiter zu, weil sie mich wirklich interessierten und weil ich nur so sichergehen konnte, dass Roza sich weiter über meine Besuche freute. Und wenn sie sprach, sah ich sie nur zu gerne an und sponn Tagträume von ihr.

Mittlerweile hatte ich weitere zwanzig Pfund gespart. Ich trug das Geld in einem Umschlag in meiner Brusttasche bei mir, weil ich es nicht zu Hause liegen lassen wollte, wo meine Frau es vielleicht finden konnte. Jetzt wünschte ich, ich wäre so vernünftig gewesen, es auf ein Sparkonto zu bringen, aber ich mochte das Gefühl, reich zu sein, das einem ein Bündel Geldscheine verleiht. Ich hatte gemerkt, dass das Sparen an sich eine ganz gute Angewohnheit war, und wenn ich die symbolischen fünfhundert erreicht hätte, wollte ich einen Haufen Losanleihen kaufen und mal sehen, ob Ernie, der Lotteriecomputer, mich vielleicht reich machte.

12
Natalja

Sie war mein ideales Ich.

Es machte unheimlich Spaß, Chris meine Geschichten zu erzählen, auch wenn ich im Nachhinein einige lieber für mich behalten hätte. Es schmeichelte mir, dass ein älterer Mann mich behandelte, also wäre ich wirklich interessant, und mit der Zeit verließ ich mich auf ihn. Ich merkte, dass er sich in mich verliebte, und wusste, dass ich dabei war, mich in ihn zu verlieben. Er war verheiratet, aber seine Frau existierte für mich nur in der Theorie. Ich hatte sie nie kennengelernt, und er erwähnte sie kaum, deshalb gab es sie nicht wirklich. In letzter Zeit hatte ich hübsche Träume davon, dass Chris mich aus meinem Leben holte, und das hätte ich weiß Gott brauchen können. Manchmal hoffte ich, wir könnten zusammen weggehen und ein neues Leben anfangen. Chris wirkte wie ein wahrer Gentleman. Er sehnte sich nach mir, aber er drängte sich nie auf. Ich beobachtete oft, wie er mich ansah, wenn er dachte, ich würde nichts bemerken. Er betrachtete gern meine Brüste und meinen Schritt, und mit Sicherheit hat er sich oft nur deshalb aufmerksam vorgebeugt, um zu verbergen, was bei ihm vor sich ging. Ich stellte es mir gerne vor, und der Gedanke daran brachte mich zum Schwitzen. Ich hatte interessante Träume von ihm. In einem brachte ich ihm eine Blumenvase in sein Zimmer, und er saß an seinem Schreibtisch, wandte sich um und lächelte mich an. Das war schon alles, nur ein kurzer Traum über eine einfache, liebevolle Geste.

Mit meinen Geschichten brachte ich ihn jedenfalls dazu, zurückzukommen. Nachdem ich einmal angefangen hatte, konnte ich nicht mehr aufhören. Ich hätte es nicht ertragen, wenn er das Interesse verloren hätte. Ich weiß nicht, wie ich die Einsamkeit verkraftet hätte.

Viele Männer werden von Lesben angemacht oder zumindest von dem Gedanken daran, was sie so treiben, also erzählte ich ihm die Geschichte von Natalja und von meiner Fahrt nach Dalmatien in ein Lager der Kommunistischen Jungpioniere.

Ich erzählte, es habe die üblichen Peinlichkeiten gegeben: Volkstänze, Chorgesänge, lange Wanderungen, dumme Spiele und Vorträge über die Helden des Kommunismus. Trotzdem gefiel es mir dort, weil das Klima freundlicher war und alles nach Meeresfrüchten und Zitronen roch, außerdem gab es zwei kleine Inseln und hinter uns einen großen Berg. Es lag wohl einfach etwas in der Luft, das mich glücklich machte. Ich dachte nicht die ganze Zeit über nur an mich, deshalb fühlte ich mich frei.

Einmal haben wir eine Diaschau gesehen und sind danach in ein Museum gegangen, ein Franziskanerkloster mit der größten Muschelsammlung der Welt. Als ich mir gerade eine Sammlung Kaurischnecken ansah, roch ich plötzlich Pfirsich und Lavendel und merkte, dass der Duft von dem Mädchen neben mir kam. Sie sagte: »Ich kann Muscheln nicht ausstehen. Ich würde mir lieber am Strand die Jungs aus Frankreich ansehen.«

»Woher weißt du, dass sie aus Frankreich kommen?«, fragte ich.

»Weiß ich gar nicht. Aber das würde mir gefallen. Ich bin Natalja, aber alle nennen mich Tascha. Du bist Roza. Ich habe jemanden gefragt. Ich glaube, wir werden Freundinnen. Ich habe mir alle in diesem lausigen Lager angeguckt, und du warst die Einzige.«

Ich war geschmeichelt und etwas überrascht. Mich hatte noch nie jemand so ausgesucht, und ich wusste nicht, wie ich reagieren sollte. Ihr schien das nicht aufzufallen, sie redete einfach weiter. »Wir beide sind die hübschesten Mädchen im Lager, und ich dachte, es wäre keine gute Idee, wenn wir Feindinnen werden. Magst du Jungs?«

»Nein«, antwortete ich. »Zumindest noch nicht.«

Sie nahm mich beim Arm und führte mich zum nächsten Schaukasten voller Muscheln. »Ich eigentlich auch nicht. Ich mag nur die Vorstellung. Ich wünschte, ich hätte deine Wangenknochen. Bis jetzt habe ich noch keine Brüste, aber ich gebe die Hoffnung nicht auf.«

Tascha war größer als ich und sehr schlank. Ich hatte noch nie jemanden mit so langem Haar gesehen. Es war blond und lockig und reichte ihr bis zur Taille. Sie musste es sich aus dem Gesicht streichen, damit es ihr nicht den Blick versperrte. Sie hatte dunkle Augenbrauen, ihre Augen waren so tiefbraun, dass sie beinahe schwarz wirkten, und trotzdem muss ich mich jedes Mal, wenn ich an sie denke, erst daran erinnern, dass sie nicht blau waren.

Sie trug immer Blau und ging meist barfuß. Sie stellte ihren gertenschlanken Körper gern zur Schau, indem sie sich in melodramatische Posen warf und einige Zeilen aus

Theaterstücken deklamierte, und sie konnte alle möglichen akrobatischen Kunststückchen, die so erstaunlich waren, dass ich nicht einmal gewagt hätte, sie zu probieren. Sie schlug Räder, wenn ich neben ihr herging, und wenn sie einen Rückwärtssalto machte, hörte man sie nicht einmal landen. Sie war eine Art Naturgeist. Einmal legte sie die Hände auf den Boden und steckte sich beide Füße hinter den Kopf. Dann sah sie mich ernst an und fragte: »Glaubst du, diese Position hilft mir weiter, wenn ich mal verheiratet bin?«

Ich habe Tascha geliebt, weil sie alles war, was ich gerne sein wollte. Sie war mein ideales Ich, frei, direkt, unbeschwert, witzig und quirlig, sie verschlief ungeniert alle Diaschauen und Vorträge über den Kommunismus, und als niemand hinsah, kritzelte sie ihren Namen auf das Denkmal der jugoslawischen Marine. Sie wollte nicht helfen, als wir eine Mauer bauten, weil sie meinte, Gott hätte die Männer dumm und stark gemacht, damit Frauen solche Arbeiten nicht erledigen mussten. Sie sang falsch, und es war ihr egal.

Tascha und ich liefen Arm in Arm durch die Gassen und lutschten an unserem Eis, während sie mir die besten Jungshintern zeigte. Natürlich waren alle Jungs Franzosen. Wir aßen schüsselweise Auberginenratatouille, die vor Olivenöl tropfte und mit Oregano, Knoblauch und schwarzem Pfeffer gewürzt war. Einmal kletterte sie auf eine Mauer und versuchte mir beizubringen, auf Kommando zu rülpsen. Sie legte sich der Länge nach darauf, wie ein Model bei Aufnahmen, schwenkte eine Hand mit ausgestrecktem Zeigefinger hin und her und dirigierte so ihr eigenes kleines Konzert damenhafter Rülpser. So konnte sie die Ratatouille noch einmal genießen, sagte sie. Mir war das so peinlich, dass ich so weit weg wie möglich ging, ohne sie ganz allein zu lassen.

Sie überredete zwei deutsche Jungs, uns in die Disco mitzunehmen, und weigerte sich dann, mit ihnen zu tanzen. Viele Männer gaben uns Getränke aus, aber wir tanzten nur miteinander, und als wir um Mitternacht gingen, schwirrten uns die Köpfe von den hämmernden Bässen und blitzenden Lichtern. Unter einer Platane küsste sie mich, und mein Herz tat einen Sprung. Einen Moment lang sah ich das Strahlen ihrer Augen, spürte ihren heißen Atem auf meinem Gesicht, und ihre Arme zitterten.

Tascha war Slowenin, lebte aber in Belgrad, weil ihr Vater als Abgeordneter im föderalen Parlament saß. Weil die Francuskastraße für mich recht leicht zu erreichen war, konnten wir unsere Freundschaft nach dem Lager fortführen. Wir telefonierten so viel, dass sich unsere Eltern schon darüber ärgerten, und sie besuchte mich oft auf dem Land. Mein Vater mochte sie so sehr, dass ich eifersüchtig wurde.

Tascha war bezaubernd. Ihr Kopf steckte voller Träume und Phantasien, in denen sie von siegreichen Helden entführt wurde oder in einem Kloster an Schwindsucht starb. Erst war sie eine Prinzessin und im nächsten Moment eine Zigeunerin aus Herzegowina, dann eine Amazonenkriegerin, eine Millionärin, eine Schauspielerin.

Ich weiß, was ich an ihr liebte, aber ich habe keine Ahnung, was sie in mir sah. Ich war dunkel und stämmig, ein wenig traurig und unsicher, und sie war das Gegenteil.

Ich kann ihr Leben nicht so erfüllt haben wie sie meines. Aber das ist das Komische an Zuneigung. Wenn man viel davon zu geben hat und nicht der richtige Mensch da ist, lässt man sie einem anderen zuteilwerden, bis ein geeigneterer Kandidat auftaucht. Wir haben uns oft Briefe geschickt, die wir mit »Für immer in Liebe« oder »Auf ewig Deine Freundin« unterschrieben. Ich bewahrte sie in einem großen, braunen Umschlag auf, den ich unter mein Kopfkissen legte.

In den Ferien gingen wir gern mit einem Korb voll Obst und Käse zu unserem Platz am Fluss. Dort umgaben Birken ein großes, flaches Wasserbecken, und manchmal konnte man in der Strömung Forellen mit der Schwanzflosse schlagen sehen.

Zum ersten Mal besuchten wir diese Stelle im Hochsommer, und Tascha steckte die Zehen in das Wasser und fand es wunderbar kalt. Sie forderte mich dazu heraus, sie herauszufordern, ins Wasser zu gehen, und im nächsten Moment hatte sie sich ausgezogen und watete hinein. Sie quietschte und lachte, weil es so kalt war, und ich sah voller Angst und Bewunderung zu. Durch sie sehnte ich mich nach einer Freiheit, für die ich psychologisch nicht geeignet war. »Komm rein«, rief sie, und ich schüttelte den Kopf. »Aber es ist toll«, sagte sie. Ich war hin und hergerissen, weil ich mich schämte, es aber auf keinen Fall zeigen wollte. Ich zog mich aus und watete ins Wasser, die Arme über den Brüsten verschränkt, die schon damals ziemlich schwer waren.

Ich wünschte, ich könnte ganz ungeniert ihren Körper beschreiben. Ich habe ihn immer noch deutlich vor Augen, aber Sie werden ihn sich vorstellen müssen. Wenn Sie mir eine direkte Frage stellen würden, könnte ich Ihnen allerdings wahrscheinlich eine direkte Antwort geben.

Nach dem Baden sonnten wir uns auf der Decke, bis uns zu heiß wurde und wir zurück ins Wasser gehen mussten, bis uns wieder zu kalt war. Dann legten wir uns nebeneinander auf die Decke und redeten, und wir erschraken jedes Mal und gerieten in Panik, wenn wir dachten, wir hören jemanden kommen.

Einmal erklärte sie mir, warum sie sich so ungezügelt benahm. Sie sagte: »Ich bin dafür bestimmt, jung zu sein, genau so jung wie jetzt, und deshalb will ich es voll auskosten, weil ich weiß, dass es so nicht bleiben kann. Irgendwann muss ich erwachsene Entscheidungen treffen und vernünftig sein. Ich muss mir Arbeit suchen und eine Wohnung, ich muss aufs Geld achten und die Rechnungen bezahlen. Irgendwann sehe ich die ersten Falten neben meinen Augen, meine Brüste werden schlaff, falls sie überhaupt ordentlich wachsen, und ich werde mir einen vielversprechenden Mann zum Heiraten suchen müssen, der nachher will, dass ich ihm die Hemden bügle, und dann wird der Teil von mir, der mir sagt, ich soll verrückt sein, so langsam sterben, dass ich es kaum mitbekomme, bis ich eines Tages in den Spiegel schaue und meine Mutter mich ansieht, und dann kommt mir die Zeit mit dir wie ein schöner Traum vor, den jemand anders geträumt hat.«

Ich dagegen war schon zu vernünftig. Ich arbeitete viel für die Schule. Zu lernen war mir viel lieber, als etwas zu unternehmen. Ich betrachtete die Welt durch eine Glasscheibe.

Irgendwann küsste sie mich zum zweiten Mal. Sie beugte sich über mich, so dass ihre blonden Locken mein Gesicht umrahmten, und ihre Haut war von der Sonne richtig heiß. Sie küsste mich ganz sanft auf die Lippen, dann wich sie zurück, setzte sich auf und schlang die Arme um die Knie. Sie sagte: »Es gibt so viel zu erfahren. Die Frage ist, ob es sich lohnt, das alles zu wissen.«

Wir lagen nebeneinander auf der Decke, und Tascha beklagte den Lauf der Zeit. Als in der Nähe ein Vogel sang, sagte sie: »Wahrscheinlich verhungert er im Winter.«

Und ich sagte: »Nicht weinen, Tascha.«

Abends trugen wir zusammen den Korb nach Hause, und nachts schlief sie bei mir in meinem Bett. Die Zeiten waren unschuldiger, damals dachte man sich nichts dabei, sich mit jemandem vom gleichen Geschlecht ein Bett zu teilen, wenn es nicht genug gab. Meine Eltern fanden, wir würden so zusammengekuschelt einen hübschen Anblick abgeben. Sie war süß und warm, ihr Haar kitzelte mich im Gesicht, und wenn sie schlief, war sie so schlaff, dass ich sie in jede Position schieben konnte, die für mich bequem war. Ich fühlte mich sehr sicher bei ihr und begann, ihre Angst vor dem Lauf der Zeit zu teilen, denn wenn eine Freundschaft so schön und so eng ist, besteht immer die Möglichkeit, dass sie nicht ewig hält. Manchmal war ich traurig, wenn sie vor mir einschlief.

Es stimmt, die Zeiten waren vielleicht wirklich unschuldiger, aber etwa ein Jahr lang waren wir so etwas wie ein Liebespaar. Wir wussten beide, dass wir keine Lesben waren, aber wir taten alles, was Lesben auch tun. Es ging um Genuss und Zuneigung und darum, zu lernen. Ich bedaure es nicht und schäme mich im Nachhinein auch nicht dafür. Es macht mich nicht an, an die Einzelheiten zu denken, aber ich erinnere mich noch an unseren Spaß und unsere Leidenschaft.

Irgendwann hatte sie einen Freund, und unsere Affäre endete sehr abrupt. Wir fanden das beide normal und unvermeidlich, und eine Zeit lang machten wir einfach weiter wie gehabt, nur ohne den Sex. Ich freute mich schon darauf, es selbst einmal mit einem Mann zu versuchen. Später erfuhr ich, dass sie ihrem neuen Freund unseren Platz am Fluss gezeigt hatte, und ich schätze, dass die beiden dort miteinander geschlafen haben. Jahre später traf ich ihn zufällig in Split, und er erzählte mir, sie hätte am Ende mit ihm Schluss gemacht, um mit einem Kavallerieoffizier zusammen zu sein, der mittlerweile in die Politik gegangen war. Es machte ihn immer noch sehr wehmütig, sie verloren zu haben, was ich gut verstand. Wäre ich ein Mann, wäre ich verrückt vor Liebe gewesen.

Chris erzählte ich, Tascha hätte schließlich erkannt, was meinen Vater quälte.

Seit ich klein war, krabbelte ich morgens als Erstes in das Bett meiner Eltern, nahm die Wärme meiner Familie in mich auf, und wenn ich Albträume hatte, schlief ich die ganze Nacht bei ihnen.

Nach der Trennung meiner Eltern schlief mein Vater manchmal im Gästezimmer. Wenn er zu Hause war, ging ich zu ihm, weil meine Mutter mich die restliche Zeit über haben konnte und ich nicht wollte, dass mein armer Vater sich ausgeschlossen fühlte.

Eines Morgens, als ich mich an ihn gekuschelt hatte

und ihn auf die Wange küsste, spürte ich, wie sein ganzer Körper steif wurde, und sah, dass er anfing zu schwitzen. Ich glaube, ich hatte wegen irgendetwas geweint. Plötzlich seufzte er und sagte: »Roza, komm bitte nicht mehr in dieses Bett. Du bist kein kleines Mädchen mehr.«

»Aber Papa«, wollte ich widersprechen, aber er unterbrach mich: »Geh einfach in dein Zimmer, und keine Widerrede.«

Ich fühlte mich absolut elend. An der Tür wandte ich mich mit Tränen in den Augen zu ihm um, aber er hatte sich zur Wand gedreht.

Danach fühlte ich mich jedes Mal, wenn ich ihn sah, verletzt und zurückgewiesen, und ich biss mir stundenlang auf die Fingerknöchel und fragte mich, was ich falsch gemacht hatte. Mir fiel nichts ein, ich kam auf keine Antwort, aber ich spürte, dass zwischen uns alles verdorben war.

Ich schüttete Natalja mein Herz aus, und sie zog sofort den richtigen Schluss: »Na ja, du bist kein kleines Mädchen mehr, und du bist sehr hübsch. Dein Vater ist vielleicht dein Vater, aber er ist auch ein Mann. Wenn man einem Mann ein hübsches Mädchen ins Bett legt, ist es, als würde man einem Hund etwas zu fressen vorsetzen. Es ist eine Versuchung.«

»Aber er ist doch mein Vater!«

»Ja, aber hör mal zu. Du liebst ihn und er liebt dich, du bist sehr hübsch, und ihr liegt im gleichen Bett. Was erwartest du denn? Er musste dich rauswerfen und konnte offenbar nicht erklären, warum. Wenn ich du wäre, würde ich nach Hause gehen, ihm ein Geschenk mitbringen und aufhören, zu ihm ins Bett zu steigen.«

Ich kaufte ihm einen Taschenrechner. Diese Dinger waren damals neu, es gab sie erst seit kurzem in den Läden. Sie waren noch ziemlich teuer. Er sagte: »Den werde ich immer in Ehren halten, selbst wenn ich nie herausfinde, wie man ihn benutzt.« Tatsächlich benutzte er ihn am liebsten, um zu beweisen, dass er schneller im Kopf addieren konnte als ich mit den Tasten. Später beeindruckten wir mit diesem Spielchen gerne unseren Besuch.

Er schenkte mir eine Kassette von Françoise Hardy und sagte: »Ich weiß ja nicht, welchen Müll ihr jungen Leute heutzutage hört, aber damit wird vielleicht dein Französisch besser.«

»Aber ich lerne doch Englisch und Russisch«, sagte ich, worauf er antwortete: »Dann kann dein Französisch ja viel besser werden.«

Im Laufe der Jahre wuchs mir diese Kassette sehr ans Herz, obwohl ich die Lieder erst verstand, als der Bob Dylan oben sie einmal mit mir durchging. Jedenfalls mochte ich diese schöne, traurige Stimme, egal, ob ich die Texte verstand. Am Ende fraß mein Kassettenspieler das Tape, und ich begrub seine Überreste im Park, weil es zu wertvoll war, um es einfach wegzuwerfen.

Als Tascha ihren Freund hatte, wurde es schwierig, noch viel Zeit miteinander zu verbringen. Sie schickte mir ständig vertrauliche Lageberichte und wir telefonierten stundenlang, aber ich wusste, dass sie mir weggenommen worden war und dass ihre Schönheit und ihr Humor jetzt einem anderen gehörten. Der Bob Dylan oben spielte mir einmal ein französisches Lied vor, in dem der Sänger sagte, die Einsamkeit sei seine treueste Begleiterin und werde auch seine letzte sein, und dieses Gefühl kam mir vertraut vor.

Ich arbeitete hart für meine Prüfungen und suchte draußen nach Hunden, für die ich Stöckchen werfen konnte, aber nach Tascha war mein Herz sehr leer.

13
Armer Papa

Ich wollte einfach keine Jungfrau mehr sein.

Bei meinem nächsten Besuch wurde mir die Tür vom Bob Dylan oben geöffnet, der nicht mehr seine schwarze Armbinde trug, aber immer noch sehr missmutig wirkte. Ich hatte gerade im Autoradio gehört, dass Präsident Bhutto in Pakistan gehängt worden war, aber ich nahm zu Recht an, dass dem BDO etwas anderes zu schaffen machte.

Roza erzählte mir, der BDO hätte ein hübsches, originelles und sportliches Mädchen zum Abendessen eingeladen und ihr in seinem Wok etwas Besonderes zubereitet. Ich dachte, ein romantisches Abendessen müsse doch ein schwieriges Unterfangen sein in einem Haus, in dem die Leitungen vor den Wänden baumelten, Treppenstufen fehlten, die Teppiche vor Schmiere starrten und es kein anständiges Dach gab, aber diese jungen Leute hatten offenbar andere Ansprüche. Wie sich herausstellte, hatte das Mädchen nach dem Abendessen gesagt: »Ich hoffe, du erwartest jetzt keine Bettakrobatik, ich bin nämlich mit Moira zusammen.«

Der Bob Dylan hatte angenommen, diese Moira sei nur eine Mitbewohnerin. Er war ganz vernarrt in seine Besucherin und hatte durchaus auf etwas Bettakrobatik gehofft. Das Gefühl kenne ich, dachte ich dabei.

Roza ihrerseits wählte diesen Tag aus, um mir von eigenen akrobatischen Einlagen zu erzählen.

Sie sagte, sie hätte damals eine sehr deprimierte Phase erreicht. So was passiert vielen Teenagern, erklärte ich ihr. Meine Tochter ist auch manchmal so. Nein, sagte Roza, das war besonders schlimm, weil das Leben jeden Sinn verloren hatte.

Sie tat kaum noch etwas, wurde mürrisch und feindselig und blieb den ganzen Tag lang im Bett, so dass sie nachts nicht schlafen konnte. Die Welt wurde zweidimensional, wie eine Kinoleinwand, und sie löste sich immer mehr von ihr.

Sie erzählte mir, dass sie immer wieder dachte: »Wofür? Was soll das alles?«, und anfing, Gedichte über Selbstmord und das Nichts zu schreiben. Sie malte sich aus, wie ihre Eltern und Tascha im Regen an ihrem Grab standen. Dazu trug sie nur noch schwarze Kleidung und ärgerte sich schrecklich, als ihr Vater sagte, das würde ihr stehen. Ihr Zimmer strich sie dunkelviolett, und um die Einschusslöcher aus dem Krieg malte sie einen Atompilz.

Vor den Gästen ihrer Eltern las sie demonstrativ Baudelaire, statt sich um sie zu kümmern, und sie las Bücher über Psychologie. Den Namen Baudelaire hatte ich schon mal gehört, aber ich wusste nichts über ihn, deshalb schlug ich ihn später nach. Ich fürchte, am besten gefallen mir die Katzengedichte, und es gibt ein sehr eindrucksvolles über einen Leichnam. Sie fing an, Freud zu lesen, und warf ihrem Vater vor, er sei ein anal-retentiver Charakter. Er sagte: »Dann komm mal ins Klo, nachdem ich geschissen habe, und ich beweise dir das Gegenteil.« »Anal-retentiv«

musste ich auch nachschlagen. Aber ich muss sagen, dass ich danach weder für den Begriff noch für das Konzept viel Verwendung hatte.

Ich sagte zu Roza: »Du hast gerade einfach einen normalen Typ Teenager beschrieben.« Sie sah mich leicht verärgert an, weil sie sicherlich erwartet hatte, ich würde ihr Leiden ernst nehmen. »Das war eine beschissene Zeit«, beharrte sie. »So beschissen habe ich mich sonst nie gefühlt, nicht mal, als ich vergewaltigt wurde.«

»Mein Gott«, dachte ich, aber mittlerweile kannte ich sie gut genug. Ich wusste, dass sie mir früher oder später davon erzählen würde, deshalb drängte ich sie nicht, obwohl sie das bestimmt wollte. Aber ich wollte sie ganz sicher nicht nach ihrer Vergewaltigung fragen. Schon bei dem Gedanken daran wurde mir schlecht.

Sie holte neue Zigaretten, und ich betrachtete die Tapete, die sich von der Wand pellte. Das Muster stammte wahrscheinlich aus Zeiten Edwards VII. Sie musste einmal recht elegant gewesen sein. Die Risse in der Decke formten eine Karte der Isle of Wight. Als Roza mit ihrer Schachtel Black Russians zurückkam, fragte ich: »Und wie bist du deine Depression wieder losgeworden?«

Sie zündete sich eine Zigarette an und beugte sich vor, die Ellbogen auf die Knie gestützt. Sie sah mich kokett an, legte den Kopf schief, stieß Rauch aus, lächelte und sagte stolz: »In der Nacht, bevor ich an der Uni anfing, ging ich in das Zimmer meines Vaters und schlief mit ihm.«

»Mein Gott«, dachte ich.

Sie sagte: »Es war meine Idee. Ich bin zu ihm ins Bett gestiegen und habe mich an ihn gekuschelt, wie früher.

Aber dieses Mal wusste ich, was ich wollte. Er konnte nicht anders. Er hat es nie überwunden, glaube ich. Das war sehr gemein von mir. Armer Papa.«

14
Universität

Vor Fremden muss man sich in Acht nehmen.

Bei unserem nächsten Treffen wirkte Roza sehr zufrieden mit sich, aber ich wusste nicht, weswegen. Und ich hatte gerade eine Nussbaumkommode für fünfzig Pfund verkauft.

Nach allem, was sie mir erzählt hatte, fragte ich mich langsam, ob ich nicht zu viel riskierte. Eine Frau, die ihren eigenen Vater verführt und es amüsant findet, ist gefährlich. Trotzdem konnte ich die Faszination nicht abschütteln, sie wurde höchstens schlimmer. Jede Nacht lag ich schweißgebadet da, und an Schlaf war meist erst zu denken, wenn ich vollkommen erschöpft war. In meinem Kopf lief immer wieder ein Film ab, bei dem ich zugleich Darsteller und Regisseur war, und ich schlief darin mit Roza, und sie machte Dinge mit mir, die meine Frau vor fünfzehn Jahren unwiderruflich aufgegeben hatte. Diese ständige Erregtheit war unerträglich. Ich fühlte mich beinahe schwindelig.

Ich hatte etwas getan, auf das ich nicht stolz, über das ich aber sehr froh war. Nachdem ich Praxen in Watford und ähnlichen Gegenden abgeklappert hatte, war ich zu einem Freund in Muswell Hill gefahren. Es war spät, und ich war auf dem Heimweg zum großen, weißen Teigklops, der bestimmt schon schlief. Ich schlug einen Umweg ein und stellte mich spätabends auf den Gehweg gegenüber von Rozas Haus. Wir hatten Mai, es war also nicht allzu kalt, und ich drückte mich einfach in einem Hauseingang und in den Schatten herum, als wäre ich ein Privatdetektiv. Ich weiß nicht, was ich mir davon erhoffte, aber als ich sah, wie sich ihr Schatten hinter dem Vorhang bewegte, verspürte ich eine gewisse Befriedigung. Die Vorhänge waren rosa, und sie waren offensichtlich nicht gefüttert.

Sie fing an, sich auszuziehen. Ich sah alle typischen Bewegungen als Silhouette. Sie zog sich den Pullover über den Kopf und griff nach hinten, um ihren BH zu öffnen. Sie zog ihn aus, dann kam sie zum Fenster. Ich sah die Umrisse ihres geschwungenen, wohlproportionierten Körpers, als sie sich dem Fenster näherte. Zu meinem Erstaunen und auch Entsetzen zog sie die Vorhänge auf und sah hinaus auf die Straße. Zuerst fürchtete ich, sie hätte mich gesehen oder wüsste, dass ich dort war, aber sie blickte nur rechts und links die Straße hinunter. Im Licht der Straßenlaterne konnte ich ihren Bauch und ihre schweren, runden Brüste genau sehen, und sie waren ein weiterer Grund, nachts nicht zu schlafen. Es dauerte nicht lange, bis ich herausfand, dass sie dieses kleine Ritual jeden Abend etwa zur gleichen Zeit vollzog. Es überraschte mich, dass es außer mir niemandem auffiel. Ich hätte gedacht, es würde sich eine ganze Schar von Männern in den Schatten verstecken. Aber ich wollte kein armseliger Spanner werden. Ich hatte das Gefühl, es wäre Roza gegenüber respektlos, und ich konnte mich soweit beherrschen, nicht zu oft hinzugehen. Ich achtete sogar darauf, manchmal früher nach

Hause zu fahren, damit es nicht zu negativ auffiel, wenn ich spät wiederkam.

Roza erzählte mir, dass dem Bob Dylan noch ein Unglück widerfahren war. Er traf sich seit einiger Zeit mit einer hübschen, zierlichen Blondine namens Sarah, aber diese Sarah lebte mit einem holländischen Alkoholiker namens Hans zusammen. Angeblich führten Sarah und Hans eine offene Beziehung, aber als Hans von dem Bob Dylan erfahren hatte, war er zusammengebrochen und trank jetzt so viel, dass Sarah schon andeutete, ihre kleine Affäre beenden zu wollen, und deshalb war der Bob Dylan wieder ziemlich niedergeschlagen.

Roza war dagegen ausgesprochen munter. »Wo war ich stehengeblieben?«, fragte sie, und ich antwortete: »Als du an die Uni gegangen bist.«

»Nachdem ich mit meinem Vater geschlafen habe?«

»Ja, danach.«

»Die Zeit in Zagreb war beschissen«, erzählte sie. »Die Uni war ganz nett. Ein riesiges, braunes Rechteck mit breiten Fluren und überall Treppen. Aber ich wünschte, ich wäre nach Belgrad gegangen.

Mein Vater ist nicht mit zum Bahnhof gekommen. Er konnte mich nicht mal ansehen, als ich zu ihm gegangen bin und mich verabschieden wollte. Er war vollkommen sprachlos, und er konnte die Arme nicht heben, um mich zu drücken. Aber ich habe ihn gedrückt. Tascha und meine Mutter haben mich zum Bahnsteig gebracht, und Tascha hat mir ein paar kleine Taschentücher geschenkt, die sie selbst bestickt hatte. Meine Mutter hat mir ein Päckchen mit einer unglaublichen Mischung von Essen geschenkt, auch ein Glas eingelegte Pflaumen, falls ich Verstopfung bekomme.

Im Zug habe ich angefangen zu weinen, und ein alter Mann hat mir sein Taschentuch gegeben. Er hat gesagt: ›Behalten Sie es, meine Frau will es schon seit Jahren wegwerfen, und ich habe keine Lust mehr, es aus dem Mülleimer zu angeln.‹ Ich habe es immer noch, wenn ich mal weinen muss.

Ich weiß noch, wie ich die Maisfelder und Sonnenblumen angesehen haben, und die galoppierenden Pferdeherden, und manchmal stank es im Zug schrecklich nach Schweinescheiße, und wenn man rausgesehen hat, waren da Schweine in allen möglichen Farben.

Weißt du, was ich von der Uni wollte? Ich wollte Partys und Rockmusik und lauter intellektuelles Zeug. Ich dachte, ich könnte vielleicht selber irgendwann mal Professorin werden. Und ich wollte einen richtigen Freund, weil ich ja keine Jungfrau mehr war.

Tja, viele Partys und Rockmusik habe ich nicht abbekommen, und auch kein intellektuelles Zeug, aber den Freund hatte ich sofort.

Als ich am Bahnhof angekommen bin, wusste ich nicht, was ich machen sollte, und es war dunkel, und ich hatte das ganze Gepäck und das Essen. Ich wollte nur wieder nach Hause. Ich kam mir vor, als wäre ich auf dem Mond gelandet. Alle offiziellen Schilder draußen waren in lateinischer Schrift statt in kyrillischer.

Aber dann habe ich jemanden an einem Münztelefon gesehen, er hat nett gewirkt, und ich dachte: ›Das ist bestimmt ein Student.‹ Er war etwas dünn, aber er hatte dickes, dunkles Haar und trug eine Lederjacke. Ich bin zu ihm gegangen und habe mich neben ihn gestellt, aber nicht so, dass er dachte, ich würde zuhören, und als er mit dem Telefonieren fertig war, habe ich gesagt: ›Entschuldige, weißt du, wo das ist?‹

Er hat den Zettel genommen, ihn angesehen und gesagt: ›Warte mal, ich bin kyrillische Schreibschrift nicht gewöhnt. Kenne ich dich nicht irgendwoher?‹«

Ich sagte: ›Der Spruch ist ganz schön abgedroschen, oder?‹

›Oh‹, machte er, ›dann nehme ich ihn zurück. Ich dachte, einen Versuch ist es wert. Ich bin jedenfalls Alex, Ingenieurwissenschaften im zweiten Jahr, und dein Wohnheim liegt gleich neben meinem. Du musst nur den richtigen Bus erwischen. Soll ich dir eine Tasche abnehmen?‹

Ich sagte: ›Nein, danke, nicht nötig‹, und er: ›Ich weiß ja, ich bin Kroate, aber du brauchst trotzdem nicht misstrauisch zu sein.‹

›Mir ist egal, was du bist‹, sagte ich, weil es damals auch so war. ›Aber vor Fremden muss man sich in Acht nehmen, das ist alles.‹

Dann hat er seinen Pass und seinen Studentenausweis hervorgeholt und mir gezeigt. Ich habe ihm eine Tasche gegeben, und als er sie hochgehoben hat, meinte er: ›Mein Gott, was ist denn da drin, eine Leiche?‹

›Ich habe schon Bücher gekauft. Ich studiere Mathe.‹

›Das trifft sich ja gut. Du kannst mir helfen. Ich bin nicht besonders gut in Mathe, aber als Ingenieur brauche ich sie. Na komm, der Bus fährt ganz in der Nähe ab.‹

Er ist bis zu meinem Zimmer mitgekommen und hat

die Tasche die Treppen raufgetragen, und als er in der Tür gestanden und sich verabschiedet hat, habe ich gemerkt, dass er ein sehr schönes Lächeln hat.

Ich habe meine ganzen Sachen ausgepackt, die Koffer unter dem Bett und auf dem Schrank verstaut und mich an meinen kleinen Tisch gesetzt und mit meinem Füller gespielt, als würde ich üben, Studentin zu sein. Dann bin ich in die Küche gegangen und habe mich den anderen Mädchen vorgestellt, mit denen ich sie mir geteilt habe. Ich dachte, sie wären alle wirklich nett und freundlich, aber am nächsten Morgen habe ich einen Zettel gefunden, den jemand unter meiner Tür durchgeschoben hatte, und darauf stand: ›Wir wollen hier keine dreckigen Serben.‹«

15
Alex

Er ging mit mir in einen echt beschissenen Laden.

Ich habe gehört, dass die Russen ein Sprichwort über uns Jugoslawen haben. Es lautet:»Wenn sich zwei Jugoslawen treffen, bilden sie drei Fraktionen, und das allein bei den Kommunisten.« Sie sagen, wir wären alle Banditen und nur unseren Verwandten gegenüber loyal, und wir würden mit unseren Feinden einen Pakt schließen, um unsere Nachbarn auszunutzen. Na ja, jedenfalls hat mal jemand »Lang lebe Ustascha« auf meine Tür geschrieben, aber danach hatte ich nie viel Ärger. Ich hatte für diesen ganzen Stammesmist keine Zeit, bis ich gemerkt habe, dass mich die anderen Stämme hassen, egal, was ich mache. Meine beste Freundin war Slowenin, Tito war Kroate, mein Vater fuhr ein deutsches Auto, ich trug eine russische Uhr, mein Fotoapparat kam aus Ostdeutschland, und die Briten hatten uns im Krieg befreit. So habe ich das damals gesehen. Ich dachte: »Wen kümmert denn die Vergangenheit?« Aber dann springt die Vergangenheit los und beißt einen ins Bein, wenn man nur einen Schritt auf sie zu macht. Heute hasse ich viele Menschen, aber nicht ernsthaft. Ich meine, ich hasse jetzt zwar Kroaten, aber ich würde mich jederzeit mit einem unterhalten, und ich hasse die Bosnier, weil sie mein Land in Stücke gebrochen haben, aber eine liebe Freundin von mir war Bosnierin.

Sie hieß Fatima. Wir waren bei dem Rundgang, an dem man teilnehmen musste, um die Uni kennenzulernen. Unsere Gruppe war groß. Alle Jungen hatten von ihren Müttern die Haare frisch geschnitten bekommen, militärisch kurz, und die Mädchen trugen neue Schuhe aus Kunststoff, die quietschten. Ich glaube, keiner von uns konnte sich alle Daten und Fakten merken, die wir erzählt bekamen, und wir verliefen uns noch Wochen später.

Fatima trug an einem Handgelenk goldene Armreifen, dazu eine Bluse ohne Knöpfe, eine bestickte Weste, Sandalen und eine von diesen riesig weiten Hosen, die man mit einer Schärpe in der Taille festbindet. Das Haar hatte sie mit einem Tuch hochgebunden, und sie trug große Goldohrringe. Sie hatte als Einzige etwas Farbe an sich, und ich fand sie sehr exotisch. Ehrlich gesagt war ich überrascht, sie an der Uni zu sehen, weil die Moslems ihre Mädchen normalerweise zu Hause behielten. Ich glaube, Fatima hatte es in Zagreb viel schwerer als ich. Ihr hat man nachts Bilder von Schweinen unter der Tür durchgeschoben. Lange konnte ich kaum ein Wort zu ihr sagen, ohne dass sie dachte, ich würde sie auf raffinierte und unbestimmbare Art beleidigen. Wahrscheinlich blieb ich hartnäckig, weil ich mich einfach zu ihr hingezogen fühlte. Sie sagte mir einmal, nicht Religion würde zählen, sondern Klasse. Sie war dabei, mit ihrem Mann ein Geschäft aufzubauen, deshalb wollte sie einen Abschluss in Wirtschaftswissenschaften machen.

Ich war damals noch Kommunistin durch und durch, und ich sagte, dass ich nicht an Klassen glaubte. Fatima sagte: »Du willst uns alle zu Sklaven und Fabrikarbeitern machen. Ich will uns alle zu Aristokraten machen.«

Fatima und ich verbrachten viel Zeit in den botanischen Gärten. Wir besuchten alle Touristenattraktionen und setzten uns in die richtigen Cafés. Jeden Tag rauchte sie eine einzige Zigarette und wurde dabei beinahe ekstatisch. Sie erzählte, sie hätte die Idee aus einem Artikel über einen amerikanischen Filmstar.

Uns gefiel vor allem die Oberstadt. Dort gab es Herrenhäuser und Paläste aus dem achtzehnten Jahrhundert, und auf dem Lotrščak-Turm wurde jeden Mittag eine Kanone abgefeuert. Wir setzten uns vor die Sankt-Markus-Kirche und sprachen über Matija Gubec, den man dort umgebracht hatte, indem man ihn mit einem glühenden Eisenring krönte. Fatima erzählte, der Mann, der das getan hatte, läge in einer Gruft in Stubica, in der es ständig feucht sei, weil er in der Hölle schmorte und vor Schweiß tropfte. Als ich sagte, ich glaube nicht an die Hölle, schnalzte Fatima mit der Zunge und winkte ab. Sie wäre wahrscheinlich eine noch bessere Freundin geworden als Tascha, aber dann geschah beinahe das Gleiche. Tascha wurde mir von einem Jungen weggenommen, und genau so wurde ich Fatima weggenommen.

Als ich einmal in der Bücherei war, sagte jemand hinter mir: »Kenne ich dich nicht irgendwoher?«

Er trug immer noch seine schwarze Lederjacke und hatte sich immer noch nicht die Haare gewaschen. Er sagte: »Wusste ich doch, dass wir uns wieder über den Weg laufen. Sag mal, kannst du mir bei einem Problem helfen?«

Ich dachte: »Na toll, er will mir etwas Persönliches erzählen«, aber er legte mir ein Buch vor die Nase und sagte: »Bei der dritten Aufgabe. Es geht um mechanische Belastungen, wenn drei unterschiedliche Kräfte in verschiedene Richtungen wirken. Ich verstehe die Formel nicht, mit der man das berechnet, und ich dachte, du kannst mir vielleicht helfen. Mein Hirn verwandelt sich langsam in eine Walnuss.«

»Dafür brauchst du die Differentialrechnung. Weißt du, wie das geht?«

»Nicht so richtig. Aber wenn du es mir zeigst, gebe ich dir was zu trinken aus.«

Als er ironisch lächelte, wurde mir plötzlich klar, was er da machte. Ich sagte: »Du weißt ganz genau, wie das geht, oder?«

»Ich brauchte eine Ausrede, um dich anzusprechen. Und du bist mir wirklich einen Gefallen schuldig. Weil ich deine Tasche getragen habe.«

Er ging mit mir in einen echt beschissenen Laden. Er lag in einem alten Keller, der Boden war mit einer dicken Schleimschicht aus Bier und Asche bedeckt. Alle Toiletten waren übergelaufen, und es waren so viele Leute da, dass man sein Getränk über den Kopf halten musste. Wir mussten schreien, um uns zu verstehen, und der Qualm war so dick, dass man sogar dann fast erstickte, wenn man wie ich damals Drina-Zigaretten rauchte. Diese Zigaretten konnten einem ganz allein die Mandeln entfernen.

Es spielte auch eine Band, und die war richtig laut und richtig schlecht. Als ich später in England Punk hörte, klang das ganz ähnlich. Irgendwer schüttete sein Bier auf den Sänger, und der Sänger zog ihm eins mit dem Mikrophonständer über. Dann brach die Hölle los, und wenig später schlugen alle aufeinander ein. Ich wollte da raus, aber Alex wollte sich die Prügelei ansehen, also ging ich nach draußen und wartete auf ihn. Die kalte, frische Luft glich dem Kuss eines Engels. Ich war stinksauer, aber andererseits hatte ich gerade ein ziemliches Abenteuer erlebt. Als Alex endlich nach draußen kam, fragte er mit glänzenden Augen: »War das nicht klasse?«

Ich antwortete: »Nein, Alex, das war totaler Scheiß. Wenn du mich noch mal zu so was mitnimmst, sind wir keine Freunde mehr.«

»Ein bisschen alternativ war's schon«, gab er zu.

In dieser Nacht ging ich an mein Fenster und sah draußen Alex, der unter einer Straßenlaterne stand und rauchte. Ich war gerührt, weil es ein bisschen wie bei Romeo und Julia war, und winkte ihm zu. Er winkte zurück, und nachher fiel mir auf, dass ich schon mein Oberteil ausgezogen hatte. Ich hoffte bloß, dass ich im Schatten gestanden und er nichts gesehen hatte. Zumindest hat er nie etwas gesagt. Aber mir hat es einen kleinen Kick gegeben.

Alex schenkte mir Blumen, um dieses schreckliche Konzert wettzumachen, trotzdem schlief ich zwei Monate lang nicht mit ihm. Fatima hat uns oft begleitet, was Alex wahrscheinlich ordentlich genervt hat, aber er hat es sich nie anmerken lassen. Wir besuchten Museen, einmal sind wir auch in die Oper gegangen, aber das fand Alex ganz offensichtlich scheußlich. Jedenfalls vertraute ich ihm nach einiger Zeit, und ich dachte, wir wären gute Freunde.

Eines Abends liefen wir im Laternenlicht durch den Schnee. Ich trug seine Mütze, und er führte einen albernen Tanz auf, während er so tat, als würde er meinen Schneebällen ausweichen. Meine Hände wurden so kalt, dass sie schmerzten, und ich sagte, gleich würden sie mir wahrscheinlich abfallen, deshalb gingen wir auf mein Zimmer, und als er mir gerade die Hände warmreiben wollte, setzte eine der üblichen Stromsperren der Regierung ein.

Es wurde stockdunkel, und wir stolperten durch das Zimmer, um Kerzen zu suchen. Jedes Mal, wenn ich ein Streichholz anzündete, schlich er sich heran und blies es aus, und wir lachten wie die Irren. Am Ende zündete ich eine Kerze an, die ein weiches, gelbes Licht verströmte. Normalerweise wirkte das Zimmer zu klein, aber jetzt schien es vertraut und sehr behaglich. Die Farbstückchen, die von der Wand abblätterten, warfen kleine Schatten, und alles wirkte sehr unkonventionell und romantisch.

»Das ist schön«, sagte ich, und er meinte: »Jetzt können wir gar nicht arbeiten. Wir sollten uns beim Elektriker bedanken.«

»Danke, Elektriker«, sagte ich. Dann folgte ein peinliches Schweigen, weil wir beide wussten, was wahrscheinlich passieren würde. Um überhaupt etwas zu tun, legte ich das Tape von Françoise Hardy ein, aber natürlich funktionierte der Kassettenspieler nicht, deshalb stellte ich ihn auf Batteriebetrieb. Als ich mich umdrehte, stand er direkt hinter mir, er nahm mich in die Arme und küsste mich ganz sanft auf die Stirn. Ich ließ mich in seine Arme sinken und legte den Kopf an seine Brust. Es fühlte sich so an, als würde er an meinem Haar riechen. Nach einer Weile hob ich den Kopf, und er küsste mich richtig. Er hielt die Augen geschlossen, aber als er sie öffnete, strahlten sie.

Er ging zum Bett, setzte sich und streckte die Arme aus. Und er lächelte. Ich dachte noch, ich sollte widerstehen, aber irgendwie kam mir das falsch vor. Als ich zu ihm ging, sagte er: »Ich bete dich an, Roza. Ich verbrenne innerlich, seit ich dich am Bahnhof zum ersten Mal gesehen habe.«

Es war also Liebe auf den ersten Blick, das freute mich, und ich fühlte mich geschmeichelt. Langsam öffnete er die ersten Knöpfe meiner Bluse. Er küsste jedes Stückchen neue Haut, das er bloßlegte. Und sagte immer wieder: »Du bist wunderschön.« Schließlich verteilte er Küsse über meinen ganzen Körper, und ich fühlte mich wie in einem Rausch. Er hatte mich komplett ausgezogen, ohne dass ich es überhaupt richtig gemerkt hatte, und mir war nicht mehr zu helfen.

Er stand auf und zog sich schnell aus, dann lag er neben mir, seine Hände überall auf meinem Körper. Er drehte mich herum und streichelte meinen Rücken und meine Beine, dann drehte er mich wieder auf den Rücken. »Ich will nicht schwanger werden«, sagte ich. Meine Stimme klang in meinen eigenen Ohren ganz leise und weit entfernt.

Er stand auf, ging zu seiner Hose und fummelte in der Tasche herum, bevor er mit einem kleinen Tütchen zurückkam. Er sagte: »Wenn du dem neuen Papst nichts sagst, tue ich es auch nicht.«

Ich war schrecklich enttäuscht. »Du hast schon erwartet, dass ich mit dir schlafe? Du hast damit gerechnet und deshalb das Ding da besorgt?«

»Wir haben doch beide damit gerechnet, oder nicht?«

»Trotzdem ist es nicht nett. Jetzt komme ich mir billig vor.«

Er kam zu dem schmalen Bett zurück und sagte: »Na gut, wir können auch warten. Dann nächstes Mal. Irgendwann. Ich will es nicht verderben.«

Er nahm meine rechte Hand und streichelte sich selbst damit. Mit so etwas hätte ich nie gerechnet, aber mir kam auch nicht in den Sinn, ihn aufzuhalten. Das wollte ich gar nicht. Es war, als würde er mir zeigen, wie ich ihm Lust bereiten konnte. Meine Hand spürte die wunderbaren Texturen und Temperaturen. Er sagte, meine Hand sei kühl und herrlich. Und schließlich sagte ich: »Ich will nicht warten.«

Als er auf mir lag, betrachtete ich sein Gesicht. Er hielt die Augen geschlossen, und ich hätte beinahe gesagt, dass er sich in einen anderen Menschen verwandelt hatte oder besessen war. Mir gefiel die Macht, die ich besaß. Als er fertig war, sackte er kurz auf mir zusammen, dann stützte er sich wieder mit den Armen ab und sagte: »Ich habe mich gefühlt wie ein Gott.«

Der Strom sprang wieder an und ruinierte die Atmosphäre, aber Alex schaltete das Licht aus, damit weiter nur die Kerze brannte, und dann schliefen wir eine Weile eng umschlungen. In dieser Nacht haben wir uns noch zwei Mal geliebt, aber ich habe erst nach einiger Zeit, nach etwa drei Monaten, gelernt, gleichzeitig mit ihm zu kommen. Alex war sehr gut.

Ich glaube, ich habe erst mit Alex meine Jungfräulichkeit wirklich verloren. Alles andere, Tascha und mein Vater, war nur die Vorbereitung.

16
Kann man sich verlieben,
wenn man kastriert wurde?

CHRIS: Ich kam mir ganz klein vor, wenn Roza mir von ihren romantischen Erlebnissen erzählte. Vielleicht war ihr nicht klar, wie sehr ich sie begehrte. Falls doch, besaß sie keinerlei Respekt vor meinen Gefühlen. Wahrscheinlich war ich selbst schuld. Ich hätte sie unterbrechen können, aber ich war fasziniert. Ich war ein Voyeur mit Eifersuchtsattacken. Es war dumm, weil jeder eine Vergangenheit hat, aber vielleicht ist es besser so zu tun, als wäre jeder Anfang der erste. Wenn ich mir Roza vorstellte, wie sie in Alex verliebt war und großartigen Sex mit ihm hatte, kam ich mir im Vergleich dazu wie ein alter Niemand vor.

ROZA: Ich achtete genau auf seine Reaktion, als ich ihm die Geschichte von Alex erzählte. Ihm war unbehaglich zumute, aber das gefiel mir ganz gut. Es machte Spaß, ihn ein wenig zu quälen. Es erregte ihn, und auf mich hatte es dieselbe Wirkung. Als ich mich von ihm verabschiedete, war er richtig niedergeschlagen, und ich gab ihm einen Kuss auf die Wange und eine mittellange Umarmung, um ihn zu ermutigen. Er fuhr nach Hause zu seiner Frau, und ich fragte mich wieder einmal, wie es wohl war, mit ihm verheiratet zu sein.

CHRIS: Bei meinem nächsten Besuch brachte ich ihr Blumen mit, und ich glaube, sie war wirklich gerührt. Es war nur ein Strauß gelber Chrysanthemen, aber ihre Augen strahlten und ihre Lippen zitterten leicht. Es brachte sie aus dem Konzept, und sie wusste nicht, was sie tun sollte. Sie sah sich in dem dreckigen Flur um, als würde sie nach einer Vase suchen, dann drückte sie sich die Blumen an die Brust und sagte: »Du bist so nett. Mit dir fühle ich mich sehr gut.«

Ich zuckte mit den Schultern, als wollte ich sagen: »Das war doch wohl das Mindeste.«

ROZA: Ich glaube, es war gemein, aber als wir im Souterrain saßen, erzählte ich ihm, Alex hätte mir immer gelbe Chrysanthemen geschenkt. Aber das stimmte gar nicht. Er hat mir eigentlich nie viel geschenkt. Im Nachhinein glaube ich, dass er wahrscheinlich eine ganze Reihe Frauen gevögelt hat, und ich bezweifle, dass er auch nur einer viel geschenkt hat. Kann sein, dass ich mich jetzt wie eine Prostituierte anhöre, aber ich verstehe nicht, warum man mit jemandem schlafen sollte, der einem nie etwas schenkt. Vielleicht, weil es einem das Gefühl gibt, immer noch umworben zu werden, obwohl man schon halb zu Tode gevögelt wurde und es nicht mehr viel Neues zu holen gibt.

CHRIS: Roza erzählte mir immer mehr von ihrem Exfreund Alex. Ich weiß nicht, ob sie mich extra quälte, um mich eifersüchtig zu machen, oder ob sie mich nur wie einen Vertrauten behandelte, etwa wie einen toleranten Onkel.

Sie sagte, ihre Freundin Fatima hätte sie ständig vor

Alex gewarnt, aber Roza schrieb das nur dem islamischen Puritanismus zu und ignorierte es einfach. Ich für meinen Teil glaube, es ist leicht, moralische Urteile über das Sexleben anderer Leute zu fällen, und nichts ist einfacher, als die eigenen Prinzipien als Ausrede für Feigheit herzunehmen. Jetzt, im Alter, wünschte ich bloß, ich hätte als junger Mann mehr von einem Draufgänger gehabt. Ich wünschte, ich wäre dem Schlachtruf meiner Eier gefolgt, statt ständig nach Gründen zu suchen, keine Risiken einzugehen und keine denkwürdigen Fehler zu begehen. Ich habe nicht einmal zaghafte Versuche unternommen, bevor ich in mittleren Jahren war. Man kann nicht mehr mit schönen Frauen schlafen, wenn man tot ist. Wenn ich im Sterben liege, sollten mir eigentlich meine dramatischsten und leidenschaftlichsten Erinnerungen durch den Kopf gehen, aber ich besitze kaum welche. Ich habe mein Leben damit verschwendet, vernünftig zu sein, wo ich hätte herumtollen und mich amüsieren sollen. Ich habe nicht genug Glück erlebt, nur einen verdammten Tag nach dem anderen, nett und ruhig, und jetzt erinnere ich mich an einen Dreck.

Eigentlich will ich sagen, dass ich Alex nicht vorwerfe, was er getan hat. Ich wünschte nur, Roza hätte mich nicht so viel Eifersucht durchleiden lassen, wenn sie von ihm erzählte, besonders, weil ich mich noch von der Geschichte erholte, dass sie mit ihrem Vater geschlafen hatte. In mir kochten die widersprüchlichsten Gefühle.

ROZA: Alex kam immer abends gegen neun zu mir, mit einer Flasche Wein in der Hand. Den Wein tranken wir ne-

134

beneinander in diesem schmalen Bett, und dann schliefen wir miteinander. Die anderen Mädchen mussten sich daran gewöhnen, dass er das Badezimmer benutzte und in der Küche Spaghetti kochte. Wir redeten stundenlang, brachten die ganze Welt in Ordnung, wie es sich für Studenten gehörte. Ich hielt ihn für einen Idealisten, und dafür bewunderte ich ihn. Wahrscheinlich war ich auch eine Idealistin.

Ich erzählte Chris, mit Alex zu schlafen hätte mir das Gefühl gegeben, eine Göttin zu sein, weil ich absolute Kontrolle über ihn besaß. Ich wusste, wie ich ihm jeden Genuss bereiten konnte, so viel Genuss, dass er beinahe litt. Ich konnte ihn dazu bringen, zu stöhnen und sich zu winden, ich konnte ihn wild machen, und das Gleiche konnte er mit mir tun. Ich dachte, ein solches Liebespaar wie uns hätte es noch nie gegeben. Das denken Liebende oft.

Durch den vielen Sex funktionierte mein Hirn besser. Ich löste komplizierte Rechenaufgaben und schrieb lange, schwierige Aufsätze, und der Professor sagte: »Irgendwann machen Sie mir noch den Job streitig.« Einmal las ich sogar Einsteins Büchlein über die Relativität und verstand es auch, obwohl ich alles sofort vergaß, als ich es beendet hatte. Schon komisch, wenn ich mir vorstelle, ich hätte an einer Universität lehren können, statt mit so einem Leben wie meinem zu enden, in einem beschissenen Haus in einem Slum, von dem das Dach und die Hälfte der Treppenstufen fehlen.

CHRIS: Roza fragte mich einmal nach meinen Eltern und erzählte mir dann von ihren. So liefen unsere Gespräche eigentlich immer ab. Jede Neugier auf mich stammte von etwas, das Roza an sich selbst interessierte, und ich saß da und hörte ihr zu, damit ich weiter ihren Körper bewundern konnte, sie in ihrer engen, weißen Jeans sehen und überlegen konnte, wie sich ihre Brüste wohl in meinen Händen anfühlen würden, und ob sie große, dunkle Brustwarzen hatte oder zarte rosafarbene. Falls irgendjemand weiß, wie man sexuelle Besessenheit von Liebe unterscheidet, ist er deutlich klüger als ich. Wenn man zum Beispiel keine sexuellen Regungen verspüren würde oder keine Hormone hätte, könnte man sich dann verlieben? Kann man sich verlieben, wenn man kastriert wurde?

17
Trennung

Die Leute mögen vieles nur in der Theorie.

Sie erzählte mir gerade von ihrem Liebhaber aus der Unizeit, als sie sich plötzlich entschuldigte und nach oben ging. Als sie zurückkam, zeigte sie mir einen Brief. Er war sehr alt und vergilbt, und die Tinte war schon leicht verblasst.

»Das ist der Brief, den mein Vater mir geschrieben hat«, sagte sie.

»Den kann ich aber nicht lesen«, antwortete ich verdutzt.

»Worum es geht, sind die Spritzflecken darauf.«

»Spritzflecken?«

»Als er den Brief geschrieben hat, hat er geweint. Bei alten Partisanen erwartet man nicht, dass sie weinen.«

»Was steht drin?«, fragte ich.

Sie nahm mir den Brief ab und übersetzte: »»Liebste Printzeza, Deine Mutter und ich haben beschlossen, uns scheiden zu lassen. Das überrascht sicher niemanden, weil wir schon seit Jahren nicht mehr glücklich miteinander sind, aber nachdem ihr Kinder ausgezogen seid, ist wohl der richtige Zeitpunkt für einen Neuanfang gekommen. Wir werden beide älter, und es wird für uns beide schwierig, vor allem für mich, weil ich weiß, dass dieses Scheitern vor allem meine Schuld ist. Deine Mutter schreibt

Dir auch, und sie kann sicher alles besser erklären als ich. Ich bleibe im Haus, und sie zieht in die Stadt, um näher bei ihren Freunden zu sein. Liebste süße Printzeza, es gibt so viele Dinge, für die ich Dich um Verzeihung bitte, Dinge, die nicht hätten passieren dürfen. Du weißt, was ich meine. Sei Dir sicher, dass Deine Mutter und ich immer in unserer Liebe zu Dir vereint sein werden. In Liebe, Dein Vater.‹ Meine Mutter hat auch geschrieben, und auf dem Brief waren auch Tränen«, sagte sie.

»Was ist aus deinem Vater geworden?«

Mit einem Lächeln antwortete Roza: »Er hat das gemacht, was Serben immer machen. Ist sehr deprimiert geworden, hat Šljivovica getrunken und versucht, sich mit Zigaretten umzubringen.«

»Ich weiß gar nichts über Serben«, sagte ich. »Du bist meine erste Serbin.«

»Wir werden deprimiert, trinken Šljivovica und versuchen, uns mit Zigaretten umzubringen. So macht man das in unserem Land.«

»Was hast du gemacht?«

»Ich wurde deprimiert und habe versucht, mich mit Zigaretten umzubringen. Den Šljivovica habe ich mir gespart. Ich habe viel mit Fatima geredet, und sie hat mir Zitronentee gekocht und mir viel über Schicksal erzählt. Sie war eine richtige Muslima. Alles war Gottes Wille. Ich dachte: ›Nein, ist es nicht‹, aber Fatima war gut zu mir, und Alex war auch in Ordnung. Er war nett zu mir. Ich wusste nicht, dass ihn jemand dabei gesehen hatte, wie er auf der Beogradska Avenija eine andere geküsst hat, das habe ich erst später gehört.

Er hat sich ein Motorrad besorgt, mit dem wir in die Zagrebacka Gora gefahren sind. Da sind überall Berge und Wälder, und man nimmt ein Gewehr mit, weil da noch Bären und Wölfe und große Wildschweine leben. Wir sind immer nach Sestine und von da aus in die abgelegenen Gegenden gefahren, damit wir uns auf einer Decke lieben konnten. Wenn es mir irgendwann langweilig wurde, mit ihm zu schlafen, habe ich mir einfach vorgestellt, er wäre mein Vater.«

Als sie das sagte, zuckte ich zusammen. Sie stieß nur Rauch aus und lächelte. »Du bist lustig«, sagte sie. Und nach einer Pause: »Weißt du was, Chris? Nachdem meine Eltern sich getrennt haben, hat Alex mich gebeten, ihn zu heiraten.«

»Was hast du gesagt?«

»Ich habe ja gesagt. Ich wusste nicht, dass er herumvögelt. Und ich weiß nicht, warum er mich gefragt hat.«

»Man kann jemanden lieben und trotzdem mit anderen Leuten schlafen wollen«, sagte ich. »Das ist normal. Nicht romantisch, aber normal.«

»Als ich jung war, war ich eine Romantikerin«, sagte sie, und ich dachte: »Wie romantisch ist es denn, seinen eigenen Vater zu verführen?«, aber ich sagte nichts.

»Jedenfalls habe ich ja gesagt, und er hat Panik bekommen. Ich glaube, er hat gehofft, dass ich ablehne.«

»Warum hat er dich dann gefragt?«

»Weil die Leute vieles nur in der Theorie mögen«, antwortete sie. »Vielleicht würde ich gern an den Amazonas fahren, mir die ganzen Papageien und Bäume ansehen. Wenn ich die Gelegenheit bekommen würde, würde ich sagen: ›Wie großartig‹, und mir dann überlegen, was ich tun muss, um nicht zu fahren, weil ich nicht wirklich an den Amazonas will und mich totschwitzen und von Moskitos gefressen werden. Vielleicht wäre ich lieber in diesem kleinen Dreckloch in Archway.« Sie nippte an ihrem Tee und zündete sich noch eine Black Russian an. »Jedenfalls ist von da an alles schiefgelaufen«, sagte sie schließlich. »Fatima hat es vorausgesagt. Sie hat gesagt, er würde am Ende eine nette katholische Jungfrau heiraten, und er würde sein ganzes Leben lang untreu sein, und wenn er stirbt, würde er sich wünschen, er hätte doch mich geheiratet. Ich habe gesagt, sie soll den Mund halten, sie hätte doch keine Ahnung. Und dann kamen die Sommerferien.

Ich bin nach Hause gefahren und habe gesehen, was mit meinem Vater los war. Er hat gelebt wie ein Schwein. Überall schmutzige Sachen. Staub und Dreck. Die Schränke waren leergeräumt, er hatte nichts zurückgestellt. Ein graues Laken auf dem Bett und Flaschen vor der Tür und stapelweise Zeitungen. Ich sage dir was, mein Vater war geschlagen, und das hat mich sehr traurig gemacht und mir sehr leidgetan. Er hat nur Brote gegessen, und als ich ihm Papazjanija gemacht habe, hat er es verschlungen wie ein Wolf. Ich habe ihn gefragt, was aus dem alten Partisanen geworden ist, der wusste, wie man sich von Ratten ernährt. Und er hat gesagt: ›Damals habe ich noch gelebt.‹ Ich habe ihm gezeigt, wie man mit einem feuchten Tuch Staub wegwischt, wie man Küchentücher auskocht und wie man mit Zitrone und Salz Messing reinigt. Ich habe ihm gezeigt, wie man auf dem Markt gutes

Obst aussucht und wie man bei einem Fisch an den Augen sieht, ob er frisch ist, und wie er erkennt, wie schwer etwas ist, und ich habe ihm gesagt: ›Da hast du so lange mit Mama gelebt und nie gesehen, was sie macht?‹ Ich habe gesagt: ›Hör mal, Papa, lade doch an einem Abend pro Woche Freunde zum Essen ein, dann bist du gezwungen, etwas sauberzumachen‹, und weißt du was? Das hat er gemacht. Und ich habe mir einen Job in der kleinen Touristeninformation neben dem Albaniengebäude gesucht und den Sommer über viel geschwitzt und versucht, Leute mit allen möglichen Akzenten zu verstehen. Und eines Abends kam ich nach Hause, und mein Papa fragte: ›Weißt du noch, als du etwa sechs warst, musstest du dich im Nachthemd draußen in den Schnee stellen, weil du ein paar Unterlagen vollgekritzelt hattest.‹ Und ich sagte: ›Ich dachte, ich würde sterben‹, und er: ›Printzeza, ich wollte dir schon immer sagen, dass es mir leidtut‹, und ich: ›Mir tut auch manches leid‹, und dann hat er mich in den Arm genommen und ist im Dunkeln nach draußen in den Garten gegangen, und ich habe ihn durch das Fenster unter dem Kirschbaum stehen sehen mit einer glühenden Zigarettenspitze. Ich erzählte ihm, ich würde Alex heiraten, und er sagte bloß: ›Versuch, irgendwo in die Nähe zu ziehen. Bleib um Himmels willen nicht in Kroatien‹, und ich sagte: ›Keine Sorge, Papa, mit dem Zug ist es nicht weit.‹«

Im Dorf habe ich eine Frau Kidric eingestellt, die einmal in der Woche das Haus putzen sollte. Ich bin nach Hause gegangen und habe meinem Papa gesagt, dass er sie bezahlen muss, und das war's auch schon. Sie war gut, sie hat viel ausgemacht. Sie war wie ein Gewichtheber und ist gelaufen wie eine Gans, sie hatte Warzen und einen Bart, und sie hatte einen Partisanenstern, weil sie während der Besatzung von Belgrad einen deutschen Soldaten mit bloßen Händen erwürgt hatte. Wenn sie mit dem Haus fertig war, hat sie mit meinem Vater am Küchentisch was getrunken, und die beiden haben sich über den Krieg unterhalten und alte Lieder gesungen.

Manchmal bin ich an die Stelle am Fluss gegangen, wo Tascha und ich geschwommen sind und nackt herumgealbert haben. Dabei habe ich etwas süße Wehmut gespürt. Irgendwann habe ich ihren früheren Freund getroffen, und er hat mir erzählt, dass er manchmal mit ihr dorthin gegangen ist, und ich dachte: ›Scheiße.‹ Der Ort war auch für ihn etwas Besonderes, und das hat mir nicht gefallen. Damals habe ich auch gehört, dass sie mit dem gutaussehenden Kavallerieoffizier weggegangen war. Er sagte mit einem Schulterzucken: »Ich bin nur ein angehender Manager in einer Konservenfabrik.« Ich fand ihn nett. »Tascha würde niemandem mit Absicht weh tun«, sagte ich, und er schnaubte bloß.

Ich habe Mama ziemlich oft besucht, aber das hat nicht viel gebracht. Sie hatte beschlossen, so schnell wie möglich alt zu werden, und sie wollte nur noch vertrocknen und alles missbilligen. Es hat ihr Spaß gemacht, alles zu missbilligen. Sie war sehr religiös geworden und hat mir eine Bibel geschenkt, und ich habe es durch die Hälfte der Grausamkeiten im Alten Testament geschafft, bevor ich aufgegeben habe. Ich dachte: ›Wenn ein Politiker uns sagt, wir sollen losziehen und Leute umbringen, kann ich es ja noch verstehen, aber von Gott höre ich mir das nicht an. Er sollte es doch besser wissen.‹ Was meinst du, Chris?«

Nach einer so langen Rede war ich überrumpelt, als sie mich ansprach. Ich sagte: »Gott und ich haben vereinbart, uns gegenseitig in Ruhe zu lassen. Ich nerve ihn nicht und er nervt mich nicht. Wenn wir uns über den Weg laufen, ziehen wir den Hut und lächeln und machen einen weiten Bogen umeinander. Was ist denn passiert, als du wieder an die Uni gegangen bist?«

Roza verzog das Gesicht und antwortete: »Ich habe ihn den ganzen Sommer über angerufen und bin kaum mal durchgekommen. Er hat sowieso nicht gern telefoniert. Männer mögen Telefone nicht. Als ich zurückkam, hatte er eine neue Freundin, sie hat genauso ausgesehen wie ich, und ich konnte es kaum glauben. Ich dachte: ›Was? Was ist das für ein Mann, dass er noch eine Frau genau wie mich nimmt?‹

Na ja, als ich wieder nach Zagreb gefahren bin, war ich erst glücklich, ich hatte eine Flasche Wein und dachte: ›Die trinken wir im Bett, und dann schlafen wir miteinander, bis wir nicht mehr können.‹ Ich habe ein paar Blumen für mein Zimmer besorgt, und ich habe ihn angerufen und auf seine Schritte draußen auf dem Flur gewartet. Er ist mit dem rechten Fuß viel stärker aufgetreten als mit dem linken, deshalb hat er seinen rechten Schuh immer schneller abgelaufen. Ich habe ihn schon am Rhythmus erkannt. Als er da war, habe ich die Arme um ihn geschlungen und sein ganzes Gesicht abgeküsst, dann habe ich eine Hand in seine Hose geschoben und ihn zum Bett gezogen, und ich habe ihm einen geblasen und er hat mich zwei Mal gevögelt, bevor er mir von der anderen erzählt hat.«

Dann schwieg Roza. Ich sagte: »Das tut mir wirklich leid. Es muss sehr schlimm gewesen sein.«

»Mieser Arsch«, sagte sie, »dummer, mieser Arsch. Weißt du, was er gesagt hat? Ich wäre zu gut für ihn, ich sollte mir einen Besseren suchen. Ich wäre für ihn zu viel, wie ein Wirbelsturm oder so was. Er hat sogar ein bisschen geweint. Arschloch. Weißt du, was ich gemacht habe? Ich bin nachts durch die Stadt gelaufen, ich habe nichts gegessen, und ich bin so dünn geworden wie ein Geist, ich habe mir die Lippen blutig gebissen, genau wie meine Mutter, und er hat mir ein Kärtchen geschickt: ›*Roza, es tut mir sehr leid. Danke für die schöne Zeit. Alex.*‹ Weißt du was? Ich wollte ihn umbringen. Ich konnte an nichts anderes denken. Wenn ich ihn in der Uni gesehen habe, wollte ich ihm die Finger in die Augen rammen. Am Ende bin ich zu ihm nach Hause gegangen und habe seine Wohnung auseinandergenommen.«

»Auseinandergenommen?«

Roza lächelte zufrieden. »Ich habe alles kaputtgemacht. Alles. Alles kleingeschlagen.«

»Hat er nicht versucht, dich aufzuhalten?«

»Ich war wie ein Wirbelsturm, wie er gesagt hat. Er hat nur dagestanden und konnte nichts machen, und beim Rausgehen habe ich seine Lieblingsplatte mitgenommen, sie in vier Teile zerbrochen und sie unter seiner Eingangstür durchgeschoben. Es waren die Rolling Stones. ›Honky Tonk Woman.‹«

»Ich muss mir wirklich merken, dass ich dich nicht ärgern darf«, sagte ich.

»Ich bin nach Hause gegangen und habe in meinem Zimmer geweint, und dann habe ich beschlossen wegzugehen. Ich hatte die Idee, ich müsste nach England gehen.«

»Also hast du deinen Abschluss nicht gemacht?«

»Mein Professor hat mich angefleht. Er meinte, ich wäre die Beste. Ich habe gesagt: ›Ich gehe trotzdem‹, und er: ›Ihr Platz bleibt offen. Kommen Sie bald zurück.‹ Am Tag, bevor ich gefahren bin, hat er mir einen Schokoladenkuchen gebacken und vor die Tür gestellt, zusammen mit einem Zettel: ›*Ich wette, den können Sie nicht auf einen Schlag essen. Meine Frau hat mir beim Backen geholfen.*‹ Ich bin mit dem Kuchen zum Marulicev-Park gegangen, und ich habe ihn doch auf einen Schlag gegessen, aber ich habe den Vögeln etwas abgegeben. Ich erzähle dir eine gute Sache, die wegen Alex passiert ist.«

»Und, was war das?«

»Ich habe deshalb angefangen, Gedichte zu schreiben. Ich war Mathematikerin, aber ich schrieb viele Gedichte und habe nie damit aufgehört, und irgendwann gehe ich nach Hause und veröffentliche sie als Buch. Dann bin ich eine Dichterin, und ich werde jeden Tag denken: ›Danke, Alex, du mieser Arsch.‹ Jedenfalls habe ich ein letztes Mal mit Fatima Tee getrunken, danach habe ich sie nie wieder gesehen. Sie hat mir einen Armreif und einen Ring aus Gold geschenkt, aus ihrer Mitgift, hat sie gesagt, aber das wäre egal, ich sollte sie haben. Ich weiß gar nicht, was aus ihr geworden ist. Sie war mit einem netten Moslem ver-

145

heiratet, und wahrscheinlich hat er sich als mieser Arsch herausgestellt, genau wie Alex.

Weißt du was? Aus Zagreb wegzugehen war das Dümmste, was ich je getan habe.«

18
Abschied

Ein gebrochenes Herz nimmt man mit.

Als ich Roza das nächste Mal sah, gab es reichlich Gründe, deprimiert zu sein. Der Ajatollah Khomeini hatte gesagt, es würde im Iran keine Demokratie geben. Immer noch streikten alle für absurde Lohnerhöhungen, und die einzige gute Neuigkeit lautete, Idi Amin sei getürmt. Alle sangen so ein verdammtes Lied, das man nicht mehr aus dem Kopf bekam, es hieß »I will survive«, dabei glaubten nicht mehr viele, wir würden tatsächlich überleben. Aber Roza zu sehen munterte mich auf. Es war, als würde man an einem verregneten Tag ein Schmetterlingshaus besuchen. Und zwischen dem ganzen liegen gebliebenen Müll zeigten sich die ersten Narzissen.

Als ich vorbeischaute, kam von oben Musik, ein Lied, das meine Tochter zu Hause oft hörte. Sie wollte es mir unbedingt vorspielen, so wie es bei Kindern manchmal ist, und es gab darin einen langen, komplizierten Gitarrenpart, nach dem ich sagte: »Dieser Mann ist ein wahrer Musiker.« Sie sah mich an und antwortete: »Hoffentlich gefällt es dir nicht zu gut, Dad, sonst vermiest du es mir noch.« Ich wünschte, ich könnte mich noch an den Namen der Band erinnern, aber in dem Lied ging es um ein paar Jazzmusiker, die Sultans of Swing hießen. Manchmal höre ich es noch im Radio, dann versetzt es mich wieder in diese Zeit zurück, weil der Bob Dylan oben eine Ewigkeit lang bei jedem meiner Besuche dort versucht hat, es auf seiner E-Gitarre nachzuspielen.

Ich fragte Roza: »Und was ist dann passiert? Bist du direkt hierhergekommen?«

Sie lachte leicht verbittert auf und antwortete: »Ich bin ins verdammte Bosnien gegangen.«

»Warum?« Ich versuchte, mir die Karte von Jugoslawien vorzustellen und vor Augen zu rufen, wo Bosnien lag. Es funktionierte nicht, deshalb musste ich es wie so vieles nachschlagen, als ich wieder in Sutton war.

»Zu Hause hatte ich großen Ärger. Beide sagten mir, ich wäre verrückt, und ob ich denn nicht wüsste, dass ich mein Leben ruiniere, lauter solches Zeug. Ich wollte einfach nur weg, irgendwohin. Ich dachte, wenn ich weggehe, könnte ich mich vielleicht zurücklassen. Wegzufliegen ist was für Leute, die Selbstmord begehen wollen, ohne sich umzubringen.«

»Funktioniert es nicht?«

Sie schüttelte den Kopf. »Es funktioniert nicht, verdammt. Man nimmt sich mit, wenn man weggeht. Es hat im verdammten Bosnien nicht funktioniert.«

»Wolltest du nicht nach England kommen?«

Wieder verzog sie das Gesicht. »Ich bin zur Botschaft in der Generala Zdanova gegangen. Es läuft so: Ohne Arbeitserlaubnis bekommt man kein Visum, und ohne Visum bekommt man keine Arbeitserlaubnis, ohne einen Job bekommt man beides nicht, und für einen Job braucht man beides. So einfach.

Alle haben gesagt: ›Hör mal, Roza, du fährst als Touristin hin, besuchst eine Sprachschule, und wenn du Englisch lernst, darfst du bleiben. Dann findest du einen Job, weil dich früher oder später jemand mag und dich einstellt.‹ Also wollte ich es so machen, aber ich musste erst Geld sparen, und ins verdammte Bosnien bin ich gegangen, weil ich im Büro von einem Holzlager arbeiten konnte.

Das war ein kleines Drecksloch, wie ein Dorf an einem Berghang, und dazu nichts als Bäume. Jeden Morgen hat mich der verdammte Muezzin bei Sonnenaufgang geweckt und mich mit seinem Geheule wahnsinnig gemacht. Vorher musste ich nie mit Moslems zusammenleben, und diese waren nicht so kultiviert wie Fatima. In Sarajevo gefällt es mir, da sind sie modern, aber diese Leute, die habe ich nicht verstanden, und sie haben mich für Scheiße gehalten. Manche haben Ungläubigen vor die Füße gespuckt. Ich dachte: ›So eine Scheiße, ich lebe mit Wilden zusammen.‹ Die ganzen Jahre unter Tito haben nichts gebracht.

Ich habe in einem kleinen Zimmer über einer Bäckerei gewohnt, und da war ich jeden Abend nach der Arbeit allein, ich hatte niemanden, mit dem ich reden konnte, und nichts zu tun, außer auf Alex wütend zu werden. Ich konnte nicht ausgehen, weil alle Männer dachten, ich wäre für einen Fick zu haben, und ich bekam mit, dass die Männer mich ›die Katze‹ nannten, weil ich sie immer abblitzen ließ, und dass die Frauen mich ›die Nutte‹ nannten, weil sie dachten, ich wollte ihre Männer vögeln. Männer haben mir Geld angeboten, weil sie dachten, als Ungläubige müsste ich eine Hure sein.

Dann ist eines Tages etwas passiert. Es war ein öffentlicher Feiertag, und als ich die Straße langgegangen bin, hat mir jemand von der anderen Seite etwas zugerufen, dann ist so ein dünner Kerl angekommen und wollte mich küssen. Ich habe ihm eine geknallt. Er sagte: ›Wütend bist du noch schöner.‹ Ich habe gesagt: ›Verschwinde‹, und er: ›Als ich dich von der anderen Straßenseite aus gesehen habe, wusste ich, dass ich mit dir schlafen muss. Das ist Schicksal.‹

›So ein Schwachsinn‹, sagte ich, und er meinte: ›Nein, nein, nein, das ist wahr. Es ist Gottes Wille. Können wir irgendwohin gehen und reden? Das muss wirklich sein.‹

Ich habe ihn angesehen und gedacht, er sieht eigentlich ganz nett aus. Er hatte warme Augen. Er fragte: ›Wo wohnst du?‹, und ich machte den Fehler, auf mein kleines Zimmer über der Bäckerei zu zeigen. Er hat mich einfach am Arm gepackt und mich dorthin gezogen, direkt an den Ladenbesitzern vorbei, und die haben überhaupt nichts gemacht, obwohl es verdammt offensichtlich war, dass er mich zwingt. ›Sie ist meine kleine Schwester‹, hat er gesagt, und sie haben nur blöd geglotzt wie ein paar Fische.

Oben hat er mich mit einer Hand in eine Ecke gedrängt und mit der anderen versucht, sich auszuziehen, dabei hat er Müll gefaselt, den er bestimmt aus Gedichtbänden hatte, dass es doch Schicksal wäre, dass ich eine Gerade im Raum wäre und er eine andere, und jetzt würden wir uns treffen, weil sich Geraden immer irgendwann treffen. Ich wollte einfach nur seine Hand von mir bekommen und dachte, ich sollte wahrscheinlich um Hilfe rufen, aber irgendwie war es mir zu peinlich.

Dann musste er mich loslassen, um seine Hose auszuziehen, und ich habe die Gelegenheit genutzt, mir die Lampe auf dem Nachttisch geschnappt, damit herumgefuchtelt und ihm gesagt, er soll verschwinden.

Er hat mich nur angesehen und eine dicke, schmutzige Rolle Geldscheine aus der Tasche geholt. Er hat sie mir entgegengestreckt und gesagt: ›Hier. Für dich.‹ Ich habe mit der Lampe nach ihm geschlagen, aber er konnte ausweichen. Er hat sich wieder angezogen und gesagt: ›Verrückte Schlampe, ich komme mit meinen Brüdern wieder, dann zeigen wir's dir. Du musst nicht lange warten, keine Sorge, du verrückte Schlampe, keine Sorge.‹

In solchen Gegenden haben alle Albaner zwölf Brüder, und sie laufen draußen mit Jagdgewehren herum. Sie fangen Blutfehden an und begehen Ehrenmorde, und ihre Drohungen machen sie wahr, deshalb habe ich nachts kein Auge zugemacht, und am nächsten Morgen habe ich meine Sachen gepackt und den ersten Bus nach Sarajevo genommen und dann den ersten Bus nach Belgrad. Bevor ich gegangen bin, habe ich die Besitzer der Bäckerei zur Rede gestellt. ›Warum haben Sie mir nicht geholfen?‹, fragte ich, und der Mann sagte: ›Wir halten uns immer raus‹, und da ist mir klargeworden, dass ich sogar für die beiden nur ein Stück Scheiße war, eine Christin, obwohl ich Miete bezahlt hatte und nicht mal eine echte Christin war. ›Sie sind widerlich‹, habe ich gesagt, und dann bin ich gegangen. Seit damals hasse ich diese Leute, weil man keine andere Wahl hat, wenn sie einen für Scheiße halten. Ich habe zwei Monate in diesem Dreckloch gearbeitet, und wenn ich es nie wieder sehe, kann ich ein kleines bisschen glücklich sterben.

Zu Hause habe ich Fräulein Radic und Tascha besucht, und ein paarmal bin ich in die Stadt zu meiner Mutter gefahren. Ich wartete auf meinen Pass und die Ausreisegenehmigung, und meinen Vater habe ich dazu bekommen, dass er die Papiere unterschreibt, weil er dachte, ich würde nur nach Italien fahren. Alex und ich haben uns manchmal ausgemalt, wir würden nach Dubrovnik oder Triest gehen und auf dem Boot von einem reichen Mann anheuern und so herumkommen. Viele junge Leute haben so was gemacht. Ich dachte: ›Ich mache es trotzdem.‹ Ich war bloß eine verrückte Schlampe, genau wie der Albaner gesagt hat.

Eines Morgens bin ich aufgestanden, nachdem mein Vater zur Arbeit gegangen war, und wollte ihm einen langen Brief darüber schreiben, was ich machte, aber irgendwie konnte ich mich nicht richtig ausdrücken. Überall war etwas durchgestrichen, und die Wörter und Gefühle kamen durcheinander und ich wollte ständig weinen, deshalb habe ich aufgegeben. Ich bin nach oben gegangen und habe die Finger in die Einschusslöcher gedrückt, wie damals, als ich klein war, und ich habe das Bett angesehen, auf dem Tascha und ich die ganze Nacht lang gekichert haben, und meine Teddys, und draußen im Obstgarten konnte ich das alte Zugpferd sehen, das sein Futter fraß, und ich habe mir gesagt: ›Ist schon gut, in einem Jahr bist du wieder hier.‹

Ich bin nach Belgrad gegangen, um meinen Vater zu besuchen, und habe gemerkt, dass es nicht leicht ist, in ein Büro zu kommen, das mit der Staatssicherheit zu tun hat. Ich habe es kaum an dem Polizisten vor der Tür vorbei geschafft, und die Empfangsdame wollte nicht oben im Büro von meinem Vater anrufen. Als ich endlich da war, war ich entsetzt darüber, wie klein und eng es war. Ich hatte immer geglaubt, mein Papa wäre wichtiger. Überall lagen Papierstapel, es war seit Jahren nicht gestrichen worden, und eine Schublade vom Aktenschrank ließ sich nicht mehr schließen. An der Wand hing das übliche Porträt von Tito, aber es war ganz verblasst, und die Ecken waren aufgerollt und etwas eingerissen. Er hatte ein großes Schwarzweißfoto von einer schönen, jungen Frau in Partisanenkluft, und auf dem unteren Rand stand groß in selbstsicherer Handschrift: *Für immer in tiefer Liebe, Slavica.*

Mein Papa hat auf meinen Koffer gezeigt und gesagt: ›Ich wusste nicht, dass du heute gehst.‹ Ich habe gesagt: ›Ich auch nicht.‹ Und er: ›Ich wünschte, du würdest bleiben. Du weißt doch, dass du für Dinar nicht viel bekommst, oder? Italien war's, richtig?‹

Ich konnte ihn nicht anlügen, also sagte ich: ›Vielleicht versuche ich, nach England zu kommen.‹ Er sagte: ›Ach, ich wollte schon immer mal nach England. Winston Churchill. Big Ben. Die weißen Klippen. Spitfires und Hurricanes. Warte doch, bis ich Urlaub bekomme. Dann können wir vielleicht alle fahren. Wir könnten Tascha mitnehmen. Du hast doch bestimmt nicht genug Geld, um nach England zu kommen. Ich habe schon kaum genug, und ich arbeite seit Jahren.‹

›Papa, ich muss einfach gehen‹, sagte ich, und er: ›Du kannst so weit weggehen, wie du willst, aber ein gebrochenes Herz nimmt man mit.‹

›Es ist doch nur ein Urlaub‹, habe ich gesagt und dann gefragt: ›Wer ist Slavica?‹, während ich auf das Foto gezeigt habe.

›Sie wurde getötet. Wahrscheinlich hätten wir geheiratet.‹ Ich habe mir das Foto von dem hübschen, lächelnden Mädchen angesehen und gesagt: ›Vielleicht wärst du glücklich geworden‹, und er: ›Aber dann hätte ich dich und Friedrich nicht.‹ Ich dachte: ›Scheiße, mich gibt es nur, weil eine hübsche Partisanin irgendwann im Krieg gestorben ist.‹ Dabei habe ich überlegt, dass es Millionen Menschen wie mich geben muss, deren Eltern am Ende bei einer schlechten zweiten Wahl gelandet sind. Mein Papa sagte: ›Sie hatte viel Ähnlichkeit mit Tascha, vom ganzen Wesen her. Mir ist immer komisch zumute, wenn ich Tascha sehe.‹

›Was ist mit ihr passiert?‹

›Die Ustascha haben sie erwischt. Du weißt ja, wie die waren. Sie haben sie zerschlagen, wie man eine Puppe mit einem Hammer zerschlägt, und dann haben sie ihre Leiche einfach über einen Zaun gehängt. Es gab nichts, was sie ihr nicht angetan haben.‹

›Hast du Mama jemals geliebt?‹

›Es gibt verschiedene Arten von Liebe.‹

Das Foto von Slavica war nett. Sie hatte einen schlanken Hals und gewölbte Augenbrauen. Traurige Augen. Sie hat einen Pferdeschwanz getragen. Ich konnte mir beinahe ihre Stimme vorstellen.

Mein Papa ist mit mir zur Bank gegangen und hat ein paar Dinar für mich abgehoben, und dann ist er mit mir zum Busbahnhof gekommen und hat mir eine Fahrkarte gekauft. Er sagte: ›Vielleicht verpasst du das große Ereignis.‹

›Welches große Ereignis?‹, habe ich gefragt, und er hat gesagt: ›Der alte Mann liegt im Sterben.‹

›Oh.‹ Tito war für mich immer unsterblich gewesen.

›Ja‹, sagte mein Papa, ›und dann geht alles zum Teufel. Alles, wofür wir gekämpft haben. Durch mein Büro kommen viele Informationen. Die Geier versammeln sich schon. Die ganzen Nationalisten und die religiösen Spinner. Die sehen gerade ihre Chance kommen. Wenn der alte Mann stirbt, gebe ich diesem Land keine zehn Jahre mehr. Mit etwas Glück bin ich dann tot, ich will nicht mehr miterleben, wie irgendwelche Arschlöcher alles mit Scheiße überziehen. Und weißt du was? Der alte Mann hat die Macht dezentralisiert. Dabei müsste er es doch besser wissen.‹

›Sei nicht albern, Papa, es wird schon alles gut‹, habe ich gesagt, und dann musste ich ihm einen Kuss geben und mich verabschieden. ›Hör mal, es tut mir wirklich leid‹, habe ich gesagt, und er: ›Mir auch‹, und wir wussten beide, was wir meinen. Es hat mir nicht meinetwegen leidgetan, sondern nur wegen dem, was ich ihm angetan habe.«

155

19
Befriedigung

Es gibt nicht genug Reime auf ›Liebe‹.

Als ich Roza das nächste Mal sah, war ich beunruhigt, weil der Yorkshire Ripper gerade in Halifax eine weitere Frau getötet hatte. Aber dieses Mal war es keine Prostituierte. Bei jedem neuen Opfer dachte ich daran, was Roza hätte passieren können, wenn sie in dem Hostessenclub geblieben wäre. Manchmal hätte ich gerne mit ihr darüber geredet, aber es kam mir rücksichtslos vor zu erwähnen, dass jemand herumlief und Prostituierte aufschlitzte. Vielleicht schnitt sie das Thema nicht an, weil sie nichts davon gehört hatte. Sie verfolgte die Nachrichten nicht besonders intensiv. Sie interessierte sich auf eine eher abstrakte Weise für Politik, aber bevor ich ihr davon erzählte, wusste sie nicht einmal, dass die Regierung ein Misstrauensvotum verloren hatte und Callaghan Neuwahlen ansetzen wollte. Sie lebte in ihrer eigenen kleinen Welt, und dazu gehörten weder Mr Callaghan noch der Yorkshire Ripper.

Ich brachte ihr Pralinen mit, die sie aufaß, eine nach der anderen, während sie mir den nächsten Teil ihrer Geschichte erzählte. Aber die mit Haselnüssen gab sie mir. Sie sagte, sie hätte kleine Lücken zwischen den Zähnen, deshalb würde sie die Finger von Nüssen lassen.

Das Geschichtenerzählen hatte sich mittlerweile zu einer Art Zeremonie entwickelt. Ich tauchte einfach zur nächsten Fortsetzung auf. Wenn ich nur sagte: »Du wolltest mir erzählen, wie du nach England gekommen bist«, fing sie gleich mit dem nächsten Teil an. Ich saß nur da, sah sie an und dachte daran, wie sehr ich sie begehrte. In der Seven Sisters Road hatte ich auf dem Gehweg einen Fünf-Pfund-Schein gefunden, ich hatte weitere fünfundzwanzig Pfund für meine Losanleihen gespart und wurde langsam optimistisch. Sie sagte, es würde ihr gefallen, wenn ich fröhlich war.

»Wäre ich schlau gewesen«, begann sie, »wäre ich einfach nach Dubrovnik gegangen. Das wäre viel schneller und einfacher gewesen. Aber ich wollte nach Triest, und heute glaube ich, ich wollte deshalb dorthin, weil man dabei durch Zagreb kommt. Weil Alex in Zagreb war.

Es war April, weißt du, und das ganze Land war von Blumen überzogen. Ein schöner Anblick, die Straße ist meistens der Save gefolgt, und sie sah auch wunderschön aus.

Die Busfahrt nach Jugoslawien hat Spaß gemacht. Sie war wie ein Picknick, alle hatten zu viel Essen mitgebracht und haben geteilt. Ein paar Leute hatten Wein dabei, sie haben zu laut geredet und Witze erzählt. Man ist nicht mit dem Bus gefahren, wenn man Ruhe und Frieden wollte. Ein paar Leute haben Schach gespielt. Der Fahrer hatte eine Kassette mit Musik von einer Frula und eine mit einer Blaskapelle, aber er hatte noch eine, und die hat er auf dem ganzen Weg nach Zagreb immer wieder laufen lassen. ›Satisfaction‹ war das. Kennst du das?«

»Ich weiß nicht genau«, sagte ich. »Meine Tochter kennt es wahrscheinlich. Wenn ich nach Hause komme, frage ich sie.«

»Das ist von den Stones«, sagte Roza. Sie konnte offensichtlich kaum glauben, dass ich das Stück nicht kannte. »Den Rolling Stones?«, fragte ich, und sie sagte: »Ja, den *Rolling* Stones«, und verdrehte dabei die Augen, genau wie meine Tochter es immer tat. »Sing mal vor«, bat ich. Roza sah mich an, als wäre ich verrückt, und meinte: »Ich kann nicht singen. Willst du echt, dass ich dir was wie Mick Jagger vorsinge?«

»Ach, Mick Jagger kenne ich«, sagte ich.

»Ja, dann. Na, jedenfalls heißt es in dem Lied ›I can't get no satisfaction‹.«

»Das ist ganz schlechte Grammatik«, sagte ich. »Das heißt eigentlich, dass ich gar nicht anders kann, als ständig befriedigt zu sein.«

»Beschwer dich bei Mick Jagger, okay? Jedenfalls haben alle mitgesungen, und ein paar Männer haben Mick Jagger nachgemacht, sie sind im Gang herumgesprungen und haben so getan, als wären ihre Fantaflaschen Mikros, deshalb hat der Fahrer immer wieder zurückgespult, und die Männer haben die Lippen vorgeschoben. Dann hat uns die Polizei angehalten und mit dem Fahrer geschimpft, weil er erlaubt hat, dass die Leute im Bus herumtanzen. Danach haben sie eine halbe Stunde lang lieb und ruhig dagesessen, und dann hat alles von vorn angefangen. Weißt du was? Damals waren nicht viele Jugoslawen zufrieden. Für uns war das ein gutes Lied.

Als ich kurz vor Zagreb die hübschen Villen in den Vorstädten gesehen habe, wurde mir langsam schlecht. An der Bushaltestelle in der Držiceva-Straße dachte ich: ›Na gut, der Bus nach Triest fährt in ein paar Stunden, ich kann etwas spazieren gehen. Vielleicht besuche ich Fatima.‹ Aber dann ist mir klargeworden, dass ich eigentlich Alex sehen wollte. Ich bin an einem Hotel vorbeigekommen, und in der Lobby standen Prostituierte, die es nur mit Touristen für Dollar und Deutschmark gemacht haben. Als ich an der Kathedrale vorbeikam, dachte ich: ›Ich werde Alex nicht besuchen.‹ Ich hatte mir überlegt, zu ihm nach Hause zu gehen und noch mal alles kleinzuschlagen, aber dann habe ich gedacht: ›Ich bin das alles viel zu leid‹, und mir gesagt: ›Na los, Roza, du bist die Tochter eines Partisanen, du lässt dir nichts gefallen.‹ Trotzdem habe ich mich kurz auf die Stufen der Kathedrale gesetzt, und dann habe ich in einem Laden, den ich als Studentin nie besucht hatte, einen Kaffee getrunken. Ich habe mich auf die Stufen vor der Sankt-Markus-Kirche gesetzt und den Tauben zugesehen und eine Menge Zigaretten geraucht. In mir waren so viele Tränen, die nicht fließen wollten, und mir hat sich immer wieder der Magen umgedreht. Am Ende bin ich einfach zurück zum Busbahnhof gegangen, und als wir nach Triest losgefahren sind, habe ich gedacht: ›Na gut, Alex, du kannst mich mal, für alle Zeiten.‹ Aber es war traurig, Zagreb wieder zu verlassen.

Im Bus nach Triest hat ein alter Mann neben mir gesessen. Er sagte: ›Ich hoffe, es stört Sie nicht, aber wenn ich neben einer so hübschen Frau wie Ihnen sitze, bin ich wenigstens eine Weile lang glücklich.‹ Ich konnte ihm ansehen, dass er ein netter alter Mann war. Er hatte diese Drina-Zigaretten, mit denen wir uns damals alle umbringen wollten, und ein paar hat er mir geschenkt. Er wollte sich darüber unterhalten, ob noch eine Dürre kommt, weil er in der letzten seine ganzen Auberginen verloren hatte. Dann hat er mich gefragt, ob ich Angst vor dem Sterben hätte.

Ich wollte nur meine Ruhe haben und an Alex denken, und es machte mich sehr nervös, ohne Pläne wegzugehen, aber ich kam nicht von ihm weg. Er wollte nur reden und reden und reden. Aber er hat ein paar Sachen gesagt, die ich behalten habe. Er hat gesagt, das Leben wäre ein Spaziergang durch das All, und am Ende dieses Spaziergangs wäre man so müde, dass es einem nicht viel ausmachen würde zu sterben, man würde einfach nur schlafen wollen. Weißt du, so fühle ich mich oft, und ich bin nicht mal dreißig. Er hat mir erzählt, er wäre vor dem Krieg ein Intellektueller gewesen, aber jetzt würde niemand mehr auf ihn hören, er wäre nur ein alter Bauer. Er hat gesagt, er hätte im Spanischen Bürgerkrieg gekämpft, und wenn ich je nach Spanien käme, sollte ich doch bitte für ihn auf Francos Grab spucken. Dann hat er gesagt, dass er gerne nach Rom fahren würde, unter anderem, um auf Mussolinis Grab zu spucken. Ich habe gesagt, ich glaube, er hat gar keines, sie hätten ihn einfach weggeworfen oder so was. Er meinte, die Menschen würden ihr Leiden nie aufgeben, weil ihnen das Leiden lieber wäre als alles andere, und deshalb wäre er jetzt kein Kommunist mehr. Und jeder von uns wäre nur ein winziges Rotzmolekül in der riesigen Nase des Lebens, und er könnte als glücklicher Mann sterben, weil auf seinen Feldern jetzt immerhin mehr Pferdescheiße läge als früher.

Ich habe nur aus dem Fenster gestarrt und mich darüber

gewundert, dass ein so schönes Land wie Kroatien einen Mann wie Alex hervorbringen konnte.

Dann ist der alte Mann eingeschlafen, und ich hatte die gleiche Angst wie früher jedes Mal, wenn meine Großmutter auf einem Stuhl eingeschlafen ist, du weißt schon, dass sie tot war. Ich habe die ganze Zeit hingehört, ob er noch atmet. Aber er ist immer wieder in kritischen Momenten aufgewacht und hat Sachen gesagt wie: ›Da drüben, wo Sie gerade nichts sehen, steht eine sehr hübsche Burg mit sechs Türmen‹, und: ›Da hinten ist ein Dorf, in dem ein deutscher General ermordet wurde, deshalb haben sie alle männlichen Bewohner getötet, und jetzt leben da nur noch alte Weiber, die Trauer tragen und keinen Mann in die Nähe lassen. Sie sehen aus wie Raben. Die Deutschen haben außerdem den Leichen die Augen rausgerissen und in einem Korb zurückgegeben. Und wissen Sie was? Keiner würde das laut sagen, aber wir Jugoslawen haben mehr gegeneinander als gegen die Achsenmächte gekämpft. Ich bin nachher einfach nach Hause gegangen. Und wissen Sie noch was? Ich hatte eine Frau und eine Tochter und einen kleinen Sohn, und ich habe mich einfach in einem Feld versteckt, als sie umgebracht wurden. Ich konnte sie schreien hören. Und ich hatte als einzige Waffe einen Spaten.‹

›Warum erzählen Sie mir das?‹, habe ich ihn gefragt, und er hat gesagt: ›Weil Sie mich nicht kennen.‹ Dann hat er geweint, ganz leise, und ich habe seine Hand gehalten, bis wir in Ljubljana waren. Sie war so trocken wie Papier und hat leicht gezuckt. Nach Ljubljana hat er Teile von seinen Gedichten rezitiert, die er vor dem Krieg geschrieben hatte, und er hat mir Witze über Albaner erzählt und gesagt, es würde nicht genug Reime auf ›Liebe‹ und ›Schönheit‹ geben. Ich weiß gar nicht, warum ich dir das alles erzähle. Es ist nicht wichtig, es sind nur Erinnerungen.«

Es überraschte mich, als sie sich unterbrach, und im ersten Moment wusste ich nicht, was ich sagen sollte. »Offenbar hat er einen tiefen Eindruck hinterlassen. Mich stört das nicht, ich höre dir einfach gerne zu. Vielleicht erzähle ich dir irgendwann auch alles, was mir passiert ist. Wenn du so viel Langeweile erträgst.«

»Ich denke oft an ihn«, sagte Roza. »Ich schätze, mittlerweile ist er tot.«

»Wahrscheinlich hast du ihn zum letzten Mal in Triest gesehen, oder?«

»Ja. Wir haben uns auf der Piazza Libertà verabschiedet, am Busbahnhof, weißt du. Er hat mich auf beide Wangen geküsst und gesagt: ›Denken Sie an Franco, wenn Sie je die Gelegenheit dazu haben.‹ Er wollte zu diesem Ort in der Nähe, wo in einem Konzentrationslager zwanzigtausend Menschen verbrannt wurden. Das war seine Art von Tourismus. Er wollte herumreisen und dabei daran erinnert werden, dass Menschen im Grunde Scheiße waren. ›Bei Ihnen wünschte ich, ich wäre fünfundzwanzig‹, hat er gesagt, und ich habe gesagt: ›Und ich wünschte bei Ihnen, ich wäre siebzig.‹

Und weißt du was? Als ich die Grenze überquert habe, hatte ich ein schlechtes Gefühl. Ich war noch nie im Ausland gewesen. Ich bin mir plötzlich wie eine Verräterin vorgekommen. Ich dachte, ich gehe zum Hafen, und wenn mich der Mut verlässt, gehe ich einfach wieder nach Hause.«

Ich sagte: »Mich wundert, dass dein Vater dich einfach hat gehen lassen«, und sie fragte: »Wenn deine Tochter zwanzig wäre und weggehen wollte, könntest du sie dann aufhalten?«

Ich schüttelte den Kopf. »Aber du hattest keinen richtigen Plan. Du hattest nichts vorbereitet.«

»Ich glaube, mein Vater hatte keine Autorität mehr. Mit dem, was passiert ist, habe ich sie ihm genommen. Vielleicht war er sogar erleichtert.«

»Ich finde, das klingt ziemlich verrückt.«

Sie lachte und warf mir einen neckischen Blick zu. »Aber ich bin ja auch verrückt, Chris, das weißt du doch.«

»Hast du denn im Hafen ein Boot gefunden?«

»Nicht sofort. Es hat junge Hunde geregnet, wie ihr hier sagt, und in meinem Reiseführer stand, ein Kloster in der Nähe würde damit Geld verdienen, dass es Frauen und Ehepaare aufnimmt. Ich bin durch den Regen dorthin gelaufen. Es war sehr billig. Wohin man gesehen hat, überall standen Statuen von der Jungfrau Maria. Man konnte sich vor lauter Jungfrauen kaum rühren. Die ganzen Kruzifixe mit dem kleinen Jesus daran haben mich deprimiert. Ich mag es nicht, wenn an den Wänden diese kleinen, dünnen Männer hängen, die gequält werden. Aber die Nonnen waren richtig nett, sie haben mir Nudeln ganz ohne Fleisch gegeben, und dann bin ich ins Bett gegangen und konnte nicht schlafen.

Triest ist genau wie Ljubljana. Es kommt einem nicht vor wie ein anderes Land. Aber es roch nach Kaffee, die ganze Stadt hat nach Röstkaffee geduftet. Es war wunderbar. Weißt du was? An den Straßen sind Seile gespannt, damit man sich an ihnen entlangziehen kann, wenn der Wind zu stark ist. Es gibt da einen Wind, der heißt Bora, der kann einen umwehen.

Weißt du, was ich am nächsten Morgen gemacht habe? Ich habe richtige Tampons gekauft, und Toilettenpapier, das nicht kratzt. Dann bin ich zum Hafen gegangen, da lagen viele große Schiffe vor Anker, aber sonst war da nur ein Parkplatz. Ich dachte: ›Scheiße, ich hätte nach Dubrovnik fahren sollen‹, aber dann habe ich die Ecke mit den Jachten gefunden, alle hübsch und elegant, mit kleinen Flaggen und schlagenden Kabeln sind sie auf dem Wasser auf und ab geschaukelt. Ich habe mich auf meinen Koffer gesetzt und war schon froh, die Boote nur zu sehen, und die Sonne, die auf dem Wasser geglitzert hat, und wenn man auf das Meer hinausgeschaut hat, konnte man nicht erkennen, wo der Himmel aufhört und auf das Wasser trifft.

Jedenfalls bin ich an den Booten vorbeigelaufen, und wenn ich jemanden gesehen habe, habe ich gefragt, ob er wen für seine Mannschaft gebrauchen kann. Ich musste auf Englisch fragen, weil ich kein Italienisch konnte und kein Mensch Serbokroatisch spricht. Ich habe in der Schule etwas Englisch gelernt, aber nur sehr schlecht. Ich habe Sätze gelernt wie: ›Oh, welch wunderbares Wetter‹ und ›Reichen Sie mir doch bitte den Zucker‹ und ›Entschuldigen Sie, wo finde ich die Bibliothek?‹

Keiner hatte Arbeit, und ich dachte schon: ›Scheiße, ich fahre lieber wieder nach Hause‹, da hat ein Mann auf einem Boot gesagt: ›Ich brauche niemanden, aber ich glaube, Francis braucht wen. Seine Mannschaft ist hier von Bord gegangen.‹ ›Francis?‹, habe ich gefragt, und er: ›Geh ein paar Piers weiter. Er hat ein altes Boot, die *Sweet Olivia Bunbury*.‹ ›Wohin fährt er?‹, habe ich gefragt, und der Mann hat geantwortet: ›Zurück nach England.‹ Ich dachte: ›Ja! Vielleicht ist Gott dieses Mal für Roza da.‹

Das Boot habe ich gefunden, ein hübsches, altes Ding, überall dunkles, lackiertes Holz und blitzendes Messing. Auf dem Deck hat ein Mann ein Seil aufgewickelt, er hat mich angesehen, und ich habe gefragt: ›Bist du Francis?‹, aber mein Englisch war damals noch viel mieser, und wahrscheinlich habe ich gefragt: ›Sein du Francis?‹ oder so was.

Er hat gesagt: ›Ja, bin ich. Wer will das wissen?‹

Ich habe in etwa gesagt: ›Ich wurde gesagt, du hast Arbeit. Ich will nach England gehen.‹

›Hast du einen Pass?‹, hat er gefragt, und als ich ihm den Pass gezeigt habe: ›Hast du ein Visum? Brauchst du für Großbritannien nicht ein Visum?‹ Und ich habe gesagt: ›Als Jugoslawin nicht.‹ Ich hatte keine Ahnung, aber ich habe es einfach gesagt.

Er meinte: ›Welche Erfahrungen hast du?‹

Ich kannte das Wort nicht, deshalb hat er gefragt: ›Hast du schon mal auf einem Boot gearbeitet?‹ Und ich: ›Nein, aber ich bin nicht dumm. Ich lerne.‹

Er hat mich angesehen, als wäre ich verrückt, und gesagt: ›Tut mir leid, aber ich brauche Leute mit Erfahrung.‹

Ich war so enttäuscht, dass ich mich auf meinen Koffer

gesetzt und geweint habe. Er hat angefangen zu fluchen und weiter auf dem Boot gearbeitet, und ich habe weiter geweint. Am Ende hat er gefragt: ›Sag mal, kannst du einigermaßen gut kochen?‹, und ich habe in etwa geantwortet: ›Ich bin eine wunderbare Köchin‹, und er hat gelacht. Er meinte: ›Na gut, dann koch heute Abend etwas Wunderbares, und wenn du etwas kannst, überlege ich mir, dich anzuheuern.‹

›Was hast du hier?‹, habe ich gefragt, und er sagte: ›Schau in den Kühlschrank.‹ Also bin ich die Laufplanke raufgegangen, und er hat sich meine Schuhe angesehen, bevor er mich an Deck gelassen hat. Es gingen nur flache Schuhe. Jedenfalls bin ich nach unten gegangen und habe in den Kühlschrank gesehen, und da war nur Müll drin. Altes Zeug und halb leer gegessene Dosen mit altem Scheiß. ›Isst du nicht?‹, habe ich gefragt, und er hat gesagt: ›Nicht, wenn ich koche.‹ Ich meinte: ›Gib mir Geld, ich kaufe Essen.‹ Und er: ›Ich soll dir Geld geben?‹ Und ich: ›Ich lasse meinen Koffer hier. Ich gehe nicht mit einem Koffer Essen kaufen, oder, Sir?‹ Also hat er mir ein paar Lire gegeben, und ich bin losgezogen und habe zwei Meeräschen gekauft, jede Menge gutes Gemüse und Reis und Knoblauch und frisches Brot, richtiges Essen eben, und abends habe ich die Meeräschen gekocht, noch mit der Leber für einen besseren Geschmack, nicht zerbraten wie englischer Fisch, und ich habe Garnelen mit Zitrone und Knoblauch gemacht, und Kartoffeln ganz sanft mit Olivenöl und Oregano angebraten, und ich habe einen richtigen Salat mit Oliven und roten Zwiebeln gemacht und einen netten Wein gefunden. Er hat alles gegessen und dann gesagt: ›Mein Gott, Roza, mir ist egal, ob du segeln kannst oder nicht.‹ So habe ich zum ersten Mal etwas über Engländer und anständiges Essen gelernt. Damit bekommt man, was man will. Sie haben nie ordentlich gegessen, wenn Mama gekocht hat, weil englische Mamas nicht kochen können, und wenn man ihnen ein anständiges Essen kocht, staunen sie und sind beeindruckt. Jedenfalls bin ich abends nicht wieder zum Kloster gegangen, ich habe in dieser kleinen, schmalen Ecke am spitzen Ende geschlafen.«

»Und damit hast du zur Mannschaft gehört?«

Roza nickte selbstzufrieden. »Segeln habe ich verdammt schnell gelernt. Er hatte noch jemanden, einen Australier mit langen, blonden Haaren und dicken Muskeln. Er war nett. Sein Mund war voll großer, weißer Zähne. Seit ihm denke ich gut über Australien. Er war bis Palma dabei, und bis dahin konnte ich es ganz gut. Francis hat in Spanien keinen anderen gefunden, es war auch schon zu spät.«

»Zu spät?«

»Er hat mich gevögelt. Er wollte keinen auf dem Boot haben, der beim Vögeln stört.«

Ich konnte es nicht ausstehen, wenn Roza so redete. Ich fand es unanständig. Es war grob und vulgär, und ich glaubte nicht, dass es ihrem eigentlichen Wesen entsprach. Sie tat es nur der Wirkung wegen, mit einer Art gespielter Gleichgültigkeit, und sie sah mir dabei immer in die Augen, weil sie mich auf die Probe stellen wollte. Auf jeden Fall verspürte ich heftige Eifersucht, wenn sie mir vom Sex mit einem anderen Mann erzählte. Schon der Gedanke daran setzte mir zu. »Bei dir klingt es so, als hättest du nichts damit zu tun gehabt«, sagte ich, und sie antwortete: »Na gut, ich habe ihn auch gevögelt. Ich habe mir Alex aus dem Kopf gevögelt, in Ordnung? Und es war nicht nur vögeln, ich habe etwas für ihn empfunden.«

»Und wer war dieser Francis?«

»Wieso? Glaubst du, du kennst ihn vielleicht? Na gut, er war vielleicht etwa dreißig, und er war sehr nett, und er war groß und hatte viel Geld. Ich mochte ihn. Vielleicht hätte ich mich sogar in ihn verlieben können. Bei ihm habe ich Zärtlichkeit gefühlt.«

»Hat er sich in dich verliebt?«

»Klar.« Sie zog an ihrer Zigarette und klopfte die Asche in den Aschenbecher auf ihrer schmierigen Sessellehne. Dann drückte sie die Zigarette aus. »Willst du hören, wie es auf dem Boot war?«

»Na gut, erzähl mir von dem Boot«, sagte ich.

»Es hatte eine kleine Toilette, und man musste pumpen, um sie zu füllen. Und an der Wand stand: *Hier gehört nichts rein, was du nicht vorher gegessen hast*, übergeben durfte man sich also. Da unten war mir immer schlecht, wenn das Boot fuhr. Und auf einem kleinen Schild am Steuerrad stand: *Das Wort des Kapitäns ist Gesetz.*«

Ein Blick auf die Uhr zeigte mir, dass ich gehen musste, wenn ich nicht in den Berufsverkehr kommen wollte. Außerdem machte sich in meiner Magengrube ein scheußliches Gefühl breit, deshalb sagte ich: »Hör mal, Roza, ich fürchte, ich muss gehen. Kannst du mir das beim nächsten Mal erzählen?«

An der Tür küsste sie mich zum Abschied. Sie gab mir einen Kuss auf jede Wange und einen auf die Lippen, der beinahe wirkte, als wollte er zu einem richtigen Kuss werden. Als ich an diesen Beinahekuss dachte, während ich in meinem kackbraunen Allegro losfuhr, fühlte ich mich schon viel besser.

20
Reise

Ich habe nicht mal einen Delphin getötet.

Mrs. Thatcher kam an die Macht, und alle fragten sich, was jetzt passieren würde. Mir tat es nicht leid, Callaghan gehen zu sehen. Ich glaube, das tat niemandem leid. Es war ja ganz schön, wenn ein netter Mensch das Sagen hatte, aber Callaghan hatte eigentlich nie etwas zu sagen gehabt. Seine denkwürdigste Tat war es, auf einer Konferenz »My Wife Won't Let Me« zu singen. Roza war es so oder so egal. In der Politik interessierte sie nur, ob Tito bald sterben würde.

Ich weiß noch, dass mir zu dieser Zeit ein Lied entsetzlich auf die Nerven ging, das meine Tochter ständig auf dem Plattenspieler laufen ließ. Es hieß »Roxanne« und wurde von einem Mann mit einer Art Falsettstimme gesungen, und es ging die ganze Zeit darum, dass sie ihre rote Lampe nicht einschalten musste. Es erinnerte mich daran, dass Roza gesagt hatte, sie hätte früher fünfhundert Pfund genommen, und ich überlegte, mit wie vielen Männern sie wohl schon geschlafen hatte. Bei dem Gedanken fühlte ich mich von ihr abgestoßen, aber nicht abgestoßen genug, um sie nicht mehr zu begehren. Ehrlich gesagt war der Gedanke daran auch erregend. Ich weiß nicht, warum, es war auch nicht richtig. Es war pervers. Vielleicht rechnete ich mir deswegen bessere Chancen dafür aus, dass sie mit mir schlief. Ich schäme mich immer noch dafür, dass ich so war.

Meine Tochter machte sich langsam richtig Sorgen über mein Interesse an ihrer Musik. Ihr kam das alles ganz falsch vor, und sie zweifelte an ihrem Geschmack. Ich fragte sie: »Also geht es eigentlich nur darum, deine Eltern auszuschließen?«, und sie lachte, stritt es aber nicht ab.

Bei meinem nächsten Besuch trug der BDO wieder eine schwarze Armbinde, dieses Mal wegen Mrs. Thatcher. Ich sah ihn an und dachte: »Ich gebe dir noch zehn Jahre, dann wählst du die Konservativen, genau wie Mama und Papa. Zehn Jahre später gibst du es zu, und noch zehn Jahre später klebst du Plakate für sie.« Gesagt habe ich natürlich nichts. Es hat keinen Sinn, Jüngeren gegenüber gönnerhaft zu sein; man muss einfach warten, bis sie zu den Menschen werden, die sie immer werden sollten.

Roza saß im Souterrain wie üblich in ihrem schmutzigen alten Sessel neben dem Gasofen, und zu meiner Überraschung hatte sie die Katze des BDO auf dem Schoß und bürstete sie. Das Tier besaß schwarz-weißes, flauschiges Fell, gelbe Augen und eine spitze Nase, und es rieb seine Pfoten aneinander und schnurrte dabei wie ein alter Mercedes. Ich sagte: »Roza, ich dachte, du hast panische Angst vor diesen Viechern!«, und sie lächelte nur und sagte: »Dachte ich auch, aber die hier ist nett. Sie wartet auf mich und streicht mir um die Beine, wenn ich nach Hause komme, und nachts will sie bei mir schlafen. Aber dieses Mal schaffe ich mir keinen Vogel an.«

»Tja, das hätte ich nicht gedacht«, sagte ich.

»Dinge ändern sich«, meinte sie. »Alles ändert sich irgendwann, alles.« Sie lächelte mich auf eine Art an, die ich nur als verführerisch beschreiben kann.

Ich setzte mich, während sie mir einen Kaffee kochte, und betrachtete die Risse in den Wänden. Von Besuch zu Besuch wurden sie größer. Ich überlegte, wann das Haus wohl abgerissen und neu aufgebaut werden würde.

Sie kam herein, stellte den Kaffee ab und sagte: »Ich wollte dir weiter von Francis und dem Boot erzählen.«

»Genau«, antwortete ich.

»Er war nett. Er hatte etwas Trauriges an sich, weißt du. Ich habe mich gefühlt wie eine Mutter.«

»Mütterlich, sagt man.«

»Gut, mütterlich. Jedenfalls war er gut mit dem Boot. Immer beschäftigt, hat immer irgendwas nachgesehen. Immer auf das Meer geguckt. Ich dachte: ›Klar, er hat mich nur an Bord genommen, weil er mit mir schlafen will‹, aber er hat nichts unternommen. Manchmal hat er mich berührt, wie zufällig, und ich dachte, vielleicht war es ein Zufall und vielleicht nicht. Ich dachte: ›Vielleicht sind diese Engländer einfach sehr höflich oder so was.‹

Jedenfalls hat er mich irgendwann gefragt: ›Warum gehst du von zu Hause weg?‹, und ich habe ihm vieles erzählt, und am Ende habe ich ihm von Alex erzählt und angefangen zu weinen, vielleicht ein bisschen mit Absicht, vielleicht nicht, und wir haben zusammen in der Kombüse gesessen, und ich habe ihm leidgetan und er hat mich in den Arm genommen und gesagt: ›Ach, Roza, jeder hat ein gebrochenes Herz. Deshalb geht man doch nicht von zu Hause weg.‹

Weil er nett war, habe ich richtig angefangen zu weinen,

und er hat mir sein Taschentuch gegeben und alles, und ich habe den Kopf gegen seine Brust gelehnt und meine Hand ist unter sein Hemd gerutscht. Es war keine Absicht, aber er dachte das.«

»Und wo war der Australier?«, fragte ich.

»Der war einkaufen. Wir lagen im Hafen von Rimini. Es war sehr romantisch.

Ich habe gesagt: ›Manchmal wünschte ich, ich wäre jemand anders‹, und er hat etwas Nettes darüber gesagt, dass er mich mag, wie ich bin. Dabei ist mir ganz warm geworden. Dann haben wir uns geküsst, weißt du, und danach ist alles passiert. Einmal hat er gesagt, er hätte das gleiche Problem, er wäre sich leid und fände sich langweilig. Ich habe gedacht: ›Nein, das geht gar nicht, du bist reich und jung und siehst gut aus, und du musst nicht mal arbeiten‹, aber jetzt weiß ich, dass jeder vor sich wegläuft. Jeder ist auf der Flucht, und irgendwann hört man auf wegzulaufen, und dann ist man tot, und keiner kommt dahin, wohin er wollte. Glaubst du nicht auch?«

Ich fragte: »Woher hatte er so viel Geld?«

»Bubblegum.«

»Bubblegum?«

»Du weißt schon, dumme Lieder für dumme Bands mit hübschen Jungen und hübschen Mädchen. Sie haben einen einzigen großen Erfolg und dann, puff, hört man nie wieder von ihnen. Francis hat gesagt, so was heißt Bubblegum. Deshalb war er manchmal deprimiert. Er hatte ein großes Talent dafür, beschissene Lieder zu schreiben. Das macht einen reich, aber man schämt sich auch. Vielleicht wie bei einer guten Hure. Jedenfalls habe ich gefragt: ›Warum schreibst du kein Buch?‹, und er hat gesagt: ›Vielleicht, wenn mir irgendwann eine Geschichte einfällt.‹ ›Du kannst mich reinschreiben‹, habe ich gesagt, und er hat gelacht. Dann habe ich gesagt: ›Weißt du was? Dieses Boot ist wie das Lager der Kommunistischen Jungpioniere. Man steht früh auf und muss viel arbeiten.‹ Er fand das gut. Ich glaube, er hat sich vielleicht in mich verliebt, weil ich dumme Sachen gesagt habe, damit er etwas lacht.

Ich sage dir, so hart habe ich noch nie gearbeitet. Meine Haut wurde ganz dunkel, ich bin alles Fett losgeworden. Ich wurde so gesund, es war wie betrunken zu sein, sehr schön. Ich habe Delphine und Tümmler gesehen, und Vögel haben sich auf die Seile gesetzt, und im Mund habe ich immer schön Salz geschmeckt, von der Arbeit mit den Tauen sind mir alle Fingernägel abgebrochen, und meine Haare wurden sogar ein bisschen blond, dabei waren sie vorher schwarz.

Francis wollte die Reise in die Länge ziehen, weil er in mich verliebt war und weil ihm das Vögeln gefiel. Wir haben überall gehalten. Er wollte mir viele schöne Sachen zeigen. Weißt du, es ist phantastisch, wie schnell man mit Segeln fahren kann. Und wenn es nicht mit Wind geht, nimmt man den Motor. Jeden Abend ein neuer Hafen! Es war sehr romantisch. Mein Pass war voll mit Stempeln. Langweilig war, dass ständig nach Drogen gesucht wurde, du weißt schon, Hunde auf dem Boot und so was. Ich habe mich schuldig gefühlt, dabei hatte ich noch nie Drogen gesehen.

Bonifacio hat mir gefallen. Alicante war in Ordnung.

Auf Gibraltar wollte ein Affe mir die Handtasche klauen. Diese Affen sind beim Klauen wie die Albaner. Portugal war nett; Figueira da Foz, Matosinhos. Ich habe noch nie so viel Fisch gegessen. Und überall kannte jeder Francis, die Leute vom Zoll und die Fischer und die Leute in den Tavernen, und bei allen durften wir duschen, weil die Dusche auf dem Boot scheiße war.

Ich habe auch Fische gefangen. Meeräschen mochte ich nicht mehr; wenn man nämlich im Hafen die Toilette auf dem Boot abzieht, fressen die Meeräschen die Scheiße. Sie warten vor dem Toilettenloch, und dann sprudelt das Wasser, weil sie sich darum streiten. Ich dachte: ›So ein Dreck, keine Meeräschen mehr für Roza. Ich esse keinen Fisch, der aus Scheiße besteht‹, aber manchmal haben wir angehalten und bessere Fische gefangen. Ich habe den hässlichsten Fisch überhaupt gefangen, er hatte große, scheußliche Augen und sah ganz komisch aus und hatte Dornen. Ich habe gesagt: ›Den esse ich nicht‹, aber er war echt gut.

Weißt du, dass auf einem Boot alles anders heißt? Ein Geländer heißt Reling und die Küche Kombüse, links ist backbord und hinten ist achtern, und es gibt besondere Wörter für Knoten und alles Mögliche auf dem Boot. Früher wusste ich sie, aber jetzt habe ich sie vergessen, leider.«

»Bist du nicht seekrank geworden?«

»In der Biskaya ging es mir beschissen. Die See war fies. Stürme und Felsen und Wracks. Wir haben die Motoren benutzt, keine Segel. Francis hat im Radio die Wetterberichte gehört. Er hat ständig Linien auf die Karten gemalt, weißt du? Diese Wellen waren wie Berge, sie sind aus allen möglichen Richtungen gekommen, und man musste versuchen, sie gerade zu erwischen, wenn man Zeit zum Wenden hatte. Wenn ich an Deck war, bin ich eiskalt und nass geworden, und unten war mir immer schlecht. Ich hatte einen langen Draht mit einem Haken, und ich war immer irgendwo festgemacht, wegen der Wellen. Und es hat geregnet und geregnet und geregnet, und der Wind hat geschnitten wie Glas.

Wir haben in Arcachon angehalten und uns den größten Sandberg in Europa angesehen und Austern gegessen, und in den Pinien haben kleine, rote Eichhörnchen gesessen, sehr hübsch, und dann haben wir in Brest angehalten und in einem Waschsalon unsere ganzen Sachen gewaschen, und als wir gewartet haben, sind wir eingeschlafen, weil wir so müde waren. Wir sind in ein Hotel gegangen und hatten ein richtiges Bett und eine richtige Dusche, und wir haben Steak mit Pommes gegessen. Das war die erste Nacht, in der wir nicht gevögelt haben, aber am nächsten Morgen war es wieder in Ordnung. Und im Ärmelkanal hatten wir große Probleme mit den Tankern. Sie haben alles verdorben, weil man immer aufpassen musste, sie haben einem keine Ruhe gelassen. Sie waren wie Wale, und man ist sich vorgekommen wie der kleinste Fisch der Welt.

Weißt du was? Von überall habe ich Alex eine Postkarte geschickt, und auf jeder stand: ›*Lieber Scheißkerl, ich bin sehr froh, dass du nicht hier bist.*‹ Das war sehr schlimm. Mama und meinem Papa und Tascha und Fatima habe ich richtige Karten geschrieben. Ich dachte immer wieder: ›Ich kann nicht glauben, dass ich Alex mal heiraten wollte.‹«

Ich unterbrach sie: »Heißt das, du wolltest jetzt Francis heiraten?«

»Ich habe darüber nachgedacht. Darüber, was ich vielleicht sage, wenn er mich fragt. Aber es ist nichts daraus geworden. Weißt du, einmal habe ich den Delphinen zugesehen, und sie sind vor dem Boot hin und her geschwommen und haben richtig gespielt, und ich habe Francis gefragt: ›Warum sind sie immer so glücklich?‹, und er hat geantwortet: ›Weil das ganze Schwimmen sie unglaublich fit macht, und wenn man unglaublich fit ist, ist es einfach schön, einen Körper zu haben, und man turnt ständig herum.‹ Auf dem Boot war ich so glücklich wie ein Delphin. Wenn ich manchmal darüber nachdenke, wie beschissen alles geworden ist, sage ich mir: ›Schon gut, Roza, du warst mal so glücklich wie ein Delphin.‹ Es ist schön, wenn ich daran denke, dass ich das einmal geschafft habe.

Francis hat gesagt, auf Korfu gibt es Geschichten über Delphine, die Seeleute aus dem Meer retten, und wenn man einen tötet, sogar aus Versehen, heißt das hundertfünfzig Jahre Pech. Weißt du, ich hatte nach Francis viel Pech, und ich habe nicht mal einen Delphin getötet.«

21
Ins Land

Wenn ich dich nicht so sehr lieben würde,
würde es mir nichts ausmachen.

Als Chris das nächste Mal vorbeikam, war ich ein wenig traurig, weil ich gerade im Radio gehört hatte, dass John Wayne tot war. Ich hatte dieses Gitarrenstück aus *Die durch die Hölle gehen* gehört, das ich damals so mochte, und danach kamen die Nachrichten. Früher habe ich nachmittags immer diese albernen Western gesehen, bevor ich wieder in den Hostessenclub gegangen bin, und in meinem Kopf hat sich immer noch alles gedreht vom Champagner und den Zigaretten am Abend zuvor.

Weil ich traurig war, umarmte ich Chris besonders fest, als er hereinkam, und das gefiel ihm sehr. Er lächelte ganz breit. Als ich ihm von John Wayne erzählte, sagte er: »Ich mochte eigentlich immer James Stewart. *Der große Bluff*, das war ein toller Film!«

»Den habe ich nie gesehen«, sagte ich. Jahre später habe ich ihn dann gesehen, und er hat mir sehr gefallen. Er hatte etwas Rührendes.

Nachdem ich ihm einen Kaffee geholt hatte, wir im Souterrain saßen und ich mir eine Zigarette angezündet hatte, sagte Chris: »Es macht mir richtig Sorgen, dass du so viel rauchst. Es ist, als würde man jemandem dabei zusehen, wie er sich umbringt.«

»Ich habe erst im Hostessenclub richtig angefangen zu

rauchen«, sagte ich. »Man trinkt und raucht viel. Davor habe ich nur ein bisschen geraucht.«

»Als ich das letzte Mal von hier aus zu Dr. Patel gefahren bin, hat er mich gefragt, ob ich angefangen hätte zu rauchen, weil ich so gerochen habe.«

Ich habe ihn bloß angesehen, und er sagte: »Es wäre egal, wenn mir nichts an dir liegen würde. Wenn ich dich nicht so sehr mögen würde, würde es mir nichts ausmachen, wenn du dich umbringst.«

Ich hatte den Eindruck, dass er das Wort »lieben« benutzen wollte und es im letzten Moment durch »mögen« ersetzt hatte. Dabei setzte mein Herz einen Schlag aus. Chris sagte: »Einer meiner Onkel hat ständig geraucht. Er war stark, sehr breit gebaut, und in der Armee war er Boxchampion. Er hat viel geraucht, und irgendwann haben ganz plötzlich seine Lungen aufgegeben, er hatte ein Emphysem. Weil er nicht atmen konnte, ist sein Körper verkümmert, und er konnte kaum noch etwas machen. Einmal habe ich ihn besucht und musste helfen, ihn von der Toilette zu heben. Er hat fast nichts mehr gewogen, und seine Hüftknochen haben sich durch die Haut gedrückt. Er hatte Pflaster darüber geklebt. Weißt du, was er gemacht hat?« Chris legte eine kleine Kunstpause ein. »Eines Tages hat er sich sein Gewehr unter das Kinn gehalten und sich die Schädeldecke weggepustet. Überall auf den Wänden und an der Decke waren Hirn und Knochen und Haare. Ich war zu dem Zeitpunkt im Haus. In dieses Zimmer zu gehen und dieses grauenhafte Chaos zu sehen, nachdem wir den Schuss gehört haben und nach oben gerannt sind, war das Schlimmste, was ich je erlebt habe. Meine Tante ist auf der Stelle verrückt geworden und ein paar Monate später gestorben, hauptsächlich am Schock, glaube ich. Deshalb würde ich am liebsten jeden in der Tabakbranche erschießen. Die sind schlimmer als Hitler. Überleg nur mal, wie viele Millionen Menschen die bestimmt schon umgebracht haben.« Chris sah mich völlig gelassen an, und ich blickte auf meine Zigarette. Ich drückte sie aus, obwohl sie erst zur Hälfte geraucht war. Plötzlich kam mir der Berg Zigarettenstummel im Aschenbecher scheußlich vor. Er sagte: »Du wolltest mir erzählen, wie du ins Land gekommen bist.«

»Na ja, im Nachhinein war das ein ziemliches Abenteuer, aber Francis ist deswegen unglaublich sauer geworden. Es war das erste Mal, dass ich ihn richtig wütend gemacht habe, und ich habe mich deswegen echt beschissen gefühlt.

Auf dem Ärmelkanal hat er gesagt: ›Ich glaube, ich sollte mit dir nach Dover fahren. Da ist ein echter Einreisehafen, und du findest alle Anlaufstellen, um deine Papiere prüfen zu lassen.‹

Vor diesem Moment hatte ich schon Angst gehabt. Ich habe irgendwas Dummes gesagt, etwa: ›Ach, das klang ja harmonisch‹, und als er eine Augenbraue hochzog, sagte ich: ›Echter Einreisehafen, alle Anlaufstellen, die Papiere prüfen lassen, immer mit dem gleichen Buchstaben.‹

Er hat gelacht und gesagt: ›Schön, aber was ist nun mit Dover?‹

Ich habe einmal tief durchgeatmet, weißt du, und die Angst saß mir im Magen, und ich sagte: ›Ich glaube, ich habe nicht die richtigen Papiere.‹

Er hat mich angesehen, als wäre ich vollkommen irre. Er sagte: ›Du hast nicht die richtigen Papiere? Was soll das heißen, du hast nicht die richtigen Papiere? Du hast mir gesagt, dass du kein Visum brauchst. Soll das ein Witz sein?‹

Es war mir unheimlich peinlich, ich habe geschwitzt und meine Wangen brannten. Ich sagte: ›Ich hatte Angst, dass du mich sonst nicht mitnimmst.‹ Und er hat mich angeschrien: ›Da hast du verdammt recht, das hätte ich auch nicht!‹ Seine Augen haben geglüht, und ich bin mir vorgekommen wie ein Insekt. Er ist vorher nie laut geworden, und es hat mich erschreckt.

Also habe ich getan, was ich tun musste, und habe angefangen zu weinen. ›Aber ich will nach England‹, habe ich gesagt, und er: ›Aber das geht verdammt nochmal nicht‹, und ich: ›Bitte, doch, ich will nach England.‹

›Ich bringe dich nach Dover und liefere dich aus‹, sagte er, ›und dann können sie dich abschieben, wenn sie wollen. Was zum Teufel hast du dir dabei gedacht? Glaubst du, ich bringe dich zurück nach Dubrovnik oder was? Verdammt nochmal, wie kannst du so beschissen dämlich sein?‹

Das war das erste Mal, dass ich von Francis Schimpfwörter gehört habe, und es hat mir richtig Angst gemacht. Ich habe geweint und gesagt: ›Lass mich nicht allein, lass mich nicht allein.‹ Er hat gesagt: ›Ich könnte eine Geldstrafe bekommen! Ich könnte mein Boot verlieren! Wer weiß, vielleicht können sie mich sogar ins Gefängnis stecken! Herrgott! Ich dachte, ich kann dir vertrauen!‹

›Hör mal‹, habe ich gesagt, ›wir sind überall reingekommen.‹

›Das waren kleine Käffer, wo mich die Hafenmeister kennen und wo man ein paar Tage Urlaub macht. In England wollen alle Ausländer leben, warum auch immer.‹

Ich sagte: ›Weil jeder Englisch spricht.‹ Er hat mich böse angesehen, und ich habe gesagt: ›Kannst du nicht jemanden fragen, ob ich ein Visum brauche?‹

›Soll ich etwa die Küstenwache anfunken und fragen, wie ich eine Jugoslawin ins Land schaffen kann? Du bist ja noch verrückter, als ich dachte.‹

›Kannst du jemand anderen anfunken?‹

›Wen denn? Glaubst du, meine Mutter hätte ein Funkgerät?‹

›Na gut‹, habe ich gesagt. ›Mein Kopf ist voll Scheiße. Verdammte Verrückte vom Balkan.‹ Und dann: ›England ist groß, ja?‹

›Ziemlich groß‹, hat er geantwortet und mich misstrauisch angesehen.

Ich fragte: ›Viele Plätze, wo ein Boot anlegen kann?‹

Und er: ›Nein. Auf keinen Fall. Wir müssen einfach in den Hafen fahren und da alles regeln. Wir können uns einen Konsul oder so was suchen.‹

Ich habe ihn entsetzt angesehen, und er meinte: ›Und jetzt Schluss.‹

›Ich dachte, du liebst mich‹, habe ich gesagt.

Er sah fast so aus, als hätte ich ihm eins mit der Pfanne verpasst, und dann haben wir ganz lange nichts gesagt und uns nur angestarrt, und er hat überlegt, was zum Teufel er sagen soll, und am Ende ist ihm eingefallen: ›Man wartet eigentlich, bis der andere es sagt.‹

Ich habe ihn fest angesehen und gesagt: ›Du hast mich

gevögelt, als würdest du mich lieben‹, und er hat geantwortet: ›Trotzdem solltest du warten, bis es gesagt wurde.‹

›Warum?‹

›Wenn man zu sehr drängt, entsteht Druck, und alles zerbricht.‹

Ich wurde wütend. Keine Ahnung warum. Vielleicht wusste ich nicht, was ich sonst machen sollte, und ich sah schon meine ganzen Pläne im Klo verschwinden, und alle meine Hoffnungen kaputtgehen. Ich bin so wütend geworden, dass ich gegen die Kajütentür getreten habe, und ich habe geschrien: ›Scheiß Engländer! Scheiß Engländer! Scheiß bekackte Engländer!‹, und dann habe ich auf Serbokroatisch geschrien, und ich habe ein Küchenmesser geholt und es ins Holz gerammt, und dann habe ich Sachen gesucht, die ich ins Meer schmeißen konnte, ich habe einen Teller reingeworfen und den Kessel, aber dann hat er mich an den Handgelenken festgehalten, und er war sehr stark, viel stärker, als ich dachte, und ich habe ihm gegen die Beine getreten, aber er hat sich nicht gerührt, er hat einfach meine Handgelenke festgehalten, bis ich keine Kraft mehr hatte und wieder weinte. Wir konnten die weißen Klippen sehen, und mir fiel ein, dass mein Papa gesagt hat, er wollte sie schon immer sehen, und ich dachte, das wird er nie, und dann musste ich noch mehr weinen. Ich habe mich über die Reling gelehnt und überlegt, ins Meer zu springen und von dieser dummen Welt wegzugehen.

Francis hat die Segel schlaff werden lassen, das Boot ist nur noch hin und her geschleudert worden. Das konnte ich nie leiden. Er kam zu mir und sagte: ›Hör mal, es geht mir nicht darum, nicht das Gesetz zu brechen. Ich will nur nicht erwischt werden. Ich finde, Menschen wie du sollte man anwerben und nicht aussperren. Aber wenn ich erwischt werde, bekomme ich eine Strafe, und ich weiß nicht, wie hoch sie sein würde.‹

Ich sagte: ›Na gut, bring mich nach Frankreich und setz mich irgendwo ab. Es ist mir jetzt egal.‹

Er hat die Segel wieder gespannt, und wir sind ziemlich schnell geworden. Wir haben North Foreland passiert, und ich habe mich gefragt, was aus mir wird. Wir mussten vielen großen Schiffen ausweichen, weil die Themsemündung näher kam. Ich frage: ›Bringst du mich nach London?‹, und er antwortete: ›Das kann ja wohl nicht dein Ernst sein.‹

Am Ende kam raus, dass er die gewohnte Strecke nach Hause nehmen wollte, weil das unverdächtig war. Er musste nur mit den üblichen Leuten über Funk reden und alles machen wie immer.

Gleich hinter Felixstowe haben wir den Anker geworfen und auf die Flut gewartet, weil es da Sandbänke gibt, die wandern, und er hat mir den Plan erklärt. Ich habe meine Sachen gepackt und mir dann das Boot und die ganzen vertrauten Dinge angesehen und bin schon etwas wehmütig geworden. Das ganze hübsche, glänzende Messing und die Holzteile. Ich dachte: ›Na gut, irgendwann heirate ich Francis und werde britische Staatsbürgerin, und dann komme ich zurück auf dieses Boot und wir fahren wieder aufs Meer.‹ Ich dachte: ›Na gut, ich liebe ihn nicht so sehr, nicht so, wie ich Alex geliebt habe, aber ich mag ihn, und der Sex ist verdammt gut, und wir verstehen uns, also warum nicht? Ich wette, er wäre ein guter Vater.‹

Wir sind die Orwellmündung runtergefahren, und er ist ganz nah an einem Ufer vorbei, nur mit den Maschinen, weißt du? Wir haben angehalten, er hat den Anker geworfen, dann haben wir das kleine Beiboot ins Wasser gelassen, und es ist auf und ab geschwommen und hat so an der *Sweet Olivia Bunbury* gekratzt, dass ich mir Sorgen um den Lack gemacht habe.

Er ist die kleine Leiter runtergeklettert und hat sie festgehalten, als ich runter bin. Als ich in das Beiboot gestiegen bin, sagte er: ›Weißt du eigentlich, wie verdammt dämlich das ist?‹ Er hatte ein Seil an der *Sweet Olivia* festgebunden, und als wir zum Ufer ruderten, hat er es einfach aus dem Boot gleiten lassen. Es waren nur vierzig Meter, aber die Strecke kam mir sehr lang vor.

Wir haben an einer Betonrampe angelegt, die voll war von diesem glitschigen grünen Unkraut, das sich anfühlt wie Seide. In einem kleinen Waldstück lagen ein paar schäbige Boote, und ein großer Schiffsrumpf aus Eisen stand da umgedreht auf Blöcken, er war durchgerostet. Francis sagte: ›Wenn es regnet, während du wartest, schlüpf einfach da drunter.‹ In seinen besten Zeiten musste das Boot sehr elegant gewesen sein.

Er hat mich kurz auf die Wange geküsst und sich dann zur *Sweet Olivia Bunbury* zurückgezogen. Ich habe ihm nachgesehen, als er auf Deck geklettert ist, den Anker hochgezogen und den Anlasser gedrückt hat. Er hat mir kurz zugewinkt, dann ist er nach Ipswich gefahren.

Zwei Stunden lang habe ich gewartet. Ich hatte die üblichen panischen Gedanken: ›Vielleicht hat er mich sitzenlassen, vielleicht hatte er einen Herzinfarkt oder einen Unfall, vielleicht ist er zur Polizei gegangen.‹ Ich habe im Wald neben dem Fluss gesessen, mit den ganzen verlassenen Booten, die verrotteten, und darüber nachgedacht, dass am Ende alles auseinanderfällt. Jedenfalls hat Francis mich doch noch mit seinem Auto abgeholt. Er war durch den Zoll gekommen und hatte das Boot ins Bett gebracht. So hat er es genannt, ›ins Bett gebracht‹. Als er in den Wald kam, war ich so froh, ihn zu sehen, dass ich geweint habe.«

Chris hörte sich alles an und fragte dann: »Und wohin seid ihr gefahren?«

»Oh, Francis hatte ein Haus in der Nähe von Ipswich. Ein hübsches Haus in einem Dorf, das Bentley hieß. Es gab dort ein Pub, das The Case is Altered. Den Namen habe ich nie vergessen, er war so lustig. Das Dorf war in Ordnung. Es hat mir ganz gut gefallen, aber es war nicht besonders aufregend. Es war das Richtige, wenn man Ruhe wollte. Ich bin zwei Jahre lang bei Francis geblieben.«

»Was ist passiert?«

»Es lag an mir. Es war mein eigener, dummer, bescheuerter Fehler, wie üblich. Ich hatte es satt.«

»Satt?«

»Du weißt schon, am gleichen Ort zu sein, mit dem gleichen Mann zu schlafen, den ich nicht besonders geliebt habe, der ganze Aufwand, mit dem verdammten Bus nach Ipswich und wieder zurück zu fahren, kein verdammter Job, immer die gleichen Sachen essen und die gleichen Sachen sagen. Ich war bescheuert, wie immer.«

»Wenigstens weißt du, dass du bescheuert bist«, sagte Chris. »Ich bin's auch, aber ich weiß es noch nicht. Zumindest ist es noch nicht richtig bei mir angekommen. Ich kriege jede Menge Hinweise, aber die ignoriere ich.«

»Für Francis war es eine gute Phase. Er hat mich geliebt, weißt du, und es hat ihn dazu gebracht, gute Bubblegum-Songs zu schreiben. Im Jahr danach sind wir wieder mit dem Boot losgefahren, für drei Monate, und ich habe den gleichen Weg aus England raus und wieder rein genommen. Wir haben darüber gelacht und uns keine Sorgen gemacht. Eigentlich waren das schöne Abenteuer.«

»Aber du hast Schluss gemacht?«

»Ich habe Schluss gemacht. Es war mir nicht interessant genug. Ich wollte London, den Buckingham-Palast, das Britische Museum, Intellektuelle, die sich über wichtige Dinge unterhielten, die Underground, das Theater, reiche Leute in schönen Autos, eine Riesenaffäre mit einem phantastischen Mann, jemandem wie Mick Jagger, vielleicht Prinz Charles. Francis wollte nicht, dass ich gehe, er hat viel geweint und mich sogar angebettelt, und er hat gesagt, dass er mich liebt und dass er mich heiraten will. Aber du kennst mich ja, ich hatte nur Scheiße im Kopf und habe das erst gemerkt, als es zu spät war. Ich musste jahrelang ständig daran denken, dass ich alles kaputtgemacht habe, dass ich ihm wehgetan habe und dass ich dumme Vorstellungen von Liebe hatte. Weißt du was, er hat mir sogar geholfen, in London ein Zimmer zu finden, er hat die Kaution bezahlt und mir für die erste Zeit sechshundert Pfund gegeben. Das hat er gemacht, obwohl ich ihm einen Tritt gegeben hatte.«

Chris fragte: »Hätte er dich denn nicht zurückgenommen?«

»Vielleicht, aber als ich mich endlich bei ihm gemeldet habe, war er verheiratet, und er war glücklich. Er hat gesagt: ›Ich habe dich wirklich geliebt, Roza.‹ Hätte ich mich ein Jahr früher gemeldet, wäre vielleicht etwas daraus geworden, aber ich habe gedacht, er will mich nicht. Ich kam mir zu schlecht vor, um zu fragen. Damals war ich nur ein Stück Scheiße. Nach dem, was passiert ist, habe ich mich so gesehen. Ich konnte niemanden akzeptieren, der dumm genug war, mich zu akzeptieren. Ich hätte einfach anrufen können, aber jedes Mal, wenn ich zu einer Telefonzelle gegangen bin, habe ich den Hörer abgenommen und dann wieder aufgelegt und gedacht: ›Vielleicht rufe ich morgen an‹, und manchmal bin ich in die Telefonzelle gegangen und wieder raus, habe den Hörer abgenommen und wieder aufgelegt, und dann ist jemand gekommen und wollte telefonieren, und ich bin weggegangen und habe noch einen Tag gewartet.«

»So was habe ich auch oft gemacht«, sagte Chris. Dann fragte er: »Und warum warst du nicht gut genug?«

»Na ja, du weißt doch, was ich gemacht habe. Warum sollte er mich wollen? Ich war eine verdammte Prostituierte.«

»Das hätte er nie erfahren, wenn du es ihm nicht erzählt hättest«, sagte Chris.

Eine Weile lang saßen wir schweigend da, und dann sagte ich: »Weißt du was? Als er mich von der Stelle abgeholt hat, an der ich gelandet bin, habe ich eine wunderschöne Brücke über den Fluss gesehen. Sie war ganz weiß und so anmutig wie ein Schwan, und sie zu sehen, hat mich schon glücklich gemacht. Du weißt doch, wie grün alles in England ist. Und die Ausländer sagen immer: ›Ach, England ist so grün.‹ Aber mir ist die weiße Brücke über den Fluss aufgefallen.«

»Das war bestimmt die Orwell Bridge«, sagte Chris.

»Ich würde sie unheimlich gerne noch einmal sehen«, sagte ich. »Als ich sie zum ersten Mal gesehen habe, habe ich gedacht, dass England ein wunderbares Land sein muss.«

22
Bergonzis Pussycat-Hostessenparadies

Hier treiben sich ein paar ziemlich miese Säcke rum.

Chris kam ein paar Wochen später wieder vorbei, blieb in der Tür stehen, rieb sich die Hände und sagte: »Tja, damit geht wohl eine Ära zu Ende, was?«

»Womit?«

»Na, Muhammad Ali hört doch auf. Er zieht sich zurück. Und ich weiß noch, wie er Sonny Liston geschlagen hat. Ist es nicht unglaublich, wie die Zeit vergeht?«

»Boxen ist dumm«, sagte ich.

»Trotzdem ist er der berühmteste Mensch der Welt.«

»Niemand ist berühmter als die Königin«, sagte ich, »und die hört nicht auf.«

»Die bleibt ewig, wenn die IRA sie nicht erwischt. Und, darf ich reinkommen?«

Wir gingen hinunter ins Souterrain, und ich machte ihm einen Tee. Er trank ihn mittlerweile wie auf dem Kontinent, weil ich gesagt hatte, Milch in den Tee zu schütten sei eine dumme britische Angewohnheit, die sonst kein Mensch auf der Welt nachvollziehen könnte, und wenn man ihn nicht so stark machen würde, müsste man gar nichts hineinschütten, außer man mochte Zitrone. Jedenfalls hatte er es probiert und gesagt, es wäre nicht schlecht, und danach hat er sich bekehren lassen, deshalb dachte ich, die Briten seien vielleicht nicht für immer zu schlechter Küche verdammt. Chris sagte, die Iren würden den Tee noch stärker und mit mehr Milch trinken als die Briten. Einmal habe ich ein irisches Kochbuch gesehen, das war etwa drei Millimeter dick.

Ich wusste, dass es an diesem Tag unangenehm werden würde, weil wir beim Hostessenclub angekommen waren. Ich war mir sicher, wir würden ein Liebespaar werden, und ich wollte ihn nicht abschrecken, aber jetzt konnte ich die Geschichte nicht mehr ändern, weil ich schon zu viele Details erwähnt hatte.

Der Bob Dylan oben lernte gerade die Musik von *Die durch die Hölle gehen*, die Melodie schallte die Treppe herunter, mit allen Fehlern und den Stellen, an denen er stockte. Er lernte die Version für klassische Gitarre, wie im Film, weil er sie besser fand als die Version für E-Gitarre, die gerade angesagt war. Ich hatte ihn mittlerweile richtig gern. Wir redeten viel, genauso wie Chris und ich. Ich redete so viel, dass ich mich schon fragte, ob ich jemals aufhören würde. Ich fragte mich, ob das eine Art Krankheit war und warum ich den Leuten nicht langweilig wurde. Ich dachte: »Irgendwann muss ich aufhören zu reden und anfangen zu leben.« Ich dachte ständig daran, dass ich mit Chris zusammen sein wollte, selbst, wenn ich nur seine Geliebte war. Das hätte mich nicht gestört. Seine Frau hatte ich nie kennengelernt, aber sie bot ganz offensichtlich keinen Grund zur Eifersucht. Er nannte sie den »großen, weißen Teigklops«, was grausam war, aber auch witzig. Die viele freie Zeit als Geliebte hätte mir gefallen. Ich wollte ihn bei mir haben, das war alles. Wenn wir uns unterhielten, verspürte ich ständig den Drang, aufzustehen und ihn zu umarmen und ihn auf den Hals zu küssen. Aber ich tat es nicht. Jetzt glaube ich, ich hätte es tun sollen.

»Und was kommt jetzt?«, fragte er, als wir uns setzten, obwohl er genau wusste, was jetzt kam.

»Bergonzis Pussycat-Hostessenparadies«, antwortete ich.

»So hieß das Bordell also?«

Ich war beleidigt. »Es war kein Bordell, es war ein Hostessenclub.«

»Habe noch nie einen besucht«, sagte Chris. »Ich weiß nicht genau, was das ist.«

»Wusste ich vorher auch nicht. Aber ich hatte einen Job in einer Bar gefunden. Eigentlich war es ein Pub. Als Illegale ist es schwierig, anständige Arbeit zu finden. Man landet in Bars und Cafés, und in Läden, die Pakistanern und Zyperngriechen und solchen Leuten gehören, die sich nicht um das Gesetz kümmern. Oder bei reichen Leuten, die ein nettes Mädchen wollen, das sich um die Kinder kümmert und etwas putzt, das geht auch.

Jedenfalls stand ich in dem Pub in Clapham hinter der Theke, und wenn ich nicht gerade Drinks einschenken musste, hat sich ein Mann mit mir unterhalten. Er war nett. Er hatte eine goldene Krawattennadel und einen dicken, goldenen Ring am Finger. Er hat gesagt: ›Ein hübsches Mädchen wie du verschwendet in so einem Laden doch seine Zeit. Du verdienst bestimmt nicht viel, oder, Schätzchen?‹ Ich habe gesagt, es wäre nicht schlecht, und er meinte: ›Du könntest jede Nacht ein paar hundert verdienen und müsstest kaum was machen dafür.‹

›Was soll das denn sein?‹, habe ich gefragt, und er: ›Hostessenclub. Ein Kumpel von mir hat einen. Was die Mädchen da verdienen, das ist echt unglaublich. Und du musst einfach nur nett sein zu den Kerlen, die mal eine Pause von ihren Frauen zu Hause wollen.‹

Ich habe das falsch verstanden und gesagt: ›Glaubst du, ich will eine Prostituierte sein? Wenn du glaubst, ich will eine Nutte werden, dann verpiss dich.‹ Ich habe gelernt, wie man in London redet, siehst du?

Jedenfalls hat er gelacht und gesagt: ›Nein, nein, nein. Das ist so, sie kommen rein, und du redest mit ihnen, klar? Du interessierst dich für sie, klar? Dann kaufen sie Champagner. Das ist dein Job. Du bringst sie dazu, Champagner zu kaufen, klar? Und für jede Flasche bekommst du Provision. Diese Kerle spucken für jede Flasche eine Scheißkohle aus, entschuldige den Ausdruck, und du bekommst einen Anteil davon, und du wirst bezahlt, bevor du nach Hause gehst, bar auf die Hand. Es ist unglaublich, aber manche Typen zahlen locker ein paar Hunderter für eine Flasche Schampus.‹

›Dann sind sie dämlich‹, sagte ich, und er: ›Nee, eigentlich nicht, sie sind nur stinkreich oder verdammt einsam, und meistens beides.‹

Er hat noch ein Pint bestellt und gefragt: ›Und, hast du Interesse?‹

Ich fragte: ›Das ist aber keiner von diesen Läden, wo die Männer reingeschleppt werden, dann bekommen sie haufenweise Drinks und am Ende eine riesige Rechnung, oder? Ich habe gehört, dass man Ausländer damit reinlegt. Leute, die das Pfund nicht verstehen.‹

›Nein, Schätzchen, so was ist ein Nepplokal. Das hier ist ein Hostessenclub. Das ist was anderes. Aber es gibt einen Haken.‹

›Ach ja?‹, meinte ich. ›Welchen denn?‹, und er: ›Du musst dich als verdammtes Kätzchen verkleiden.‹

›Als Kätzchen?‹

›Ja, als ein verdammtes Kätzchen. Du weißt schon, Schwanz und Ohren und Schnurhaare, so was alles, und schwarze Netzstrümpfe und Pfennigabsätze.‹

›Tragen Katzen etwa Pfennigabsätze und Netzstrümpfe?‹, habe ich gefragt, und er hat gesagt: ›In London schon, Kleines. Sag nur, das haste noch nicht gemerkt?‹

Jedenfalls hat er mir eine Adresse in Soho gegeben und eine kurze Nachricht dazu, und er hat gesagt: ›Vor fünf Uhr brauchst du nicht hinzugehen.‹ Ich dachte: ›Ach, was soll's, es kann ja nicht schaden, sich das mal anzusehen.‹

Jedenfalls musste man von der Straße aus ein paar Stufen zu Bergonzis Pussycat-Hostessenparadies hochgehen, und es sah ziemlich schlimm aus, bis man das normale Licht ausgeschaltet und die farbigen Lichter angemacht hat. Es war fast wie dieses Haus, aber nicht so schlimm. Alles schmutzig und alt. Aber mit Rotlicht hat es nach Luxus ausgesehen. Eigentlich war es nur eine große Bar mit kleinen, niedrigen Glastischen und vielen Sofas und Sesseln, und rotem Teppich und Schaffellen, aber die waren nicht von echten Schafen, sondern nachgemacht, und man konnte sie in die Waschmaschine stecken. Es hat schal gerochen, weil nie jemand die Fenster aufgemacht hat.

Als ich dort angekommen bin, bin ich die Stufen raufgegangen, oben war eine Tür mit einem Gitter darin, und als ich geklopft habe, hat mich ein Mann durch das Gitter angesehen und gesagt: ›Verschwinde.‹

Ich sagte: ›Ich will mit Bergonzi sprechen. Bob schickt mich.‹

Also hat er mich reingelassen. Er war riesig, hat eine Fliege getragen und ausgesehen wie ein Gorilla, und so haben ihn auch alle genannt, und das hat ihn nicht mal gestört. Die Leute haben einfach gesagt: ›Hallo, Grill, wie geht's dir, Grill?‹, und das war in Ordnung für ihn. Geredet hat er nie viel, er hat nur die miesen Kunden rausgeschafft. Ich hatte nie viel mit ihm zu tun. Als Hobby hat er exotische leere Zigarettenschachteln gesammelt, die Gäste aus dem Ausland liegen gelassen haben. Alle haben gesagt, seine ganze Wohnung wäre voll davon. Jedenfalls hat Grill mich reingelassen, als ich gesagt habe, dass ich Bergonzi sprechen will. Dabei habe ich auch gesehen, wie deprimierend der Laden mit normalem Licht aussah. Aber er hatte immer noch ein kleines Becken mit einem Springbrunnen in der Mitte und jede Menge Plastikpflanzen, und überall hingen große Samttücher.

Bergonzi war in Ordnung. Er war ein italienischer Cockney. Das hat er jedenfalls gesagt. Er hat ausgesehen wie ein verdammter Mafioso, du weißt schon, weiße Schuhe, schwarzes Hemd und Hose, dunkel gebräunt, eine Sonnenbrille, die man drinnen nicht braucht, hübsche weiße Zähne.

Bergonzi hat mich angesehen und gesagt: ›Tja Puppe, bist ja ein Leckerchen.‹ Ich habe ihm die kurze Nachricht von Bob gegeben, er hat sie gelesen und gesagt: ›Guter alter Bob. Problem ist, wenn ich dich nehme, schulde ich ihm einen halben Riesen.‹

Das verstand ich nicht. ›Einen halben Riesen?‹

›Provision. Du kennst wohl unsere Sprache nicht, was?‹, fragte er, und dann: ›Weißt du, wie es in dem Laden hier läuft? Wenn du's nämlich nicht weißt und es dir nachher nicht gefällt, haben wir alle nur unsere Zeit verplempert.‹«

Ich fragte Chris: »Soll ich dir Bergonzi nachmachen? Alle Mädchen konnten das.« Chris sagte: »Klar«, also machte ich mich bereit. Ich stellte mich hin, mit leicht geschwellter Brust, und schob mir ein paarmal die nicht vorhandene Sonnenbrille hoch. Dann fing ich an.

»Na gut, Puppe, so sieht's aus, ganz einfach, 'n echter Spaziergang. Hier kommen 'ne Menge reicher Kerle rein, mit mehr Moos als Verstand. Und du musst nur nett zu denen sein, klar? Red mit denen, leg dich ins Zeug, damit die Champagner kaufen. Das is' nämlich das Geheimnis. Eine Flasche Champagner kostet den Gast neunzig Scheine, und ich zahle dir dreißig für jede Flasche, die der Gast wegkippt, klar? Du bist also meine kleine Verkäuferin.

Das sind die Clubregeln. Nummer eins: Eintritt nur für Mitglieder, Mitgliedschaft für ein Jahr fünfhundert Scheine, aber man kann für fünfzig Pfund einen Abend lang Mitglied werden, wenn man dumm und reich genug ist.

Das sind die Regeln für die Mädchen. Nummer eins: Keine verdammten Steuern, keine Sozialversicherung, Geld nur bar auf die Hand. Regel Nummer zwei: Kein verdammtes Rumgemache hier im Haus. Wenn du was nebenbei laufen lassen willst, ist das deine Sache, ein paar von den Mädchen machen das, die anderen nicht. Ich habe Schnecken hier, die verdienen jede Nacht ein paar Riesen, verstehste? Aber geh in ein verdammtes Hotel oder so was. Ich will das nicht wissen. Ich will nicht, dass mich die Bullen nachher für einen Luden halten.

Regel Nummer was-auch-immer: Trink so viel Schampus, wie reingeht, und schütte den Rest in die Pflanzen, wenn der Gast zum Klo geht. Und noch 'ne Regel: Auf keinen Fall besoffen werden, das ist peinlich, und dann wirst du gefeuert. Du musst unsere kleine Uniform tragen. Wir geben dir eine, aber die schwarzen Strümpfe und die Stöckelschuhe besorgst du dir selbst, und pass auf, dass dein Arsch damit schön sexy wackelt. Regel Nummer Dingens: Wenn du rauchst, dann was mit Klasse, hübsch und lang, weißer Filter, nettes kleines Goldbändchen. Keine Woodbines und auf keinen Fall diese Scheißselbstgedrehten.‹«

Als ich mich wieder setzte, sagte Chris: »Du hättest Schauspielerin werden sollen, das war ziemlich gut.«

»Na, jedenfalls hat Bergonzi mir zehn Pfund für die Schuhe und Strümpfe gegeben, dabei kannte er mich gar nicht. Er war nett, wirklich. Er hat gesagt: ›Ein Glück, dass es Bob gibt, die Mädchen hauen nämlich ständig ab und heiraten die verdammten Gäste.‹

Fast wäre ich nicht wieder hingegangen. Ich dachte, es wäre eine schlechte Arbeit für jemanden wie mich. Du weißt schon, ich hätte irgendwo in einer Uni sein müssen, nicht in einem miesen Club in einem Katzenkostüm. Es war ... wie heißt das?«

»Erniedrigend? Unter deiner Würde?«

»Ja, unter meiner Würde. Es war nur ein dummer Job, weißt du, nichts Wichtiges, aber ich dachte: ›Na gut, es gibt eine Menge Geld, und ich muss nicht lange bleiben, und es ist eine gute Möglichkeit, Englisch zu üben.‹

Am nächsten Morgen bin ich in die Oxford Street gegangen und habe Schuhe und Strümpfe gekauft, und ich habe mir die ganzen Läden mit den hübschen Sachen angesehen und gedacht: ›Du hast Glück, Roza, bald kannst du dir das kaufen.‹ Ich habe mir den Leicester Square und den Piccadilly angesehen, und die Buchhandlungen in der Charing Cross Road. Ich habe Zeit totgeschlagen, wie man so sagt. Und ich habe eine Pizza gegessen und einen Mann mit einem großen Schild gesehen, und auf dem Schild stand, dass man kein Fleisch essen soll, weil das Eiweiß einen wollüstig macht, und wenn man wollüstig ist, kommt man in die Hölle. Ich bin ihm etwas nachgelaufen, weil ich dachte: ›So jemanden habe ich in Jugoslawien nie gesehen.‹ Ich habe mir die Tauben auf dem Trafalgar Square angeguckt und ein paar Leuten zugehört, die auf den Stufen von St. Martin Geige und Gitarre gespielt haben, und dann ist ein blöder Polizist gekommen und hat ihnen gesagt, sie sollen weggehen, und alle, die zugehört haben, haben den Polizisten angeschrien und ihm gesagt, er soll sich verziehen, und das hat mir gefallen. In Jugoslawien sagt niemand einem Polizisten, er soll sich verziehen. Dann hat ein Hippie ein Bild von mir gemalt, auf dem Gehweg vor der Nationalgalerie, und er hat mich aussehen lassen wie einen Filmstar oder so was. Es war nett, ich habe einen ganzen Tag totgeschlagen.

Um halb zehn bin ich zum Club gegangen, und Grill hat mich reingelassen. Bergonzi hat mich begrüßt und mich dann einer dünnen Frau mit roten Haaren vorgestellt, die Val hieß, und diese Val meinte, sie wäre die Managerin und würde sich um die Mädchen kümmern. Nach einer Weile habe ich gemerkt, dass Bergonzi und Val eine Affäre hatten, und seine Frau wusste nichts davon.

Val war nett. Sie hat mir geholfen, das Kätzchenkostüm anzuziehen, und als ich in den Spiegel gesehen habe, wusste ich nicht, ob ich lachen oder wütend sein soll. Ich habe zu Val gesagt: ›Ich glaube, ich will das nicht machen.‹

Sie meinte: ›Echt lächerlich, was, Schätzchen? Wenn ich du wäre, würde ich einfach darüber lachen. Es gibt Schlimmeres; du könntest im Kongo Leprakranke vögeln oder in China Klos putzen.‹

›Ich komme mir dumm vor‹, habe ich gesagt, und sie: ›Du bist nicht dumm, nur die blöden Kerle, die das anmacht. Sag dir einfach: Dämlich sind nur die, und ich mache sie zu Idioten, wenn ich ihnen das Geld aus der Tasche ziehe. Ganz einfach.‹

Ich habe gesagt: ›Ich glaube, ich kann das trotzdem nicht‹, und Val meinte: ›Ach, versuche es bloß einmal. Wenn du es nicht verträgst, komm nicht wieder. Sollen wir dich jetzt schminken?‹ Und am Ende hatte ich große Katzenaugen und Schnurrhaare im Gesicht kleben.«

Chris lachte und sagte: »Du hast bestimmt sehr süß ausgesehen«, und ich antwortete: »Weißt du was? Ich habe dieses Katzenkostüm nachher richtig gemocht. Meines war schwarz mit einer weißen Vorderseite, und es hatte eine Art Kapuze mit Ohren, so dass man nur mein Gesicht gesehen hat. Es war sogar ziemlich bequem. Ich musste weiße Handschuhe tragen.«

»Meine Tochter habe ich mal als Eichhörnchen verkleidet«, sagte Chris. »Für eine Kostümparty. Sie hat so hinreißend ausgesehen, dass es kaum zum Aushalten war.«

»Wahrscheinlich war sie nicht über zwanzig«, sagte ich. »Jedenfalls habe ich nach einer Weile gemerkt, was der echte Vorteil von dem Kostüm war.«

»Was denn?«

»Es war eine gute Tarnung. So verkleidet konnte man sein, wer man wollte. Man konnte den Gästen den größten Scheiß erzählen. Wenn man seine normalen Sachen wieder angezogen hat, war es, als würde man sich die Hände waschen. Man ist mit einem freien Kopf nach Hause gegangen und war wieder normal. Das hat mir gefallen. Das Einzige, was ich nie mochte, waren die hochhackigen Schuhe. Ich hatte die ganze Zeit über wunde Füße, und das ist erst besser geworden, als ich weggegangen bin.«

»Wie waren denn die anderen Mädchen?«, fragte Chris.

»Nicht zu jung, aber auch nicht alt. Sie haben gestrahlt, als hätten sie sich zu lange poliert. Etwas zu dünn. Viele Ausländerinnen, so wie ich. Zwei von ihnen waren Junkies, und sie haben so genug Geld verdient, ohne auf den Strich zu gehen. Sie hatten schlimmen Narben auf den Armen, da waren die Katzenkostüme ein Glück. Viele haben für Geld die Gäste gevögelt. Eine war verheiratet, und ihr Mann hat sie hingeschickt, damit er zu Hause bleiben und Fußball gucken konnte. Viele hatten Kinder und keinen

Mann, und sie mussten nach Hause, damit sie die Kinder zur Schule bringen konnten, und dann sind sie wieder nach Hause gegangen und haben geschlafen. Weißt du, alle sind irgendwie am Boden gelandet und wussten nicht, wie sie wieder hochkommen sollen. Ich habe traurige Geschichten gehört, ständig traurige Geschichten. Ich war die Einzige, die keine traurige Geschichte hatte. Gott hatte mich noch nicht angeschissen. Er hat nur gewartet, das habe ich nachher gemerkt. Ein paar von ihnen waren klug, so wie ich, und ein paar hatten überhaupt keinen Grips. Viele sind nicht geblieben. Ich habe sie kennengelernt, und dann sind sie weggegangen. Es waren so viele Mädchen, und mit keinem bin ich mehr befreundet. Sie waren wie Vögel mit kaputten Flügeln, sie sind geblieben, bis ihre Flügel wieder ganz waren, und dann sind sie weggeflogen.«

»Und die Männer? Wie waren die?«

»Die Männer? Na gut, zwischen fünfunddreißig und sechzig. Reich. Beschissene frigide Ehefrauen, wenn man ihn geglaubt hat. Sie haben zu viel getrunken. Sie haben einem unglaublich intime Sachen erzählt, als wäre man ihr bester Freund oder ihr Psychiater. Die Netten sind oft gekommen, und dann gab's zur Begrüßung ein Küsschen auf die Wange, und irgendwann mochte man sie, und so sind viele Mädchen da weggekommen. Die Schlimmen, na ja, es gab ein paar Schlimme, die sich betrunken haben und laut wurden und Streit gesucht haben oder einem die Hand unter das Katzenkostüm schieben wollten, und wenn es zu schlimm wurde, hat Grill sie einfach rausgeworfen und ihnen das Eintrittsgeld hinterhergeschmissen, die Stufen runter. Meistens konnten wir sie so betrunken machen, dass ihnen schlecht wurde, und das war die beste Rache. Manchmal sind Gangster gekommen, und dann konnte Grill sie nicht rausschmeißen, weil sie vielleicht jemanden geschickt hätten, der den Club in die Luft jagt, deshalb hat Val ihnen was ins Glas geschüttet, und sie sind am nächsten Morgen auf dem Boden wach geworden und konnten sich an nichts erinnern.

Alles war in Ordnung, weißt du. Sechs Monate lang habe ich da gearbeitet, und ich hatte ein paar nette Gespräche und ein paar dumme, ich habe zu viel geraucht und zu viel Champagner getrunken, und ich mochte die Mädchen und Val und Bergonzi und viele von den Stammgästen. Es war eine kleine Familie. Nein, es war eine große Familie, du weißt schon, so eine Familie mit lauter Cousins, die ständig vorbeikommen, wie bei den verdammten Griechen. Es war ein seltsames Leben, Chris. Ich habe fast nie Tageslicht gesehen. Ich habe nur Müll gegessen, Chips und Sandwiches und so was, und ich habe den ganzen Tag geschlafen. Ich habe vergessen, dass es Bäume und die Sonne gibt. Ich habe viel gelacht, aber es ist nichts hängen geblieben, jeder Tag war gleich und nur ein bisschen anders. Ich weiß gar nichts mehr. Ich habe so viel Geld gemacht, so viel, und ich bin nie in die Läden gekommen, um es auszugeben. Und dann ist der große Scheißkerl gekommen.«

»Der große Scheißkerl?«

»Der große Scheißkerl.«

»Was ist passiert?«

»Er war so ein großer Kerl, jede Menge Geld. Er hat

nie gesagt, was er macht. ›Internationaler Geschäftsmann‹, hat er gesagt. Er war vorher nie da gewesen. Bergonzi kannte ihn nicht. Er zahlte gleich den Mitgliedsbeitrag für ein Jahr, fünfhundert Pfund. Er war sehr zufrieden mit sich, das war sicher. Er kam rein, als wäre er Mussolini oder sonst wer, als hätte er gerade den Nobelpreis für den tollsten Kerl überhaupt gewonnen.

Er ist an meinen Tisch gekommen und hat mich unterbrochen, als ich mich mit jemandem unterhalten habe, und er hat gesagt: ›Hallo, Mieze.‹ Er hatte einen komischen Akzent, ich weiß nicht, ob er Amerikaner war oder Südafrikaner oder Engländer aus einer Gegend, die ich nicht kannte. Er hat sich neben mich gesetzt, und der Mann, mit dem ich mich unterhalten habe, war ganz überrascht, aber am Ende ist er einfach aufgestanden und weggegangen und hat sich mit einem Mädchen aus Bulgarien unterhalten. Der große Scheißkerl hat gefragt: ›Und, woher kommst du?‹, und ich habe gesagt: ›Aus Jugoslawien‹, und er: ›Wo ist das denn?‹, und ich: ›Das ist eine kleine Stadt mitten in Frankreich, wo jeder Millionär ist und keiner Steuern bezahlt.‹ Er sagte: ›Ach, das wusste ich gar nicht.‹

Er hat mir von seinen Häusern erzählt und seinen Swimmingpools in verschiedenen Formen, und seinen zwei Bentleys und einem Daimler und einem Rolls-Royce, und seiner Kette von Burgerläden, und er hat mir von den ganzen berühmten Leuten erzählt, mit denen er befreundet war, und den ganzen schönen Frauen, die er hatte und die ihn alle zurückwollten. Jedenfalls habe ich ihn so betrunken gemacht, wie ich konnte, damit ihm schlecht wird. Und er hat diese dicken, schrecklichen Zigarren geraucht, die Bergonzi verkauft hat, und ihm ist trotzdem nicht schlecht geworden, und er hat weiter erzählt und mich angefasst, und die anderen Mädchen haben mich mitleidig angesehen, und dann war es irgendwann zwei Uhr morgens.

Ich bin zum Klo gegangen, und dann habe ich Bergonzi gesucht und gesagt: ›Hör mal, ich muss echt nach Hause. Ich kann diesen Mann nicht ausstehen, und es geht mir nicht besonders.‹

Er sagte: ›Tut mir leid, Puppe, aber du gehst nicht, bevor der Gast geht. So läuft das, das ist der Job.‹

›Ach, bitte, Gonzo‹, habe ich gesagt, und er: ›Nein, tut mir echt leid, Schätzchen, aber so läuft das nun mal.‹

Dann war es halb vier, und ich kam mir vor wie nach einer Ewigkeit in der Hölle, aber dann hat der große Scheißkerl gesagt: ›Du willst bestimmt gerne nach Hause, was, Mieze?‹, und ich sagte: ›Na ja, müde bin ich schon‹, und er: ›In Ordnung, ich auch. Ich werde jetzt auch gehen.‹ Dann hat er sich von Grill seinen Mantel geben lassen und ist gegangen. Ich bin noch mal zum Klo, und als ich rausgekommen bin, hat Bergonzi gesagt: ›Na gut, Schätzchen, jetzt ist nicht viel los, du kannst ruhig nach Hause gehen‹, und er hat mir das Geld für die Nacht gegeben, eine ganze Menge Geld. Direkt bevor ich gegangen bin, hat Bergonzi gesagt: ›Pass auf, wenn du draußen bist, hier treiben sich ein paar ziemlich miese Säcke rum.‹ Also bin ich rausgegangen, und da ist es passiert.«

»Was ist passiert?«

»Hör mal Chris, das ist nicht einfach, okay?«

»Du musst es mir ja auch nicht erzählen.«

»Irgendwem sollte ich es erzählen, Chris. Ich habe es noch nie jemandem erzählt, und es ist eine große Sache. Es sind viele große Sachen.«

»Erzähl mir einfach eine Sache, und vielleicht erzählst du mir dann später die nächste.«

»Na gut, ich bin runter zur Straße gegangen und habe einfach nur die Luft gerochen, weil alles frisch und feucht war, obwohl wir in Soho waren. Es hatte geregnet, als ich mich drinnen mit dem großen Scheißkerl unterhalten habe. Ich habe überlegt, ein Taxi zu nehmen, es war nämlich schön, ich konnte mir jede Nacht ein Taxi leisten. Ich dachte, auf dem Leicester Square finde ich bestimmt eins, kein Problem.

Ich bin gerade losgegangen, da ist eine große, schwarze Limousine gekommen, und sie ist langsamer geworden, und drinnen saßen zwei Männer. Einer ist gefahren, der andere saß hinten, und sie ist direkt neben mich gekommen, und dieses elektrische Fenster ist runtergefahren, und hinten im Auto hat der große Scheißkerl gesessen und mit den Fingern und seinen Goldringen gewackelt und gesagt: ›He, Mieze, rate mal, wer mit auf eine Spritztour kommt.‹«

»Ach du Scheiße«, sagte Chris.

23
Das Gefängnis

Sie verlor die Hoffnung, obwohl sie die Tochter
eines Partisanen war.

Endlich hatte ich die fünfhundert Pfund zusammengespart. Sie steckten in ihrem Briefumschlag, in der Brusttasche meiner Jacke. Ab und zu nahm ich sie heraus und sah sie mir an und widerstand der Versuchung, das Geld noch einmal zu zählen. Das hatte ich schon einige Male gemacht und dabei mehrere Briefumschläge verbraucht. Es waren mit Sicherheit fünfhundert Pfund. Sie verschafften mir ein seltsam beruhigendes Gefühl. Theoretisch besaß ich jetzt genug Geld, um mit Roza zu schlafen, wenn sie so was noch gemacht hätte.

Ich hätte es für eine andere Frau aus einem Laden wie Bergonzis Pussycat-Hostessenparadies ausgeben können, aber das wollte ich nicht, egal, wie einsam und sexuell ausgehungert ich war. Nach so vielen Jahren Ehe mit dem großen, weißen Teigklops glaubte ich nicht mehr, dass eine Frau irgendetwas an mir anziehend finden konnte, mein Mund war voller Staub, ich besaß keinerlei Selbstbewusstsein, und trotzdem zielten meine Träume auf Roza. Ich wusste, dass sie mich mochte, aber ich war mir nicht sicher, auf welche Art. Ich hatte Angst, das Thema anzuschneiden, falls ihre Zuneigung rein platonisch war, wie die Mädchen in meiner Jugend gesagt hätten. Die Enttäuschung hätte ich nicht ertragen.

Etwa zur gleichen Zeit erzählte Roza mir von dem Schlimmsten, was sie je erlebt hatte, davon, wie der »große Scheißkerl« und sein Komplize sie entführt hatten.

Die beiden Männer zwangen sie in ihr Auto, und der Mann, den sie den »großen Scheißkerl« nannte, saß mit ihr hinten, in der Hand ein Messer. Sie hatte das Gefühl, sie wären mindestens zwei Stunden lang mit ihr herumgefahren, aber es war immer noch dunkel, als sie irgendwo ankamen und sie aussteigen sollte.

Die Männer brachten sie ein paar Stufen hinunter in eine Art Keller mit Möbeln. Es gab sogar eine Dusche und eine Toilette, aber keine Fenster, und die Tür am oberen Ende der Treppe war verschlossen. An die Tür waren Stahlbleche genagelt. Roza glaubte, dass der große Scheißkerl und sein Freund den Keller extra für so etwas hergerichtet hatten, dass sie das als eine Art Hobby betrieben. Sie sagte, wenn man genau hinsah, konnte man Stellen sehen, an denen Blut weggewischt worden war, und Risse in den Möbeln. Es gab eine Lampe, die man nur ausmachen konnte, wenn man auf einen Stuhl stieg und die Birne herausdrehte.

Roza sagte, sie hätte weder um sich getreten noch geschrien oder sich gewehrt, weil sie eine Art Fatalismus überkommen habe, eine Mischung aus Fatalismus und schrecklicher Angst, die sie lähmte. Ich war noch nie in so einer Lage. Ich würde gerne glauben, dass ich kämpfen würde, aber vielleicht würde ich es nicht tun. Bevor es einem selbst passiert, weiß man nie, wie man reagieren würde. Ich weiß noch, wie ich einmal beim Wandern ein blindes Kaninchen gefunden habe; es wusste, dass ich neben ihm stand, aber es wusste nicht, was ich war. Es hatte solche Angst, dass es nichts tun konnte, deshalb hockte es sich einfach in das Gras neben dem Weg. Es legte den Kopf auf den Boden, so wie die Adligen in Filmen über Elisabeth I. den Kopf auf den Richtblock legen, und wartete darauf, dass ich es tötete. Ich streichelte ihm die Nase und sagte etwas, um es zu beruhigen, und dann hob ich es hoch und brachte es weiter weg vom Weg. Während ich das Kaninchen trug, strampelte es, aber als ich es absetzte, verfiel es wieder in dieses Warten auf den Tod. Ich glaube, bei Roza war es genauso. Sie verlor die Hoffnung, obwohl sie die Tochter eines Partisanen war. Sie sagte, sie hätte herausgefunden, dass sogar Atheisten beten, wenn sie verzweifelt sind.

Sie behielten sie vier Tage lang dort und gaben ihr nur Sandwiches und Schokolade mit Nüssen zu essen. Sie waren nicht nur Vergewaltiger. Roza zeigte mir eine Brandnarbe auf ihrem Oberarm von der Größe eines Shillings und sagte: »Sie haben keine Zigaretten ausgedrückt, wie normaler Folterer, bei ihnen war es eine Zigarre.«

Außer den Vergewaltigungen und den anderen sexuellen Erniedrigungen schlugen die Männer sie, sie schnitten und bissen sie sogar. Am Hals hatte sie Blutergüsse in der Form von großen Fingerabdrücken, weil sie ihr die Kehle zudrückten, bis sie ohnmächtig wurde, und an Handgelenken und Knöcheln waren rote Ringe, weil die Männer sie gefesselt hatten. Sie sagte, sie sei überall verletzt gewesen, aber ihre Entführer hätten sich besonders auf die Regionen konzentriert, die man erwarten würde. An dieser Stelle wollte ich keine weiteren Details hören.

Anfangs war ich beim Zuhören entsetzt und fassungslos, aber es wurde bald schlimmer. Mir war so schlecht, dass ich den Tee, den sie für mich gekocht hatte, nicht trinken konnte. Dann fing ich an zu zittern. Sie sagte: »Chris, du bist ja ganz blass, geht es dir gut?«

Ich wollte etwas sagen, aber es war unmöglich. Ich dachte an die schrecklichen Dinge, die sie erlitten hatte, und es brach mir das Herz.

Ich weinte zum ersten Mal, seit ich ins Krankenhaus gefahren war und feststellen musste, dass mein Bruder schon gestorben war und ich zu spät kam.

Mir liefen dicke Tränen über das Gesicht, ich konnte sie nicht zurückhalten. Ich hatte die Teetasse in der Hand, und ein paar Tränen fielen hinein. Ich kam mir lächerlich vor, aber ich war überwältigt.

Roza sah mich nur einen Moment lang an, dann hörte sie auf zu reden. Sie kam zu mir und nahm mich in die Arme, und das ließ mich noch stärker weinen, als hätte der Kontakt das ganze qualvolle Mitleid freigesetzt. Sie stellte sich hinter den Sessel und ließ den Kopf neben meinen sinken. Ich spürte ihr dickes, seidiges Haar und roch ihren vertrauten blumigen Duft, eine Mischung aus Seife, Gesichtscreme und Parfüm. Dieses wunderbare Gefühl, als sie mich wie eine Mutter oder eine Schwester in den Arm nahm, ihre Wange an meiner, werde ich nie vergessen. Manchmal frage ich mich, ob sie auch weinte. Ihr Gesicht war feucht, aber die Tränen stammten wahrscheinlich von mir. Sie drückte mich ganz fest und wiegte mich leicht hin und her. Sie sagte: »Oh Chris, es tut mir leid. Es tut mir so leid. Bitte, es tut mir leid.«

Danach habe ich ewig nach Literatur über die psychologischen Auswirkungen von Vergewaltigung gesucht. Ich wollte verstehen, wie es sein mochte, Roza zu sein. Ich meine, ich hatte keine Ahnung.

Komisch ist, dass ich kaum etwas fand, es gab überhaupt keine Informationen darüber. Ich nahm Kontakt zu einer Gruppe namens WAR auf, aber das brachte nicht viel. Dass ich ein Mann war, half auch nicht gerade, wahrscheinlich hielten sie mich für einen Perversen. Dann fand ich schließlich das Buch von diesem Mädchen, das in einem Pfarrhaus vergewaltigt wurde. Ich las es zwei Mal, aber ich war mir nicht sicher, dass es mir etwas nutzte, weil Roza nicht gerade eine Pfarrerstochter war.

24
Nach dem großen Scheißkerl

Ich bin nachmittags immer weinend aufgewacht.

Es tat mir sehr leid, dass Chris so geweint hatte. Ich hätte nicht gedacht, dass es ihn so mitnehmen würde. Ich weine oft vor Mitleid, wenn ich im Fernsehen einen Bericht über eine Katastrophe sehe, und manchmal weine ich vor Glück, wie bei der Hochzeit von Prinzessin Anne, und als ich hörte, dass Juan Carlos König von Spanien geworden ist. Nicht, dass ich Könige besonders mag oder so was, ich freute mich einfach für sie. Vielleicht bin ich komisch.

Aber davor hat nie jemand hemmungslos geweint, wenn ich ihm eine traurige Geschichte von mir erzählt habe. Durch seine Tränen fühlte ich mich sehr schuldbewusst und unwürdig, ich dachte sogar, mit mir würde vielleicht etwas nicht stimmen, weil ich an seiner Stelle wahrscheinlich nicht so geweint hätte. Ich hatte erwartet, dass er wegen des großen Scheißkerls wütend wird, dass er schockiert ist, aber ich hätte nie erwartet, dass er weint. Dem Bob Dylan oben habe ich einmal die gleiche Geschichte erzählt, und er ist nur auf und ab gelaufen und hat geflucht und gesagt, er würde diesem Mann gerne die Kehle rausreißen, er würde ihm die Eier abschneiden und ihn zwingen, sie zu schlucken und nachher die Scheiße zu fressen, wenn er sie ausscheißt. Das brachte mich zum Lachen, weil er mir am Anfang erzählt hatte, er wäre Pazifist. Aber

211

Chris habe ich nachher in den Arm genommen, als wäre er ein kleines Kind, und er tat mir leid, weil ich ihm so leidtat. Ich habe sogar selbst ein bisschen geweint.

Nach einer Weile beruhigte er sich wieder, und ich kochte ihm eine Tasse Tee, dieses Mal auf britische Art, zu stark mit Milch und Zucker. Nachdem er den Tee getrunken hatte, ging es ihm viel besser, und dann musste ich ihm weiter die Geschichte erzählen, während er mich ganz trostlos ansah und ich mir vorkam wie eine Kriminelle.

Ich erzählte ihm, der große Scheißkerl und sein Freund hätten mich zurück nach Soho gebracht und mich um drei Uhr morgens aus dem Auto geworfen. Ich ging zum Pussycat-Hostessenparadies, weil ich nicht wusste, was ich sonst machen sollte. Es wurde gerade ruhiger im Laden, aber ein paar Leute waren noch da, und als ich die Treppe hinaufging, sah der Gorilla mich an und sagte: »Was zum Teufel ist mit dir passiert?« Das war der längste Satz, den er je zu mir oder jemand anderem gesagt hatte.

Bergonzi sagte: »Ach du Scheiße, Puppe, was ist denn mit dir passiert?«, und Val sagte beinahe das Gleiche. Dann gaben sie mir eine Schüssel Chips und ein Glas Champagner, und ich erzählte ihnen von dem großen Scheißkerl und seinem Freund. Val war sehr lieb zu mir, sie sagte: »Wir haben uns echt Sorgen um dich gemacht, Schätzchen.« Bergonzi sagte, es gäbe immer mal wieder Männer, die es auf Mädchen aus Hostessenclubs abgesehen hätten, weil die nachher nie zur Polizei gingen. Er fragte: »Wie haben sie ausgesehen, Schätzchen?«, und das Komische war, dass ich es nicht mehr wusste. Alle versuchten, sich von seinem Besuch im Club her an den großen Scheißkerl zu erinnern, aber es kommen zu viele Leute, als dass man sich länger als ein, zwei Tage an sie erinnern könnte. Komischerweise konnte der Gorilla sich erinnern, er zeichnete sogar ein ziemlich gutes Bild. Val sagte: »Verdorrich, wer hätte das gedacht? Grill hat Talent. Den seh ich ab jetzt mit ganz anderen Augen.« Bergonzi machte Kopien und sagte, er wollte sie an die anderen Clubs schicken. Ob das jemals etwas gebracht hat, weiß ich nicht.

Chris fragte: »Und was hast du dann gemacht? Du bist doch nicht im Club geblieben, oder?«

Ich antwortete: »Doch, bin ich. Val und Bergonzi haben mich ein paar Tage lang in ihrer geheimen Wohnung bleiben lassen, und Val hat sich wirklich nett um mich gekümmert. Sogar Bergonzi hat mir Tabletts mit Essen gebracht, aber mit Sachen, die man von einem Mann erwarten würde. Du weißt schon, ein Stück Käse, ein Stückchen Kuchen, etwas Schinken aus der Dose und ein Apfel mit Schrumpeln.«

»Ich hätte mir Nachtclubbesitzer gar nicht nett vorgestellt«, sagte Chris, und ich: »Du kennst auch keine.«

Er fragte: »Aber warum bist du nach allem, was dir passiert ist, im Club geblieben?«, und ich sagte: »Weil das meine Familie war. Ich hatte sonst niemanden. Das waren die einzigen Menschen, die ich kannte, und sie mochten mich, und ich mochte sie. Es war eine eigene kleine Welt, ganz anders als alle anderen Welten. Ich habe mein Katzenkostüm angezogen und viel geraucht und Champagner getrunken und Männern Mist erzählt, ich habe mit Val und den Mädchen gelacht, und ich konnte die Welt ewig von mir wegschieben. Danach habe ich mich oft gewaschen, weißt du. Zigarren kann ich immer noch nicht ausstehen. Nachmittags bin ich oft weinend aufgewacht. Ich hatte schlimme Träume, wieder und wieder, immer die gleichen schlimmen Träume. Ich bin wach geworden, habe ein paar Zigaretten geraucht und bin dann wieder eingeschlafen. Vielleicht wasche ich mich immer noch zu viel. Jedenfalls sind noch andere schlimme Dinge passiert, und Val hat mir geholfen.«

»Ach«, machte Chris.

»Val hat mich in die Klinik für Geschlechtskrankheiten gebracht, und das war überhaupt nicht schön. Ein scheußlicher Laden mit schäbigen Postern an den Wänden. Jedenfalls war es in Ordnung, ich hatte keine Krankheit, aber dadurch ging es mir auch nicht besser. Und dann kam raus, dass ich schwanger war.«

»Du warst schwanger? Scheiße.«

»Ja. Vergewaltiger kümmern sich nicht um Gummis.«

»Was hast du dann gemacht?«, fragte Chris, und ich sagte: »Na ja, Val hat mir eine Abtreibung besorgt.«

Chris sagte nur: »Mein Gott«, und ich: »Weißt du, irgendwann bekomme ich ein Kind von einem netten Mann, und ich hoffe, dass das gleiche Kind wiederkommt, aber dann mit einem netten Vater; ich habe mich wegen dieses Kindes immer mies gefühlt.«

»Du wärst eine gute Mutter«, sagte Chris. »Der Vater hätte wirklich Glück.«

Ich war sehr gerührt und hielt kurz seine Hand. Er sagte: »Eigentlich bin ich nicht für Abtreibung, aber dann hört man solche Geschichten.«

Ich sagte: »Keiner will als Kind von einem Vergewaltiger groß werden. Das wäre ein Fluch. Und wenn das Kind es im Blut hat? Na, jedenfalls war ich nachher ewig krank.«

»Du warst doch nicht bei einer Engelsmacherin, oder?«

»Nein, nein, Val hat für ein richtiges Krankenhaus und alles gesorgt. Da waren alle nett zu mir, es war sauber, und es waren viele Mädchen da, denen es allen leidtat. Aber irgendwann habe ich mitten auf der Straße angefangen zu bluten. Überall war Blut, es ist mir die Beine runtergelaufen. Deshalb mag ich Schwarze, ein schwarzer Mann ist nämlich zu einer Telefonzelle gegangen und hat einen Krankenwagen gerufen.«

Chris sah mich leicht ungläubig an und sagte: »Du kannst doch nicht eine ganze Gruppe von Menschen mögen, nur weil einer von ihnen nett zu dir war.«

Ich sagte: »Wieso, ich hasse auch Bosnier, weil einer von ihnen scheußlich zu mir war«, und er: »Ich finde, du solltest größere Stichproben nehmen.« Ich wusste, dass er recht hatte, aber so bin ich nun mal. Ich sagte: »Magst du Schwarze denn nicht?«, und er: »Ich kenne kaum welche. Ich kenne nur Asiaten, weil von denen viele Ärzte werden und Arzneimittel kaufen.«

»Na, jedenfalls ging es mir nach einer Weile wieder besser, und ich war wieder im Club, und dann kam mir diese Idee, dass ich den großen Scheißkerl und den anderen Mann umbringen wollte. Ich bin sie einfach nicht mehr losgeworden. Ich war richtig besessen davon.«

»Das verstehe ich«, sagte Chris. »Aber könntest du wirklich jemanden umbringen?«

Ich sagte: »Komm schon, du weißt doch, was ich bin«, und er lachte und sagte: »Ja gut, du bist die Tochter eines Partisanen.«

Ich sah ihn an und sagte: »Das ist mein Ernst. Ich wollte sie umbringen. Ich habe mir Schuhe besorgt, die zu groß waren, und lange Handschuhe bis zum Ellbogen und ein schwarzes Kleid, und dann bin ich auf den Markt gegangen und habe ein perfektes Messer gekauft.«

»Ein perfektes Messer?«

Ich bückte mich und hob meine Handtasche hoch. Dann holte ich das Messer heraus und zeigte es ihm. »Pass auf, das Messer ist sehr scharf. Ich habe es von einem Koch aus Zypern schleifen lassen, den ich mal kennengelernt habe. Von dem habe ich dir nie erzählt. Ich habe gesagt, es wäre für Fleisch.« Es war ein Filetiermesser, eines von diesen hübschen Sabatier-Messern mit schwarzem Griff und Nieten. Chris hielt es in der Hand und betrachtete es, und ich sagte: »Angeblich ist es so scharf, dass man sich damit rasieren könnte.« Er probierte es an den Haaren auf seinem Handrücken aus und sagte: »Mein Gott, Roza, nimmst du das wirklich überallhin mit? Und du hast sogar eine kleine Messerscheide dafür.« Als er es mir zurückgab, sagte er: »Ich passe lieber auf, dass ich dich nicht verärgere. Aber du hast es nie benutzt, oder?«

Ich zögerte. Ich war stark versucht, ja zu sagen. Schließlich wäre es sehr lustig gewesen, Chris zu erzählen, ich wäre eine Mörderin. Aber ich sagte: »Er ist nie wieder in den Club gekommen. Ich dachte, wenn er zurückkommt, könnte ich ihn vielleicht betrunken machen und irgendwohin bringen, vielleicht unter einen Torbogen im King's

Cross oder in ein leeres Lagerhaus in Deptford oder so was. Ich hätte gesagt, wir würden zu mir gehen, und ich würde ihn dazu bringen, vor Lust zu schreien, solche Sachen. Jedenfalls hat mein Vater gesagt, dass man einem Menschen ein Messer nie zwischen die Rippen stechen soll, weil die Rippen wie Federn sind und man das Messer nicht wieder rausziehen kann. Ich wollte ihn unter den Rippen erwischen und es ihm direkt ins Herz stechen, so etwa.« Ich zeigte ihm, wie ich von unten her zustoßen wollte.

»Willst du ihn immer noch umbringen?«

»Das ist nur ein Traum«, sagte ich. »Wahrscheinlich hat ihn schon jemand anders umgebracht.«

»Es tut mir so leid, was dir passiert ist«, sagte Chris, und wieder wurden seine Augen feucht.

»Weißt du was?«, fragte ich. »Als ich nach der ganzen Sache zurück ins Pussycat-Paradies gegangen bin, habe ich meine Handtasche aufgemacht und gesehen, dass der große Scheißkerl viel Geld reingelegt hatte.«

Chris wirkte verwirrt. »Wie seltsam.«

Ich sagte: »Das ist nicht seltsam. So kauft man sich Unschuld. Du tust so, als würdest du Lohn für einen Dienst bezahlen.«

»Na ja, daran hätte ich nicht gedacht«, sagte er, und ich: »Mit einem Teil davon habe ich das Messer gekauft.«

Er faltete die Hände, beugte sich vor und wiederholte: »Mir tut so leid, was dir passiert ist.«

Ich dachte: »Ach, Chris, du bist so süß. Was tue ich dir nur an?«

Laut sagte ich: »Ist dir nichts aufgefallen? Bei deinen letzten beiden Besuchen? Irgendeine Veränderung?«

Er wirkte ratlos, und schließlich sagte ich richtig triumphierend: »Komm schon, Chris! Ich habe aufgehört zu rauchen, weil du gesagt hast, du kannst es nicht ausstehen.«

»Du hast aufgehört zu rauchen? Einfach so? Herzlichen Glückwunsch! Ich bin unglaublich beeindruckt … und es tut mir leid, dass es mir nicht aufgefallen ist. Du konntest es bestimmt kaum abwarten, es mir zu erzählen.«

»Na ja, vielleicht war ich nicht ganz so abhängig, wie ich dachte. Jedenfalls habe ich gemerkt, wie schlimm es für dich war. Und ich fand es mittlerweile langweilig. Weißt du, ich habe zu viel herumgesessen und Kaffee getrunken, und ich habe ein komisches Gefühl in der Brust bekommen. Ich fand mich selber langweilig. Ich hatte meine eigene Gesellschaft satt, mit dem ganzen Kaffee und dem Rauchen. Jetzt werde ich einfach fett.«

»Mir würdest du fett jedenfalls gefallen«, sagte Chris.

Als er zu seinem Termin mit Dr. Singh fuhr, umarmten wir uns lange an der Tür, und ich spürte, wie sein ganzes Mitleid aus ihm strömte. Ich dachte, was ist er doch für ein netter Mann. Dann ging ich wieder ins Haus, setzte mich vor den Ofen und träumte mit offenen Augen von ihm.

25
Hostess

Genau wie alle anderen,
alle warten auf Wunder.

Ich ging direkt nach dem Tennisturnier in Wimbledon wieder hin. Ich weiß noch, dass ich ein wenig traurig war, weil Chris Evert gerade gegen Martina Navratilova verloren hatte. Aber nur deshalb, weil Chris Evert ziemlich hübsch war. Sonst wäre es mir egal gewesen. Ich weiß seit langem, dass ich recht oberflächlich bin, aber ich habe mich damit abgefunden. Ich tröste mich mit dem Gedanken, dass wahrscheinlich alle Menschen oberflächlich sind.

Es war ein Montag. Man sollte gar nicht glauben, dass ich das nach den vielen Jahren noch weiß, aber ich kann mich daran erinnern, weil meine Tochter wieder mal am Autoradio herumgespielt und einen Popsender eingestellt hatte, und da sang irgendein Mann gerade: »Tell me why I don't like Mondays«, und ich dachte: »Weil jeder diese verdammten Montage hasst, darum.« Ich schätze, selbst vornehme Müßiggänger mögen Montage nicht. Wahrscheinlich nicht einmal die Königin.

Aber für mich war dieser Montag ganz gut, weil ich Roza mit einem dicken Strauß Chrysanthemen besuchen wollte.

Wie üblich öffnete der Bob Dylan oben die Tür. Die hübsche, kleine Blondine war bei ihm, und ich dachte: »Hat der ein Schwein.« Die Blondine war diese Sarah, die ihren saufenden Holländer betrog, und der Bob Dylan oben fand das alles sehr kompliziert. Trotzdem dachte ich: »Hat der ein Schwein.«

Bei diesem Treffen erzählte Roza mir, wie sie dazu gekommen war, sich zu verkaufen. Ich frage mich oft, wie Leute zu dem kommen, was sie tun. Wie wird man Besitzer eines Süßwarenladens oder Finanzbeamter? Und wo wir schon dabei sind, wie wird man Vertreter für Medizinbedarf? Na ja, zuerst mal legt man seine Träume auf Eis. Und dann gibt man sie, ohne es zu wollen, ganz auf und vertrödelt sein Leben, bis der Tod einen holt, und bei der letzten Gelegenheit dazu blickt man zurück und sieht hinter sich nichts als Leere.

Roza stellte die Blumen in eine Vase und kochte Kaffee. Sie sagte: »Weißt du, es hat lange gedauert, bis ich wieder mit jemandem geschlafen habe. Es ist noch schwieriger, wenn man oft vergewaltigt wurde. Ich hatte Erinnerungen, die plötzlich zurückkamen, sogar, wenn es mir Spaß gemacht hat.

Mein erster Mann kam aus der Ölbranche, ein Amerikaner namens Joe. Er war nett. Er ist nur meinetwegen in den Club gekommen, und er war immer gut zu mir. Er hat gesagt, seine Ehe wäre die Wüste von Arizona. Die übliche Geschichte, ich habe sie so oft gehört. Er war einsam und nicht sehr glücklich, und als ich mit ihm geschlafen habe, ging es nicht um das Geld, sondern um Trost. Es ging auch nicht um Sex. Es war einfach schön, jemandem nahe zu sein und nachher miteinander im Bett zu liegen. Aber er hat mir viel Geld gegeben. Er sagte: ›Hör mal, Prinzessin, das ist keine Bezahlung, das ist Dankbarkeit, und außerdem liebe ich dich. Wären die Kinder nicht da, würde ich mit dir hingehen, wohin du willst.‹ Dann wurde er nach Saudi-Arabien geschickt, und er hat mir ein indisches Goldarmband geschenkt und gesagt, er würde zurückkommen und mich jedes Mal besuchen, wenn er in London ist. Als wir uns das letzte Mal gesehen haben, um uns zu verabschieden, hat er geweint, und danach habe ich ihn nie wieder gesehen. Ich glaube, ihm ist vielleicht etwas passiert, er war kein Mann, der einfach verschwindet. Er war ein guter Mann, das habe ich gemerkt.

Danach habe ich nicht einfach mit jedem Mann geschlafen. Ich habe die genommen, die ich mochte. Es war nicht wie draußen auf der Straße, wo man mit jedem mitgehen muss, der im Auto anhält. Weißt du, es hat mir gefallen, wenn diese ganzen reichen Männer mich so sehr wollten, und viele haben gesagt: ›Komm mit mir, weg von hier‹, genau wie im Kino, aber ich wollte den Club nicht verlassen. Val und Bergonzi waren wie meine Eltern, und nach einer Weile war der Club wie mein Zuhause, und außerdem habe ich keinen von den Männern genug geliebt, um mit ihnen für immer wegzugehen, und mittlerweile brauchte ich den Champagner. Es war nicht wie mit Alex oder sogar mit Francis oder Joe.«

Ich fragte: »Hattest du denn nie Angst?«, und Roza antwortete: »Ich hatte immer das Messer in meiner Handtasche. Ich hätte zugestochen, wenn jemand grob geworden wäre. Das hat mir Selbstvertrauen gegeben.«

Ich sah Roza an, wie sie mir zulächelte, und fragte mich, ob sie das wirklich tun würde. Zuerst konnte ich mir kaum vorstellen, wie sie jemandem ein Messer in den Leib stach,

Partisanentochter hin oder her, aber wenn ich etwas länger darüber nachdachte, wirkte es nur zu glaubhaft.

Roza sagte: »Weißt du, am Ende habe ich gemerkt, dass ich korrupt geworden war. Wenn ich Männer angesehen habe, ging es mir nur darum, wie viel Geld sie mir geben würden, und ich habe nicht einmal mehr darüber nachgedacht, ob ich sie mochte. Manche Männer waren ganz komisch, sie hatten seltsame Vorstellungen. Sie wollten, dass man sie anpisst oder schlägt, oder man sollte sich als Polizistin verkleiden oder sie wie einen kleinen Hund an der Leine behandeln. Mein Leben wurde immer sonderbarer, und ich hatte diese Truhe, in der immer mehr Geld lag, ich konnte es kaum glauben. Die Truhe unter meinem Bett meine ich, das schwarze Metallding mit der roten Schrift oben drauf.«

Ich sagte: »Erzähl mir so was bitte nicht mehr. Das solltest du nicht tun. Du solltest es niemandem erzählen.«

»Warum soll ich es dir nicht erzählen?«

»Weil ich die Versuchung nicht will. Ich will es nicht mal wissen. Du solltest nicht so dumm sein, irgendwem davon zu erzählen.«

»Ich habe es dem Bob Dylan oben erzählt«, sagte Roza, »sonst keinem.«

»Aber das hättest du nicht tun sollen. Du solltest es besser wissen.«

»Außer einem Fernseher habe ich nichts gekauft«, sagte Roza, als wollte sie das Thema wechseln. »Ich könnte beinahe alles kaufen, aber ich habe nur einen Fernseher gekauft, damit ich davor rauchen kann.«

»Hast du auch mit wem Berühmten geschlafen?«, fragte

ich. Ich war neugierig, obwohl ich das Gefühl hatte, mir würde Blei im Magen liegen. Diese Übelkeit war der Preis für meine Neugier.

»Wahrscheinlich schon«, antwortete sie, »aber ich wusste nicht, wer berühmt war und wer nicht. Viele Männer erzählen einem nicht, wer sie sind. Vielleicht hatte ich Politiker und Adlige. Ich weiß es nicht. Außerdem vergisst man sie nach einer Weile. Mick Jagger oder Prince Charles hatte ich nie. Daran könnte ich mich vielleicht erinnern. Auf jeden Fall hatten alle Männer beschissene Ehefrauen. Ich habe wegen des Geldes weitergemacht. Ich habe mehr verlangt als die anderen Mädchen. Es hat mir ein gutes Gefühl gegeben, mehr zu verlangen. Und die Komplimente haben mir gefallen. ›Du bist so schön, du bist so interessant, du bist so klug, wenn ich dir zehntausend Pfund gebe, schläfst du dann ein Jahr lang nur noch mit mir? Ich liebe dich, du bist so toll im Bett‹, und immer wieder: ›Du bist so schön.‹ Es tut gut, so was zu hören, wenn man vielleicht zu viel Champagner getrunken hat und wenn in seiner Brieftasche fünfhundert Pfund stecken, und du denkst: ›Warum eigentlich nicht?‹«

»Warum hast du dann aufgehört?«

»Es hat mir gereicht, das ist alles. Es war so weit, dass ich mich an nichts erinnern konnte. Ich habe in einem sehr langweiligen Traum gelebt, in dem nie etwas passiert ist und nie wieder etwas passiert wäre. Die Zeit ist vergangen, weißt du, und es war alles wie Nebel. Ich bin morgens um fünf ins Bett gegangen und nachmittags um fünf aufgestanden. Im Winter habe ich nie die Sonne gesehen. Ich wusste nicht mehr, wie manche Sachen aussehen. Ich habe mir den Kopf zerbrochen, bis ich mich an einen Fluss erinnern konnte. Ich habe Sandwiches gegessen und geraucht und Kaffee getrunken, bis es Zeit war, zu Bergonzi zu gehen. Dass es Frühling war, habe ich nur gemerkt, weil in seiner Vase Osterglocken standen. Ich hatte noch eine Abtreibung; manche Männer haben mir doppelt so viel gezahlt, wenn ich es ohne Gummi gemacht habe, und das hat mir ein paar Probleme eingebrockt, und ich musste mit Val losgehen und es regeln. Nach der zweiten Abtreibung habe ich es nicht mehr ertragen, kleine Kinder zu sehen. Das hat mir innerlich wehgetan, so wie es wehtut, wenn einem jemand in den Bauch schlägt. Ich weiß das, weil Männer vom Alkohol manchmal grob werden und es mein Job war, sie mit Champagner abzufüllen.

Ich wusste nicht, ob mein Leben zu schnell oder zu langsam abläuft. Manchmal war es langsam, wie bei einer Beerdigung, aber die Zeit ist einfach verschwunden. Ich hatte keine Ideale mehr, und ich habe nichts Neues mehr gelernt. Am Ende war ich von mir enttäuscht.

Dann bin ich irgendwann früher wach geworden, vielleicht nachmittags um drei, und habe gesehen, wie die Sonne auf die kleinen Staubteilchen in der Luft scheint. Es war nur ein einziger Sonnenstrahl, aber er war wunderschön. Und plötzlich wollte ich Sonnenblumen sehen, und die Schneestürme, wenn die Kirschblüten von den Bäumen geweht werden. Ich dachte an Tascha und Fatima und fragte mich, was die beiden wohl machten, und ich dachte an meinen armen Vater.

Ich habe mich bei offenem Vorhang vor den Spiegel gestellt, weil ich sehen wollte, was ich bin, und ich habe mir diese Roza sehr genau angesehen. Ich war ganz dünn und weiß, wie die Mädchen im Club, die es für Heroin gemacht haben. Ich habe mein Gesicht berührt, es hat sich angefühlt wie Papier, und mir sind gerade ein, zwei graue Haare gewachsen. Neben dem Mund und den Augen hatte ich dünne Falten, und sie sind nicht verschwunden, wenn ich aufgehört habe zu lächeln. Ich habe daran gedacht, wie schön und gesund ich nach der Reise mit Francis war.

Dann habe ich mich vor den Spiegel gesetzt und mit mir selbst geredet. ›Roza, du bist eine dumme Kuh‹, habe ich gesagt, aber nicht böse, einfach wie eine Tatsache. Ich habe gesagt: ›He, Roza, du hast die besten Jahre deines Lebens versaut.‹ Und: ›Dein Hirn ist schon halb tot, du dumme Kuh.‹ Mir ist eine Ausrede eingefallen, ich habe gesagt: ›Kann sein, aber der große Scheißkerl und sein bekackter Freund haben dir in den Arsch getreten‹, und ich habe mit den Schultern gezuckt, genau so, und mir geantwortet: ›Tja, Pech, Roza. Mit etwas Glück sind sie tot. Menschen wie die leben nicht lange.‹ Ich habe mir gesagt: ›He, Roza, du hast keine Freunde, nur die im Club, und du hast keine Träume, du bist nur eine dumme Kuh, die sich selbst angeschissen hat.‹

Am gleichen Abend habe ich mit Val und Bergonzi geredet, und Bergonzi hat gesagt: ›Tja, Puppe, würde mir leidtun, wenn du gehst, aber wenn's reicht, reicht's, nich? Der Laden macht einen nach 'ner Weile fertig. Hau lieber ab, bevor du kein Leben mehr hast.‹ Ich sagte: ›Eigentlich will ich gar nicht gehen‹, und Val meinte: ›Ach, Schätzchen, das passiert früher oder später allen Mädchen. Irgendwann wissen sie einfach, dass sie gehen müssen. Wir nehmen das nicht persönlich. Unter uns gesagt, Schätzchen, wir überlegen sowieso, ob wir verkaufen und in irgendeine nette Gegend ziehen sollen. Es gibt da in Devon eine kleine Stadt, an die wir gedacht haben.‹ ›Zehn Jahre hier, und ich habe einen Hirnschaden‹, sagte Bergonzi. ›Und ich genauso‹, meinte Val.

Also bin ich gegangen, und sie haben eine Party für mich geschmissen und mir Geschenke gegeben. Als ich zum letzten Mal rausgegangen bin, musste ich weinen, und sogar Grill hat mich in den Arm genommen. Und dann ist etwas sehr Schönes passiert, der Bob Dylan oben ist nämlich eingezogen, und ich hatte jemanden, mit dem ich reden konnte. Ich habe geredet und geredet, bis mir fast die Lippen abgefallen sind. Er hat in der obersten Etage Motoren zusammengebaut, weil es da oben kein richtiges Dach gibt, und er hat mit seinem Wok groß gekocht, immer mit Knoblauch und Zwiebeln und Tomaten und Oregano, und das hat mich an Dalmatien erinnern. Er hat die Toilette unten repariert und die Türen gerade gehängt, und er hat in Containern nach Holz gesucht und die Treppe damit repariert, die Löcher in den Wänden hat er mit weißem Zeug gefüllt, und er hat im Garten hinter dem Haus Blumen in Wannen gepflanzt und vorne die ganzen Chipstüten weggeräumt. Ich habe ihn angesehen und seine Verbesserungen und gedacht: ›Es gibt immer irgendwas zu tun.‹

Als wir uns angefreundet hatten, musste er sich meine ganzen Gedichte anhören.«

»Genau wie ich?«

»Ja, Chris. Es war genauso. Du und der Bob Dylan seid

die besten Freunde, die ich je hatte. Weißt du, wegen euch geht es mir jetzt besser. Einmal hat er für mich Sonnenblumen gepflanzt. Er hat mir alles Mögliche über sich erzählt. Er ist schon ewig in Françoise Hardy verliebt, weil sie ihn an das erste Mädchen erinnert, in das er verliebt war. Wenn er nicht Bob Dylan hört, hört er Françoise Hardy.«

Ich wusste nicht mehr, wer Françoise Hardy war, und musste wieder einmal etwas herausfinden. Offenbar hat Mick Jagger sie einmal als »die ideale Frau« beschrieben. Irgendwo muss es so eine Frau wahrscheinlich geben. Jedenfalls klang das wie ein guter Tipp, und ich fand bei WHSmith eine billige Platte. Von den französischen Liedern verstand ich nicht viel, aber es war alles sehr nett und traurig. Meine Tochter erwischte mich dabei, wie ich die Platte hörte, und meinte, es sei nicht mehr cool, Françoise Hardy zu mögen, und ich sagte nur: »Bin ich ja auch nicht, oder? Väter sollen doch gar nicht up to date sein«, und sie antwortete spöttisch: »Dad, kein Mensch sagt mehr ›up to date‹. Und wo wir schon dabei sind, es sagt auch keiner mehr ›verpeilt‹ oder ›knorke‹.«

Ich sagte zu Roza: »Ich habe mir deine Gedichte gerne angehört, auch wenn ich kein Wort verstanden habe. Sie haben geklungen wie Meeresrauschen.«

»Sie sind Scheiße«, sagte Roza, »das weiß ich. Gedichte in anderen Sprachen klingen immer gut, wenn man sie nicht versteht. Habe ich dir schon mal von dem Bob Dylan und dem Hund erzählt?«

»Nein«, antwortete ich, wieder leicht eifersüchtig.

»Nebenan war so ein Hund, der ständig gebellt und gebellt und gebellt hat, sogar nachts, das hat uns wirklich genervt. Er hat uns wach gehalten, und den Fernseher musste man immer lauter stellen. Na, jedenfalls haben wir uns gegenseitig angestachelt und sind immer wütender geworden, und dann sind wir rübergegangen und wollten uns beschweren, und dabei haben wir gesehen, dass da ein kranker, alter Mann wohnt, der nicht mehr rausgehen konnte, und er hatte diesen Schäferhund, der vor Frust fast gestorben ist, deshalb sind wir dann mit ihm spazieren gegangen.

Der Hund war nett, richtig lieb und albern und ist immer rumgesprungen. Wir haben Stöcke für ihn geworfen. Hinter den Ohren hat er ganz süß gerochen, wie Toast mit Honig. Wir sind jeden Tag um halb sechs mit ihm rausgegangen, wenn der Bob Dylan aus der Werkstatt gekommen ist, und nachher hat der alte Mann ihn einfach um zwanzig nach fünf rausgelassen, dann ist er rübergekommen und hat vor unserer Tür gewartet. Wir sind mit ihm in den Park gegangen, zu den Enten und kleinen, alten Damen mit Brottüten und den Hunden. Ich habe mich gefreut, dass ich zum ersten Mal seit Jahren Blumen sehe und Eichhörnchen, und ich fand diese dicken Bienen so toll, von denen die pelzigen Hintern aus den Blüten geschaut haben. Wenn die Sonne geschienen hat, haben wir uns ins Gras gelegt und Eis gegessen. Zu Hause habe ich Wiener Kaffee gekocht, und wir haben weitergeredet. Am Ende ist der alte Mann gestorben, und sein Sohn hat den Hund genommen, aber wir sind immer noch in den Park gegangen.

Weißt du, mit dem Hund rauszugehen war eine der Sachen, die mich zurück ins Leben geholt haben. Wenn ich aus London weggehe, werde ich die kleinen Parks mit den Enten für immer und ewig vermissen. Die liebe ich am meisten.«

Ich fragte: »Du willst doch nicht weggehen, oder?« Bei dem Gedanken fühlte ich mich leicht verzweifelt, als hätte ich sie schon verloren.

»Ich denke darüber nach«, sagte sie. »Ich würde gerne zurück nach Zagreb gehen und meinen Abschluss machen, und ich will mich mit meinem Vater vertragen.«

»Geh nicht«, sagte ich, und sie lächelte und drückte mir die Hand. Sie sagte: »Du bist so nett.«

»Bist du in den Bob Dylan verliebt?«, fragte ich, und sie antwortete: »Nein, nein, ihn will ich nicht. Er ist mir zu jung, und er ist immer wegen irgendetwas traurig, und er ist wie ein kleiner Bruder. Ich will jemanden, der erwachsener ist.«

»Ist dein Herz immer noch losgelöst?«

Sie lachte. »Ach, du erinnerst dich noch an Fräulein Radic.«

»Du weichst der Frage aus.«

»Nein. Ich weiß es nicht. Vielleicht, vielleicht nicht. Ich glaube nicht. Es geht mir besser damit.«

»Glaubst du, du würdest das noch mal machen?«

»Was?«

»Du weißt schon, dich verkaufen.«

Sie sah mich ganz unverwandt an und sagte: »Nein, natürlich nicht. Aber möglich ist alles, oder? Vielleicht würdest du es sogar tun, wenn du verzweifelt wärst. Es gibt Männer, die an öffentlichen Toiletten herumstehen. Das sind Junkies, und sie verkaufen ihren Mund und ihren Hintern, und sie haben alle gedacht, dass sie so was nie machen würden.«

»So was gibt es? Echt?«, fragte ich, und sie lachte ungläubig. »Vielleicht war ich noch nicht bei den richtigen Toiletten.« Ich kam mir naiv vor.

»Keiner sieht, was er nicht sehen will«, sagte Roza. »Vielleicht ist es besser so.« Sie zögerte, lächelte verschmitzt und sagte: »Wenn du nächstes Mal herkommst, will ich dir etwas Bestimmtes erzählen.«

»Ja? Was denn? Kannst du es mir nicht jetzt erzählen?«

Sie zog neckisch eine Augenbraue hoch und lächelte wieder verschmitzt. »Ich erzähle es dir jetzt nicht. Ich bin schon lange wild darauf, es dir zu erzählen, aber ich habe mich nicht getraut. Ich glaube, jetzt traue ich mich, also komm in … fünf Tagen wieder. Übrigens sind mir alle Geschichten ausgegangen. Ich hoffe, das macht nicht zu viel aus. Du kommst trotzdem wieder, oder?«

Ich hatte sie noch nie so lebhaft gesehen und mit so strahlenden Augen. Als ich an diesem Montag ging, trug ich in der Brusttasche meiner Jacke immer noch die fünfhundert Pfund. Ich fuhr zu Dr. Patel, der ganz aufgeregt war wegen eines neuen Medikaments, von dem er gehört hatte. Ich sagte, dass ich keine Ahnung hatte, ob oder wann es erhältlich sein würde. Ärzte sind wie alle anderen auch, immer warten sie auf Wunder.

26
Meine niederträchtige Seite

Man muss nicht verrückt sein, um sich nach jemandem
so sehr zu sehnen, wie ich mich nach ihr sehnte.

Ich litt immer noch unter schlaflosen Nächten und quä-
lender Begierde, die nicht einmal verschwand, wenn ich
etwas dagegen unternahm oder mich mit Whisky be-
täubte. Jedes Mal, wenn ich die Augen schloss, sah ich
Roza vor mir sitzen, wie sie redete und mich anlächelte. In
meiner Vorstellung rauchte sie noch, obwohl sie es schon
aufgegeben hatte. Vor meinem inneren Auge sah ich jede
Rundung ihres Körpers, und ich glaubte, mir genau vorstellen zu können, wie sie nackt aussah, zumal ich spätabends kurze Blicke auf sie hatte erhaschen können. Ich
spürte ihre Hände und Lippen auf mir. In hübschen Tag-
träumen heiratete ich sie, ging mit ihr weg und fing ein
neues Leben mit ihr an, ein interessantes Leben mit guten Gesprächen und unermüdlichem, wohligem Sex. Ich
glaube, ich war halb wahnsinnig. Wäre ich ein Amerikaner gewesen, wäre ich wahrscheinlich zu einem Psychiater gegangen. Dabei erleben wir alle Leidenschaft. Man
muss nicht verrückt sein, um sich so sehr nach jemandem
zu sehnen, wie ich mich nach ihr sehnte. Ich tat, was man
nun mal tut; ich machte sie zu meiner ganzen Welt, und
sie wurde zu der Welt, in der ich lebte. Jeder meiner Pläne
und jede Hoffnung schloss sie ein.

Das nächste Mal besuchte ich sie an dem Tag, an dem

Sebastian Coe den Rekord für eine Meile brach. Ich hatte gerade davon gehört. Ich weiß noch, dass ich dachte, Laufen wäre eigentlich ziemlich sinnlos, wenn man nicht gerade gejagt wurde. Ich war froh, nicht er zu sein und so viel zu laufen, nur um des Laufens willen. Wie musste es wohl sein, als Sebastian Coe alt zu werden, zurückzublicken und zu erkennen, dass man seine gesamte Jugend damit verbracht hatte, durch die Gegend zu rennen? Er hätte auch lernen können, Klavier zu spielen oder so was.

Bevor ich zu ihr fuhr, betrank ich mich. Es war ein Zufall, wie so häufig, wenn man sich betrinkt. Mittags war ich mit einem meiner Ärzte ins Pub gegangen, deshalb war ich schon vorgeglüht, und abends traf ich dann in Highgate einen alten Freund. Er hieß Alejandro, kam aus Zypern, und in der Schule hatten wir im gleichen Fußballteam gespielt. Ich war Linksverteidiger, er Torwart, und er konnte sehr eindrucksvoll im Tor herumspringen und hechten, war damit allerdings eher bühnenreif als erfolgreich. Seit damals hatten wir uns immer mal wieder getroffen. Er hatte eine geschwätzige Frau, fünf Kinder und einen Job, bei dem er alles Mögliche aus Griechenland und Zypern importierte, eingeschlossen Busukis, Pistazien und arme Verwandte. Weil er ein Mercedes Cabrio fuhr, machte er sich über meinen kackbraunen Allegro lustig, und dann überredete er mich, mit ihm in ein griechisches Restaurant essen zu gehen, also rief ich zu Hause an und sagte, ich würde später kommen. Ich konnte mir schon vorstellen, wie der große, weiße Teigklops schnarchend im Bett liegen würde, wenn ich nach Hause käme, mit einem Nylonnachthemd, Lockenwicklern in den Haaren und der *She* neben sich, aufgeschlagen auf der Kummerkastenseite.

Al hatte sich seit unserem letzten Treffen in einen ziemlichen Hedonisten verwandelt, und irgendwie ließ ich mich von seiner Stimmung mitreißen. Meist trinke ich nicht viel, weil ich dann nicht schlafen kann und oft aggressiv werde und weil ich das Gefühl hasse, mich nicht unter Kontrolle zu haben, aber anfangs war die Wirkung nicht zu groß. Ich hätte normalerweise keinen Aperitif genommen und auch nicht so viel Wein getrunken oder dem Ganzen mit dem griechischen Weinbrand noch die Krone aufgesetzt. Es war sehr lustig mit Al, er kannte Hunderte dumme Witze, und mit ihm fühlte ich mich wieder jung. Der Abend wurde richtig ausgelassen, und die griechischen Kellner machten es noch schlimmer, indem sie uns ständig umsonst nachschenkten und uns Teller gaben, die wir zerschlagen durften. Dann setzte sich der Wirt zu uns, weil Al ein alter Stammgast und dazu ein entfernter Verwandter war, und ab da floss der Schnaps in Strömen. Ich weiß, dass sie alle nur gastfreundlich waren, und für das, was danach geschah, gebe ich nur mir die Schuld.

Wenn ich zurückblicke, hatten die anschließenden Ereignisse etwas schrecklich Unausweichliches an sich. Ich hätte ein Taxi nach Hause nehmen sollen, weil ich viel zu betrunken war, um zu fahren. Alejandros Angebot, bei ihm zu schlafen, lehnte ich ab, zum Teil aus Angst, dass ich dem großen, weißen Teigklops alles erklären musste, wenn ich schließlich nach Hause kam, zum Teil, weil ich die Taxikosten bis raus nach Sutton scheute. Es war sehr spät, und ich dachte, auf den Straßen sei sowieso nicht viel los. Ich tat, was Betrunkene immer tun; ich unterschätzte, wie betrunken ich war, und überschätzte, wie gut ich noch fahren konnte.

Der Heimweg durch Archway ist ganz einfach, wenn man von Highgate nach Sutton will. Man fährt einfach die Highgate Hill hinunter. Danach hätte ich die Junction Road nach Kentish Town und Camden nehmen sollen, aber beim großen Kreisverkehr dachte ich: »Warum fahre ich nicht einfach bei Roza vorbei? Genau, ich will Roza sehen. Ich will Roza sehen und sie fest an mich drücken und ihr sagen, wie wunderbar sie ist.« Ich erinnere mich noch daran, was ich sagen wollte: »Roza, du bist wirklich wunderbar.« Ich fuhr die Holloway Road entlang und bog links in ihre Straße ein. Ich war nur ein kurzes Stück gefahren, aber es glich einem Wunder, dass ich überhaupt so weit gekommen war. Ich starrte vorgebeugt mit aufgerissenen Augen auf die Straße, blinzelte und schüttelte den Kopf, um nicht von ihr hypnotisiert zu werden. Die Scheibenwischer quietschten über die Windschutzscheibe, weil es nicht regnete. Wahrscheinlich hatte ich sie eingeschaltet, weil ich das Licht anmachen wollte und die Schalter verwechselt hatte. Was heißt, dass ich wohl ohne Licht gefahren bin.

An meinem Ziel stieg ich aus und pinkelte ausgiebig vor die Tür eines verrammelten Hauses, und ich glaube mich zu erinnern, dass ich den Reißverschluss nicht wieder hochziehen konnte, weil sich mein Hemd darin verfangen hatte. Für dieses Problem hätte ich zwei Hände benötigt, und ich musste mich mit einer Hand irgendwo abstützen, um nicht umzukippen. Mein Hosenstall muss bei allem, was danach passiert ist, offen gewesen sein. Ich drückte ziemlich lange auf die Klingel, bevor mir einfiel, dass sie noch nie funktioniert hatte. Dann klopfte ich an die Tür, und als das nicht funktionierte, brüllte ich los. »Roza! Roza! Ich bin's! Roza!«

Gegenüber ging ein Fenster auf, und eine Frau sagte mit heiserer Stimme: »Halt die Klappe, verdammt noch mal! Wir wollen schlafen!« Ich drehte mich um und fiel fast die Treppe hinunter, trotzdem konnte ich ihr den Stinkefinger zeigen und etwas Intelligentes rufen wie: »Verpiss dich, du Schlampe.«

Dann öffnete Roza die Tür. Sie trug einen weißen Pyjama mit aufgedruckten Rosen und einen flauschigen, rosafarbenen Bademantel mit passenden rosafarbenen Hausschuhen. »Roza!«, sagte ich und stürzte vor, um sie in die Arme zu schließen, aber ich verfehlte sie und fiel in den Flur, so dass sie schnell zurückweichen musste. An der Wand entlang tastete ich mich wieder nach oben. Ich lehnte mich in ihre Zimmertür und sah sie mit einem Blick an, den ich für hündische Ergebenheit hielt. Ich schwitzte, mein Haar war zerzaust und meine Krawatte hing auf Halbmast. Am nächsten Morgen merkte ich, dass auf ihr lange Schlieren von eingetrocknetem Taramosalata und Hummus klebten.

Roza sagte: »Du bist betrunken, Chris«, und ich sagte: »Nein, bin ich nicht, ich bin nicht betrunken, nein, ich war noch nie, nie, nie so nüchtern wie jetzt.«

»Es ist Viertel vor zwei morgens«, sagte sie, und ich: »Ja? Ja? Viertel vor zwei, echt? Ich dachte, das bist du gewohnt.«

»Was soll das heißen?«

»Von diesem Bumsladen her, du weißt schon, die ganze Nacht aufzubleiben.«

»Es war ein Hostessenclub«, sagte Roza.

»Es war ein Bumsladen.« Mit einem Mal war ich wütend. »Es war ein verdammter Bumsladen. Natürlich, verdammt. Was denn sonst?«

»Du bist betrunken. Geh einfach nach Hause, Chris. Ich gehe wieder ins Bett.«

Ich versuchte, die Situation mit Humor zu retten. Ich ging auf ein Knie und breitete die Arme aus, als wollte ich sie anflehen. »Nimm mich mit, Roza, nimm mich mit in dein Bett.«

Sie sah mich streng an und sagte: »Nein, Chris, du bist betrunken. Komm wieder her, wenn es dir besser geht.«

Wieder brandete Wut in mir auf. Im Nachhinein lassen sich leicht Entschuldigungen finden. Ich hatte viele Gründe, wütend zu sein. Ich hatte es so viele Jahre lang ertragen, von dem Parasiten zu Hause als selbstverständlich betrachtet zu werden und immer weniger zurückzubekommen. Hinter mir lagen Jahre voller Enttäuschung und Selbsthass darüber, dass ich es zu nichts gebracht hatte. Die Menschen um mich herum lebten scheinbar sinnerfüllt und glücklich, aber ich hatte es nur zu der Verzweiflung eines gewöhnlichen Mannes gebracht, der im Vakuum lebt.

Sie wiederholte: »Geh nach Hause, Chris«, und ich explodierte einfach. Die ganze aufgestaute Wut und Verbitterung brachen plötzlich aus mir hervor. Ich nannte sie eine Nutte und noch einiges andere. Ich wankte durch ihren Flur und sagte: »Nutte, Nutte, du verdammte Scheiß-nutte.« Dann hörte ich mich selbst mit abstoßender, wei-nerlicher Stimme sagen: »Warum kann ich nicht mit in dein Bett kommen, warum nicht?«

»Nachdem du mich eine Nutte genannt hast?«

Ich stand schwankend da und wollte ihr in die Augen se-hen, aber es war zu anstrengend, ich musste mich an die Wand lehnen. Mein Atem ging schwer, und mir wurde langsam übel. In diesem Moment ließ mich meine nie-derträchtige Seite in meine Brusttasche greifen und den Briefumschlag hervorziehen, der voll war mit zerknitter-ten Fünfern und Zehner, die ich in den letzten Monaten für die Losanleihen zurückgelegt hatte. Ich wedelte ihr damit verächtlich vor der Nase herum und sagte: »Und was ist damit? Was ist damit, hm? Sieht es jetzt anders aus? Na?« Ich drückte ihr den Umschlag in die Hand.

Roza wirkte verwirrt, sie fragte: »Was ist das?«

»Fünfhundert«, antwortete ich. »Fünfhundert Pfund. Oder ist es teurer geworden, wie alles andere?«

Ihre Miene wurde ausdruckslos, sie blickte sehr lange zu Boden, den Umschlag in der Hand, dann hob sie den Kopf und sagte ganz leise: »Ich dachte immer, du wärst ein rich-tig netter Mann.« Sie hatte Tränen in den Augen, die ers-ten rollten ihr über die Wangen.

Das bremste mich endlich, und meine Wut verschwand mit einem Schlag. Mattigkeit senkte sich wie eine große Wolke auf mich herab und verschluckte mich. Ich war so tieftraurig, dass ich kein Wort herausbrachte. Ich ging zur Tür, blieb kurz stehen, um das Gleichgewicht wieder-zufinden, dann stolperte ich die Treppe hinunter.

Ich fuhr ein Stück weit, weil ich dachte, ich könnte es nach Hause schaffen, aber dann wurde mir klar, dass ich keine Ahnung hatte, wo ich war. Außerdem wurde mir extrem übel. Ich konnte den Wagen anhalten und gerade noch rechtzeitig aussteigen, um mich durch die Gitterstäbe von Clissold Park zu übergeben. Ich hatte ihn ein paarmal mit Roza besucht, wenn sie auf ihren fröhlichen Missionen zusehen wollte, wie alte englische Damen Enten fütterten und kahle, alleingelassene Männer mittleren Alters für ihre Promenadenmischungen Stöcke ins Wasser warfen.

Ich musste mich ziemlich lange übergeben. Es fühlte sich an, als hätte mir jemand in den Magen getreten. In meiner Kehle brannte der scheußliche, beißende Geschmack von Galle, und an meinen Lippen hingen lange, saure Speichelfäden. Meine Augen wurden feucht, und auf meinen Kopf trat kalter Schweiß, der mir unter den Hemdkragen und den Rücken hinabrann.

Als es so aussah, als würde nichts mehr kommen, erleichterte ich mich durch die Gitterstäbe hindurch und ging zurück zum Auto. Beim Einsteigen fielen mir meine neuen Reifen auf, die im gelblichen Licht der Straßenlaterne glänzten, und ich erinnerte mich daran, dass ich sie mit Geld aus dem Umschlag gekauft hatte. Bei dem Gedanken daran, wie Roza das Geld zählte, zuckte ich zusammen. Ich ließ den Allegro an und schaffte es bis zum Ende der Clissold Road, bevor mir klarwurde, dass ich nicht die leiseste Chance hatte, nach Hause zu kommen. Ich fuhr an den Bordstein und stellte die Zündung aus. Nachdem ich mühsam auf den Rücksitz geklettert war, wickelte ich mich in eine Decke und fiel in einen benommenen Schlaf.

Am nächsten Morgen, als alle anderen gerade zur Arbeit gingen, wachte ich so steif und voller Schmerzen auf, als hätte mich jemand überfahren. Ich richtete mich auf dem Rücksitz auf und sah überrascht, wie der Bob Dylan oben mit einem Overall und seiner blauen Werkzeugkiste in der Hand vorbeiging. Einen Moment später wurde mir klar, dass ich direkt vor der schäbigen, kleinen Morris-Minor-Werkstatt geparkt hatte, in der er arbeitete.

Ich wollte nicht von ihm gesehen werden, deshalb wartete ich, bis er hineingegangen war, dann stieg ich schnell hinten aus und vorne wieder ein. Ich fuhr bis zum Kreisverkehr Newington Green und bog aus einer seltsamen Eingebung heraus in die Mildmay Road ein. Dort hielt ich auf einem Anwohnerparkplatz, ließ den Kopf auf das Lenkrad sacken und weinte.

Als der Bob Dylan oben die Tür öffnete, sagte er: »Komm lieber rein.«

Ich hatte eine Woche vergehen lassen. Ich wusste genau, dass ich sofort hätte zurückfahren und mich entschuldigen sollen, aber ich fühlte mich so würdelos und verächtlich und schämte mich so sehr, dass ich ihr einfach nicht unter die Augen treten konnte. Jetzt war ich endlich hergekommen, dabei wand ich mich innerlich, meine Hände zitterten und meine Wangen glühten vor Scham. In den Armen hielt ich einen riesigen, überwältigend duftenden Strauß aus fünfzig roten Rosen.

Ich ging hinein und nahm alles mit ganz neuen Augen wahr, die Leitungen, die vor den Wänden hingen, das geschmacklose, verstaubte Badezimmer, in dem der Putz vor den Latten fehlte, die knarrende Treppe, die ohne Teppich in das Souterrain führte, die seltsamen, verschlungenen Graffitis früherer Bewohner.

»Wo ist Roza?«, fragte ich.

»Ich weiß es nicht«, sagte der Bob Dylan. »Sie ist weg.«

»Weg?«

»Sie ist am Wochenende gegangen. Ein dicker Laster ist hier aufgetaucht, dann hat sie mit einem großen Mann einfach alles eingeladen und ist verschwunden. Ich habe keine Ahnung, wohin. Aber ich weiß, dass sie in ihrem Zimmer gesessen und geweint hat.«

»Sie hat geweint?«

»Sie wollte nicht mal die Tür aufmachen. Ich habe ihr Tee und so was gebracht, aber ich musste die Sachen vor ihrer Tür abstellen. Ihr Schluchzen war echt schwer zu ertragen, das kann ich dir sagen. Ich weiß nicht, was du ihr getan hast, aber jetzt ist sie weg, und als sie gegangen ist, hat sie immer noch geweint.«

»Ich habe ihr gar nichts getan«, wehrte ich mich.

»Offenbar doch. Das Einzige, was sie mir erzählt hat, war, dass du mitten in der Nacht betrunken hier aufgetaucht bist und gemein zu ihr warst.« Er bedachte mich mit einem eiskalten Blick und fügte hinzu: »Sie hat dich sehr gern gehabt. Das hat sie mir oft gesagt.«

»Hat sie eine Nachsendeadresse dagelassen? Irgendwas, wohin ich ihr schreiben kann?«

»Nein. Sie hat schon Post bekommen, und ich weiß nicht, was ich damit machen soll.« Er zeigte auf einen kleinen Stapel Briefe, die im Flur auf dem Boden lagen. Ich hob sie auf und sah sie durch. Verwirrt sagte ich: »Der hier ist für Dubrovka, und der hier für Josipa, und dieser für Sascha.«

»Na ja, das ist alles Roza. Einer für Marija ist auch dabei.«

»Warum so viele unterschiedliche Namen?«

»Na ja, weißt du, wer sie wirklich war?«

»Was meinst du mit ›wer sie wirklich war‹?«

Mit einem ironischen Blick sagte der Bob Dylan: »Tja,

ich habe nie geglaubt, ich wüsste wirklich, wer sie war. Sie war Sharon Didsbury, wenn es um den Mietvertrag ging. Du weißt ja, dass ich angeblich John Horrocks bin. Und die Bildhauerin, die oben wohnen soll und die nie jemand sieht, heißt angeblich Ruthie, aber ihr richtiger Name ist Amanda. Jeder in diesem Haus hat etwas zu verbergen. Über Roza weiß ich nur, was sie mir erzählt hat.«

»Hat sie dir die gleichen Sachen erzählt wie mir?«

»Woher soll ich das wissen?«

»Hat sie dir erzählt, sie hätte mit ihrem Vater geschlafen, und von der schwarzen Truhe voll Geld unter ihrem Bett?«

»O ja, davon hat sie mir erzählt. Aber ich habe nie nachgesehen.«

»Hat sie dir erzählt, dass sie entführt wurde?«

»Und vergewaltigt, in diesem extra hergerichteten Haus? Ja, das hat sie mir auch erzählt. Und hat sie dir erzählt, sie hätte einen der Männer umgebracht?«

Ich schüttelte den Kopf. »Sie hat mir erzählt, sie hätte ein Messer dafür gekauft, aber sie hätte die Männer nie wieder gesehen. Sie hat nie gesagt, dass sie einen von ihnen umgebracht hat.«

Der Bob Dylan lachte. »Tja, mir hat sie erzählt, er wäre irgendwann wieder in den Club gekommen, und sie hätte ihn sturzbetrunken gemacht und wäre mit ihm in einem Taxi zu einem leerstehenden Lagerhaus am Hafen gefahren, das sie schon ausgekundschaftet hatte, und sie hätte zugestochen, als er dachte, sie würde ihm einen blasen wollen. So hätte sie den richtigen Winkel hinbekommen, um unter die Rippen zu stechen. Auf den richtigen Winkel war sie ganz versessen. Sie hat immer wieder davon geredet. Offenbar hat ihr Vater ihr davon erzählt.«

Ich war fassungslos. »Dir hat sie das erzählt? Vielleicht wollte sie mich nicht schockieren. Vielleicht hat sie es mir deshalb nicht erzählt. Das Messer hat sie mir aber gezeigt.«

»Das war mal ein richtig scharfes Messer.«

»Fandest du nicht, du hättest zur Polizei gehen sollen?«

»Nur ganz kurz. Dann habe ich nachgedacht, und wenn es wirklich so passiert ist, habe ich kein Mitleid mit ihm.«

Mit einem Mal zweifelte ich alles an, was sie mir erzählt hatte, und die Tragweite dieses Zweifels riss innerlich an mir. Ich wusste nicht, was ich tun oder sagen sollte. Der Bob Dylan sagte: »In diesem Haus weißt du über jeden nur das, was er dir erzählt. Ich könnte dir erzählen, ich wäre der uneheliche Sohn des iranischen Schahs, und du wüsstest nicht, ob es stimmt, oder?«

»Aber wieso solltest du mir so was erzählen?«

Der Bob Dylan sagte mit einem mitleidigen Blick: »Du bist vielleicht ein ganzes Stück älter als ich, aber ein paar Lücken hast du schon, was? Leute erzählen Geschichten, um sich interessanter zu machen. Manchmal machen sie etwas, nur um nachher davon erzählen zu können. Das habe ich auch schon gemacht. Wenn Roza dafür gesorgt hat, für dich interessant zu bleiben, dann nur, weil sie wollte, dass du wiederkommst. Manchmal habe ich gedacht, sie erzählt mir diese ganzen Geschichten nur als Generalprobe, um sie dir zu erzählen. Vielleicht bekommst du selbst heraus, warum sie das getan hat.«

»Wir haben uns noch nie richtig unterhalten, oder?«, fragte ich ihn.

»Ich habe schon ein paar Geschichten auf Lager«, antwortete er, »aber wahrscheinlich gefalle ich dir nicht gut genug, dass du sie dir anhören würdest.«

»Weißt du was, es ist schade, dass ich dich nicht meiner Tochter vorstellen kann. Erst mal liebt sie Bob Dylan. Und ich könnte dich als ihren Freund gut ertragen. Ich könnte euch vorstellen, wenn du versprichst, ihr nie zu erzählen, dass ich hier war.«

Er antwortete lächelnd: »Ich nehme das mal als Kompliment, aber ehrlich gesagt habe ich ohne deine Tochter schon genug um die Ohren. Es ist schwer genug, mit Sarah fertig zu werden.« Er gab mir einen der Briefe, die auf dem Boden gelegen hatten. Es war der braune Briefumschlag mit den fünfhundert Pfund. Auf die Vorderseite hatte sie »Chris« geschrieben.

Zusammen mit dem Geld steckte eine Nachricht darin, säuberlich mit blauem Kugelschreiber auf rosafarbenes, kariertes Papier geschrieben, wie man es im Mathematikunterricht benutzte. Sie lautete nur: »*Mislila sam da me voliš.*«

Ich zeigte das dem Bob Dylan, aber er zuckte mit den Schultern und sagte: »Das ist bestimmt Serbokroatisch.« Ich fragte: »Aber benutzen die Serben nicht das gleiche Alphabet wie die Russen? Das sind normale Buchstaben.«

»Ich glaube, die Kroaten schreiben mit dem lateinischen Alphabet.«

»Sie hat immer erzählt, wie sehr sie die Kroaten hasst.«

»Na ja, ich hasse manchmal die Engländer. Dabei bin ich einer. Außerdem würde ja wohl jeder gebildete Serbe auch das lateinische Alphabet kennen, oder?«

Ich fuhr noch oft hin, um den Bob Dylan zu fragen, ob er Roza gesehen oder etwas von ihr gehört hatte, aber er konnte mir nie etwas Neues sagen. Ihr Stapel Briefe wurde immer höher. Jetzt wünschte ich, ich hätte ein paar davon mitgenommen und sie gelesen oder sie übersetzen lassen. Aber das tat ich nicht, aus verspätetem Respekt. Als ich eines Tages wieder hinfuhr, war auch der Bob Dylan verschwunden. Ich habe keine Ahnung, wohin er gegangen oder was aus ihm geworden ist. Ich weiß nicht einmal, wie er wirklich hieß, nur, dass er sich für den Mietvertrag als John Horrocks ausgegeben und manchmal die riesigen Mokassins seines Vorgängers getragen hatte.

Und so vergingen viele Jahren, in denen ich vergeblich nach Roza suchte, Nachforschungen anstellte und Botschaften und sogar die Universität Zagreb anschrieb. Für die Suche gab ich deutlich mehr als fünfhundert Pfund aus. Ein halbes Dutzend Mal fuhr ich mit meiner Frau nach Jugoslawien, nur, um mich umzusehen, und sie dachte bloß, wir würden ungewöhnlich Urlaub machen. Ich lernte sehr viel über das Land, und nach einer Weile fühlte ich mich wie ein Jugoslawe ehrenhalber. Titos Tod versetzte mir einen tiefen Stich, und ich fragte mich, wie Roza sich wohl fühlte. Acht Jahre später dachte ich wieder an sie, als Albaner im Kosovo Serben angriffen und da drüben alles wie ein Kartenhaus in sich zusammenfiel. Ich machte mir Sorgen, sie könnte in diese ganze Raserei geraten oder nachher in die große nationale Depression gestürzt sein, als

Serbien das am schnellsten schrumpfende Land der Welt wurde. Und ich fragte mich, ob ihre Erinnerung an mich noch etwas Zuneigung enthielt.

Ich jedenfalls sah sie immer als meine große letzte Chance. Nach Roza hatte ich nie wieder den Mut, es zu versuchen.

Natürlich ließ ich mir ihre Nachricht sofort übersetzen, aber ich überlegte Jahre lang, welche Bedeutung und Konsequenzen dieser Satz in sich barg, den sie auf Serbokroatisch geschrieben hatte, damit es mich Mühe kosten würde, ihn zu verstehen. Ich ging zur jugoslawischen Botschaft am Belgrave Square 28, und die Frau an der Rezeption übersetzte die Nachricht für mich. Mit weit hochgezogenen Augenbrauen reichte sie mir den Zettel zurück und sagte: »Das ist aber sehr traurig und rührend.«

Jetzt bin ich alt, und diese Flamme ist vor langer Zeit aufgelodert, aber ich habe nie den Schmerz in der Brust und das quälende Gefühl im Hals verloren, die Roza hinterlassen hat. Ich habe damit gelebt, ohne dass sie kleiner oder weniger schmerzhaft geworden wären. Sie waren wie ein metaphysischer Krebs. Keinen Augenblick lang habe ich ihre leise, sanfte Stimme vergessen, mit der sie mir ihre vielen Geschichten erzählte, aber manchmal kann ich mich kaum daran erinnern, wie sie ausgesehen hat, weil ich nie ein Foto von ihr besessen habe. Das Traurige an der Sache ist, dass wir uns wahrscheinlich nicht einmal erkennen würden, wenn wir uns heute auf der Straße begegnen sollten. Ich sehe jede Frau an, aber längst ohne irgendeine Erwartung. Aber auch, wenn ich aufgehört habe zu suchen, habe ich die Hoffnung nicht verloren. Wenn ich manchmal gerade glaube, ich hätte endlich aufgegeben, kehrt die Hoffnung ganz überraschend zurück.

Ich weiß ungefähr, wie viel Zeit mir noch bleibt. Meine Hände verlieren jetzt jeden Tag ein wenig mehr Kraft, und man kann ausrechnen, mit welcher Geschwindigkeit sich die Krankheit ausbreitet.

Meine Frau ist wie gesagt tot. Ich denke wirklich oft an sie, und es überrascht mich selbst, wie sehr ich sie vermisse. Anfangs habe ich sie sehr geliebt, etwa die ersten vier Jahre lang, aber mit der Zeit lehnte ich sie voller Wut und Verbitterung immer mehr ab. Am Ende tat sie mir vor allem leid, weil sie Tag für Tag bloß existiert hat, ohne je ihr Bestes zu geben, weil sie ihr ganzes Leben ohne Leidenschaft verbracht hat und nicht einmal verstand, warum andere Leidenschaft empfanden.

Ich begreife nicht, warum sie mich überhaupt ausgesucht hat. Was hat sie sich dabei gedacht? Dass irgendein Mann reichen würde? Warum hat sie es als selbstverständlich betrachtet, über mein Leben bestimmen und es verschwenden zu können? Habe ich ihr nie auch nur ein wenig leidgetan? Sie hätte jemanden finden sollen, der ihr ähnlicher war, statt mich durch Täuschung in den tristen, finsteren Tunnel ihres überflüssigen Lebens zu locken.

Ich würde meine letzten Tage so gerne mit meiner Tochter verbringen. Sie ist ein Energiebündel, ganz anders als ihre Mutter, und sie ist das einzig Großartige, das ich zu dieser Welt beigetragen habe, aber sie lebt in Neuseeland, und ich will ihr auf keinen Fall zur Last fallen, weil sie gerade dabei ist, erfolgreich zu werden und sich einen Namen zu machen. Neuseeland ist wunderbar. Es ist genau wie England, als ich jünger war, voll ruhiger, anständiger, humorvoller Menschen, die Butterbrote essen und Sachen tragen, die nicht ganz passen. Sie ist jetzt zum zweiten Mal verheiratet, und ihren neuen Mann habe ich nur einmal getroffen.

Ich überlege, das Haus in Sutton zu verkaufen, damit ich mir die Pflege leisten kann, die ich bald brauche. In letzter Zeit höre ich auch nicht mehr gut, und wenn man nicht gut hört, lebt man sehr isoliert. Man tut so, als könnte man verstehen, was die Leute sagen, obwohl man es nicht kann. Man weiß nie genau, was vor sich geht, und anderen ist es manchmal sehr lästig, schreien oder Sachen aufschreiben zu müssen.

Ich habe schöne Erinnerungen an Dinge, die vor langer Zeit geschehen sind, an meine Kindheit in dem Haus in Shropshire, zusammen mit meinem Bruder und meinen Schwestern, und an Roza, die mir in diesem verfallenen Gebäude vor dem Kaminofen ihre Geschichten erzählte.

Ich gehe immer noch nicht zu Prostituierten, und wie sich gezeigt hat, habe ich mein ganzes Leben lang keine besucht.

Der Bob Dylan oben muss jetzt über fünfzig sein. Ich frage mich, ob er etwas aus sich gemacht hat. Vermutlich würde er das tun, dachte ich damals. Wahrscheinlich ist er nicht ganz so unkonventionell geworden, wie er es sich gewünscht hat, aber er war klug, und meiner Erfahrung nach gelangen Menschen wie er auf unerwarteten Wegen auf den Gipfel. Ob er immer noch »Für Elise« auf der E-Gitarre spielt? Und ob er immer noch die riesigen Mokassins besitzt?

Rozas letzte Nachricht habe ich behalten. Der Zettel wurde ganz schmutzig und dünn, weil ich ihn in meiner Brieftasche aufbewahrte, und an den Faltkanten riss er ein. Ich hielt ihn mit einem Klebestreifen zusammen, und als der schließlich vergilbte und starr wurde, ließ ich den Zettel in der Bücherei laminieren. Jetzt, da alle weg sind und ich allein lebe, habe ich ihn mit Blu-Tack an die Wand über meinem Schreibtisch geklebt. Manchmal setze ich meine Brille auf und betrachte die kontinentale Handschrift, deren Schleifen sich über die rosafarbenen Quadrate des Rechenpapiers ziehen. Ich versuche mir ihr Gesicht vorzustellen und ihren Mund, wenn sie diese Worte ausspricht. Ich sehe ihren vorwurfsvollen Blick und spüre den stechenden Schmerz, den sie gefühlt haben muss. Nach Roza verbrachte ich mein Leben in tiefer Scham, die ich nie abschütteln konnte.

Ich denke an unser letztes Treffen, ich denke daran, dass sie mir nie sagen konnte, worauf sie sich so lange vorbereitet hatte, und daran, dass sie nachher tagelang geweint hat, bevor sie ihre Sachen packte und weglief. Je mehr ich darüber nachdenke, desto mehr glaube ich, dass es nur eines bedeuten kann. Nur so ergibt das, was sie geschrieben hat, einen Sinn.

Die Nachricht lautete: »Ich dachte, du liebst mich.«

Louis de Bernières
Corellis Mandoline
Roman
Aus dem Englischen von Klaus Pemsel
Band 16784

Kephallonia ist eine griechische Insel im Ionischen Meer, berühmt für ihre Anmut und den Zauber ihres Lichts, als Knotenpunkt vieler Schiffahrtsrouten seit jeher ein bevorzugtes Ziel von Invasoren jeglicher Herkunft. Im Zweiten Weltkrieg landen hier die Italiener, dann die Deutschen. Im Mittelpunkt steht Pelagia, die schöne, stolze, eigenwillige Tochter des Arztes, die sich zwischen zwei Männern entscheiden muß: Mandras, dem jungen Fischer, der die Delphine aus den Tiefen des Meeres hervorzulocken vermag und sich den Partisanen anschließt, und Antonio Corelli, dem Offizier der italienischen Besatzungstruppen, der die Frauen und die Musik mehr liebt als den militärischen Drill. Aber der Krieg gestattet keine idyllische Abgeschiedenheit. In Zeiten der Barbarei treten Treue und Verrat offen zutage, große Gefühle werden vom Wahnwitz der Geschichte bedroht. Auch in Kephallonia gerät die Landschaft der Götter und der Phantasie in die Klauen der erbarmungslosen Zeitläufte.

Fischer Taschenbuch Verlag

Peter Carey
Liebe
Eine Diebesgeschichte
Aus dem Englischen von Bernhard Robben

Band 17405

Michael »Butcher« Bone, einst erfolgreicher Avantgarde-Künstler, bleibt nach einer scheußlichen Scheidung nichts mehr. Zusammen mit seinem behinderten 220-Pfund schweren Bruder Hugh, sitzt er in der australischen Provinz. Der Alkohol wird mehr und die Perspektive weniger. Als plötzlich in einer Gewitternacht die schöne Kunstexpertin Marlene in Manolo Blahniks durch den Matsch gestöckelt kommt und den Brüdern den Kopf verdreht, bringt sie eine Lawine von Ereignissen ins Rollen, die sie alle für immer retten oder ruinieren wird. Ein wilder Ritt durch die internationale Kunstszene beginnt, von Manhattan nach Tokyo, voll von wahnsinnigen Sammlern und stilechten Betrügern, brillant durchdacht und unglaublich komisch. Und gleichzeitig eine verrückte und romantische Liebesgeschichte mit überraschender Pointe, die dem Leser den Kopf verdreht und ihn atemlos zurücklässt.

»An wen erinnert einen Carey nun?
Dickens oder Joyce, Kafka oder Faulkner, Nabokov,
García Màrquez oder Rushdie?«
London Review of Books

Fischer Taschenbuch Verlag

Joyce Carol Oates
Vergewaltigt
Eine Liebesgeschichte
Aus dem Amerikanischen von Uda Strätling

Band 16707

Die attraktive Teena wird von einer Gruppe Männer vergewaltigt; ihre Peiniger lassen sie hilflos liegen. Ihre zwölfjäh-
rige Tochter Bethie muss hilflos zusehen und entkommt nur
knapp dem gleichen Schicksal. Doch ihr Leiden ist damit
noch nicht zu Ende – die Vergewaltiger drohen straffrei aus-
zugehen. Fesselnd und eindringlich erzählt J. C. Oates die
Geschichte von Teena, Bethie und ihren Peinigern – aber
auch die ihres heimlichen Beschützers, der im Hintergrund
um Gerechtigkeit für die Frau und ihre Tochter kämpft –
und um deren Liebe.

»Ein bemerkenswertes Buch.«
The Guardian

»Joyce Carol Oates scheint alles zu können.«
Der Spiegel

Fischer Taschenbuch Verlag